影视剧本创作与技巧研究

郭天毅 ◎ 著

吉林出版集团股份有限公司

图书在版编目（CIP）数据

影视剧本创作与技巧研究 ／ 郭天毅著. — 长春：
吉林出版集团股份有限公司，2024.2
ISBN 978-7-5731-4626-7

Ⅰ. ①影… Ⅱ. ①郭… Ⅲ. ①电影编剧②电视剧—编
剧 Ⅳ. ①I053.5

中国国家版本馆CIP数据核字（2024）第 049787 号

影视剧本创作与技巧研究

YINGSHI JUBEN CHUANGZUO YU JIQIAO YANJIU

著　　者　郭天毅

出版策划　崔文辉

责任编辑　刘　洋

助理编辑　邓晓溪

封面设计　文　一

出　　版　吉林出版集团股份有限公司

　　　　　（长春市福祉大路 5788 号，邮政编码：130118）

发　　行　吉林出版集团译文图书经营有限公司

　　　　　（http://shop34896900.taobao.com）

电　　话　总编办：0431-81629909　营销部：0431-81629880/81629900

印　　刷　廊坊市广阳区九洲印刷厂

开　　本　787mm×1092mm　　1/16

字　　数　220 千字

印　　张　13.5

版　　次　2024 年 2 月第 1 版

印　　次　2024 年 2 月第 1 次印刷

书　　号　ISBN 978-7-5731-4626-7

定　　价　78.00 元

如发现印装质量问题，影响阅读，请与印刷厂联系调换。电话：0316-2803040

前　言

　　近些年，随着我国影视剧的迅猛发展，业内人士越来越认识到"一剧之本"的重要性，都愿意把更多的目光和精力投放到剧本的找寻、策划和创作上，编剧正慢慢走向本应属于它的重要位置。随着科学技术的不断进步，尤其是目前全球已经进入信息化时代，以网络、手机为信息载体的新媒体的兴起，使传统广播影视备感压力；同时，越来越多的国外广播影视机构纷纷进军我国，也给本土的广播影视事业带来冲击。为了应对严峻挑战，广播影视从业人员应该改变传统思维模式来适应不断变化的新形势。而高等院校相关专业在人才培养体系中，理论研究和实践课程一直滞后于行业的发展，面对市场的需求、科技的发展，当下需要的是培养具有掌握"镜头＋笔头＋口头＋手头"能力的人才，并且要以市场为导向来进行培养。

　　本书从剧本的准备阶段、写作的影视语言的基本理论储备、故事冲突的设置、人物、结构、情节设置、对白等要素进行了全面分析论述，构成了一个相对完整的体系，系统地研读、学习之后，就能完成一个实实在在的剧本。

　　当然，影视理论和影视艺术本身都在不断发展，不同需求的学习者在阅读和使用本书时，可以根据实际情况加以选择和取舍，不必拘泥于现有内容。

目　录

第一章　影视剧本创作基础理论

第一节　影视剧本的作用与文体定位

作为影视创作主要成员之一的剧作家，在为将来的影片提供最基础的可预见性的形式时，自然是以文学形式构成的可读性文件。这可能是电影剧本，也可能是故事梗概，或许是"电影工作台本"。

影片的蓝图，不仅仅是故事情节的来龙去脉，也不仅仅是在结构上做出气势、间架与疏密、浓淡的安排，这都是必须落实的文字结构。

而这里要谈的是在文稿创作的初期，就应思考文稿如何深化及深化到何种程度，才是必然的影片框架。

编剧的重点虽然是故事情节来龙去脉的安排，人物矛盾冲突的纠葛，以及主题立意的阐释。然而仅仅如此是不够的。至少，编剧要在未来影片的趋向上体现两种不能不重视的倾向：一是文稿的画面意识，二是结构的音乐属性。

这是剧作结构的辅助性手段。这是因为画面自身就具有语言意识。结构本身的种种组合就是旋律与节奏的体现，考虑辅助性手段并不等于冗长的叙述。

对白不是情节的主线，不以此而雕琢人物形象，更不应以此而推动剧作的发展。电影叙事手段极为丰富，编剧不必以文学形式面面俱到、滔滔不绝。它不是"话剧"，更不是"小说"。影片的时空转换、调度的"视像"作用、节奏的强弱、气氛的渲染、声响意识的组合和许许多多的物化意识的基本元素，都是剧作手段的组成部分。

这并不要求编剧承担导演的职责，而是作为主创之一的编剧不具备导演的业务职能与素养，就不能很好地体现剧作结构的全部精髓，不能把"剧作"的"血肉"留给导演去深化。那些辅助性手段的"预描绘"确有许多可挖掘的因素，但过分强调"剧本是一剧之本"也不实际，因为就剧本而言，在影视创作中，它不是唯一的宠儿。

过去，中国电影名声不佳的因素之一，就是剧本写得"太完整"。编剧的作为，给其他创作人员带来了"不作为"，太完整的剧本挤掉了画面的能量，削弱了音乐的空间，否定了影片立体调度的有利因素，淹没了节奏的运行，给演员制造了对着镜头念台词的非电影化的机会。

纵观中国电影情况不佳的媚俗之风，基本上是剧本偏离了电影自身的独特要求。有个别编剧人员在他交出的剧本结尾处，经常会写上"二稿于北京""四稿于西安""五稿于杭州"，以此表明用心至极，并扬言，别人最好不要修改。

其实，这种所谓"完整"的剧本，带来了最不像剧本的弊病。

中国电影多次冲击"奥斯卡奖"未果，之所以一再地落选，其弊端之一就是对话（废话）太多。剧作要有"辅助"手段的概念，但不要面面俱到。

有不少剧作家，甚至画蛇添足式地标出"日景""夜景""清晨"等。这种时空的运用，导演和摄影会有周全的考虑，编剧不必为此费神。剧作结构的安排，一定要有影像意识，一定要有音乐、烘托感和节奏感。写作时可以带着影片剪辑意识去落笔，这样既精练又有效，要有意回避和克服港台影视作品那种以说为主的现象。

随着时代的发展，影视创作的主要成员，必须要有实质性的业务"渗透"，才能进行符合成效的创作。越是"完整"的创作构想，其画面与音乐的剧作框架作用越明显。影片艺术渲染的成分越多，它所潜在的剧作现象也就越浓。

凡是认真进行创作的作品，音乐与画面的运用，必然是剧作结构的有效组成部分，特别是反映画家的传记片和音乐性很强的音乐片。这两种因素本身就是剧作最不能忽视的重要元素。

为什么音乐与声响效果是剧作结构的辅助性手段？这要从音乐的渲染作用说起。音乐在影视创作中被广泛运用的这一现象，似乎都习以为常。可是时至今日，它似乎又失去了昔日的睿智，不进不退，而又很少提出不能不改的要求。习以为常地运用与有意改革，完全是两种截然不同的创作态度。其实，在通常情况下，许多剧作家几乎都不会在写剧本的时候，自觉地想声响效果的因素。

即使是音乐分量很重的作品，如音乐家的传记片等，剧作家也会把这种因素留给导演去处理。导演当然有责任来处理影片的声效，更有责任去设计音乐的感知任务。在通常情况下，通常是当影片经过修整而成为剪定样片时，才请作曲家正式介入。其实，大家都在这么做，乃是一种极为怪诞的行为。长期如此而形成习惯性的方式之后，各方都不想有新的改进。

这就自然而然地解除了承担编剧任务的剧作家的责任，认为不去考虑音乐的辅助性手段，是"理所当然"的行为。承担音乐任务的作曲家，他前期不考虑，后期才介入的创作方式，是不是一项完整的创举呢？

理想的情况是，作曲人员前期工作时就应进入，至少要在"导演工作台本""导演阐述""摄影阐述"进行布局与意象物化的过程中，就要展开音乐的充分构想，甚至是先有音乐，后"配"画面，才能提供"视觉旋律"有效落实的基本理念。

这就是说，作曲家的创作理应及早地介入编剧与导演的业务范畴。

与此相反的是（这正是大家遵循的工作方式），作曲家在剪定样片上量完时间的长度再去正式介入创作。其所有的弊端，则可想而知。如果对音乐性很强的影片也如此这般，那简直就是一种荒唐至极的"创作"行为。

事先处理好音乐，然后依据音乐的长度、性能和所展示的情感及节奏等要求，随后再处理画面，这或许是一种较好的选择。

如果这样，剧作人员就要在创作过程中，不能不触及框架结构的辅助性手段。这实际上是要求影视创作人员从自己专业角度，与不同业务的创作人员进行不同的业务渗透。如果每个人的业务职能都"单打一"地进行自我"完善"，那么这显然不是一种良好的合作关系。

创作人员各自的业务不能在相互间渗透，那是一种有损创作质量的组合。

现在人们（包括演艺圈内的从业人员，乃至一些学术界的专家学者）谈及某部电影或电视剧时，往往如是说："谁谁的片子如何如何……"而这"谁谁"者，又都不言自明——导演也。

此论，如果是针对我国某一时期，导演只能按照"领导意图"在影视创作中毫无艺术自我体现的病态而发——那应视为一种文化的进步、艺术的觉醒。但是，就影视剧创作的全过程而言，把某个片子只视为导演的艺术成果，则无疑又有一种导向错误了。其结果是：一些导演自视甚高、自负过大，自封为影视界的"天之骄子""无冕之王"，颐指气使、好不威风，而导出的片子却品格不高、庸俗肤浅，这委实让人遗憾。应清醒地认识到任何一部优秀影视片的完成，不可或缺地要包含三方面工作：杰出的剧本创作、高明的导演艺术、精巧的后期制作。用美国电影人温斯顿的说法："创造性的电影制作所包括的不是一个而是几个过程或阶段。这些阶段，通常叫作写作、导演和剪辑（法国电影人让·吕克·戈达尔所用术语稍有不同：'制作一部影片包括三个工序——思考、拍摄、剪辑'）。"轻视"一剧之本"的剧本创作，认为只要有高明导演的闪转腾挪，就可以独步天下、引领风骚，在某种程度上已经成了当前我国影视创作不尽如人意的问题之一。

在早期（默片）电影制作中，剧本确实处于无足轻重的地位。电影诞生于1895年，是一门年轻的艺术。而电影剧作的出现比电影还要晚25年。电影在其早期，只是对生活的简单模仿、机械拍摄，如卢米埃尔兄弟拍摄的《火车进站》之类，因此还不需要什么剧本，摄影师一人就是全方位的电影制作者，他身兼构想、导演、摄制、剪辑数职。简言之，他就是电影。稍晚些时候，电影银幕上开始出现稍加编排的片段生活镜头，以表现一些有趣情景。这时，就已经有了些拍摄前的创意构思，如卢米埃尔兄弟的《水浇园丁》之类。然而，就是到了默片的高峰，已经出现了像大卫·格里菲斯的《一个国家的诞生》与查理·卓别林的《摩登时代》的时候，剧本也只是提供一个较为详细的情节构思或故事梗概，虽然功不可没，但影片的完成主要应归功于导演与摄影师的创造性劳作。20世纪20年代后期有声片的出现，顿时使剧本创作在电影制作全过程中占据了不可替代的位置。匈牙利的电影理论家巴拉兹说道："有声电影诞生后，电影剧本就自动跃居首要位置。"其"自动"两字用得非常精妙——充分体现了一种自然而然、不容置疑的气势。而电影到了其成熟期即真正的现代"艺术电影"出现后，剧本创作——作为电影制作全过程第一环节的艺术奠基作用，就更不容忽视了。

历数一下中外电影史上有定评的经典艺术影片，我们就会发现：导演与摄影的功绩当然不能忽视，但是，剧本中的那些"故事""戏"，以及它们所蕴含的深厚文化内涵和浓烈的艺术魅力，才是其生命之源。甚至有这种情况：导演并不刻意求新，摄影也不时髦花哨，影片仍深具艺术价值且备受欢迎。

我们可以试想一下：如果没有罗伯特·里斯金《一夜风流》剧本中所展现的极具个性的人物与起伏跌宕、趣味盎然的情节故事，纵然再有才能的导演，只根据"一个富家女离家出走后，爱上贫穷但正直的好青年"这种老得不能再老的套路，能创作出世界经典名片吗？

如果没有罗勃肖伍特的剧作，默文·勒鲁瓦只根据一则"因阴差阳错导致有情人难成眷属"的常见爱情故事，能拍出《魂断蓝桥》这部既缠绵悱恻、催人泪下，又内涵深刻、使人沉思的艺术绝唱吗？

同样，《偷自行车的人》（编剧柴伐梯尼等）、《人证》（原作森村诚一，改编松山善三）、《克莱默夫妇》（原作艾·柯尔曼，改编罗伯特·本顿）等影片的成功，均可证明剧本在整个影片创作过程中所发挥的作用。

相反的例证也不少见，导演煞费苦心、摄影百般操练才制作出来的一些大片、巨片，虽然动作激烈、画面精彩、影像奇特，但是，除获得一时的纯商业收入外，又有多少艺术价值？又能保持多久的票房生命力？

目前国内电影经营人士热衷引进国外的所谓"大片"也确实为电影界带来一阵热闹。然而这些所谓的大片，除个别作品外，大多是以制作方面的优势震慑观众——眼花缭乱、触目惊"身"之后，人们到底能获得什么艺术感染与文化感悟？尽管连影评界也不乏故作高深、巧言令色的吹捧，其实静心细审，在其华丽外包装下，只不过是一个简单平淡的故事或生编硬造的杂耍而已，像当年引进的美国大制作影片《生死时速》《真实的谎言》《未来水世界》等（《阿甘正传》内容尚有一定深度，但从编剧角度看，仍不能说尽如人意，其在我国造成的反应，主要还在于它的"大制作"）。在我国电影界本来就文化底蕴不足、缺少艺术魅力的现实背景下，偏又引进这类注重"险动作"、依靠"大制作"、极费资金的通俗商业片，不是为我们已举步维艰的电影电视创作界制造迷雾，引导其滑向制作的歧路，加速其艺术的衰亡吗？

而下面的资料倒可以从另一个角度证明：好剧本对影视制作最终成功的奠基作用。

获得奥斯卡奖和艾美奖的影视作品绝大多数是根据获得成功、已有定评的小说或舞台剧改编的。请看下面这些令人吃惊的统计数字吧。

其一，获奥斯卡最佳影片奖的影片有85%是改编的。

其二，电视台每天播放的电视影片有45%是改编的，而获得艾美奖的电视影片有70%选自这些影片。

其三，83%的电视系列片是改编的，而获得艾美奖的电视系列片有95%选自这些作品。

其四，在任何一年里，最受关注的电影都是改编的。比如，在1989年11月，便有《爱之海》《玫瑰战争》《女魔》《小美人鱼》《亨利五世》《我的左脚》《钢木兰花》《黑雨》等；1990 年的改编影片则有《唤醒》《来自边缘的明信片》《与狼共舞》《命运的逆转》《好家伙》《哈姆莱特》《西哈诺·德·贝热拉克》等。

显而易见，在好的小说或舞台剧基础上改编的剧本，一般而言，具备好的文化内涵与艺术魅力。因此，以这些好的剧本为基础拍片，自然具备了成功的基础。

我国的影视创作亦如此。像《子夜》《林家铺子》《雷雨》《我这一辈子》《骆驼祥子》《大红灯笼高高挂》《湘女萧萧》《香魂女》《黑骏马》及《围城》《四世同堂》……不胜枚举。当然，这里不是持门户之见，一味站在编剧立场上，贬低以导演为首的人员在剧本基础上的艺术再创造。只是由于影视创作界的不少人至今仍然对编剧的作用认识不足，甚或极度忽视——而这恰恰是造成当前中国影视创作不尽如人意的重要病因，故不得不在此特意强调。

这也是有针对性而发的。因为即使现在，也仍然有异于上述的观点，作为一种艺术的"新潮追求"而存在。

其一，认为影视剧本只是"未完成的草图、尚待执行的计划书或一部艺术品的提纲"。如果只从表面的影视制作的"工序"过程来看，这倒不无道理：因为剧本确实需要拍摄出来才能在银幕上与观众见面。但是，这只能称之为"工程师"的观点，而绝不是"艺术家"的观点。艺术生命的产生阶段，是不能以其表面流程划分的——就如一个孩子的诞生，其生命的形成，你能说只在其探头于生命之门的那一刻吗？如果说这种观点只是针对以往"导演缺乏自主性，只能按照编排出来的、只为体现某个文件精神的剧本做被动演绎"的弊端而发，或者是单纯在理论上的偏执一端之辞，倒也可以理解。但是，如果从艺术生成的本质上，误认为剧本创作无足轻重，就不可容忍了。因为它只会使影视创作退回到电影早期的"杂耍"或流于低俗粗浅的程式化娱乐片中去。

其二，认为电影最初的萌生，只是编导脑中的一些影像画面，是一些与色彩、构图及情绪联系在一起的东西，因此用文字来表现它们不适当，也无必要。这种看法的代表人物因为是"大名鼎鼎"的现代派电影艺术家，如瑞典的英格玛·伯格曼、意大利的安东尼奥尼等，所以影响甚大。伯格曼等人之所以强调文字难于表现影片内容，是和他们要在影片中"摆脱意志和理智"，追求"某种艺术幻觉"有关。伯格曼曾明确说过："文字是通过有意识的意志活动并结合智力来阅读和吸收的，并且是逐渐影响想象与感情的。电影的过程却不同。我们看一部影片，就是有意识地寻求幻觉。我们尽量摆脱意志和理智，并在幻觉中为幻觉开路。只见一系列画面直接作用于我们的情感。"

这不禁使我们想起了19世纪20年代法国"超现实主义小说"的鼓吹者罗布-格里耶等人的观点（格里耶后来从小说创作转向电影创作，其观点亦体现其中）。他们以柏格森的直觉主义与弗洛伊德的下意识为基础，否认理性的作用，追求"超现实"，认为理性、道德、宗教、社会以及很简单的日常生活经验，都是对于人的精神、人的本质需要的强制，都是一种桎梏，只有抛弃、打碎它们，人才能获得自由。他们认为无意识、梦幻才是精神的真正活动，因为在这种状态下意识已经不再具有任何控制作用，因此，也才能向我们展示出一个全新的最真实的世界。在此基础上，他们的创作方法有两大特征：其一，主张"无意识书写"；其二，强调对幻觉与梦境的记录。针对当时文学创作方面的理性压抑及"伪真实"现象而发的这种观点，从理论上说，可以说有某种反驳意义。但也因其过于偏激，而产生了"过犹不及"的病变。"超现实主义"小说在文坛上很快销声匿迹、几无影响，已经证明了这一点。

影视与小说既同为艺术创作，那么，也就必然遵循一样的规则：艺术创作绝不能进行纯自然主义的描摹，它可以表现幻觉、梦境，但这种反映，应在作者理性的艺术思维的过滤后，经过相应情绪的体验与美学思想的渗透，有意识地为表现人物复杂的内心世界服务。而若把梦境、幻觉的表现完全同人物内心世界的整体理性把握对立起来，为写梦而写梦、为表现幻觉而表现幻觉，艺术创作必然失败。

另外，伯格曼所谓的电影是通过影像表现、用文字写出的剧本毫无必要的看法，也是错误的。我们可以引用乐和乐谱的关系为证说明之：既然最早出现在音乐家头脑中的不是音乐符号，而是旋律、音色、情绪、节奏等，那么是不是可以说，音乐创作根本不需要乐谱呢？可是，如果没有创作者用乐谱把旋律等"物象化，再高明的乐队，哪个能演奏贝多芬的奏鸣曲？同理，如果没有出色的剧本创作，再高明的导演又如何能创作出真正的艺术影片来？

其实，伯格曼等人不过是特意表达一种艺术风格罢了——因为就是他们自己在实际拍片时，也不可能忽视剧本的作用。比如伯格曼本人就自相矛盾地说过："写电影剧本尽管困难，却是非常有意义的。因为这可以迫使他首先通过纸上的文字，从逻辑上来证明他的影片构思是否确实行之有效。"

总之，无论在理论上，还是实践中，百年来的电影史实都告诉我们：一部真正具有艺术性的电影（包括电视剧）作品的最后成功，必须以杰出的剧本奠基。对此，吉甘在《论导演剧本》中有过这样一句话："导演可能用一部很好的剧本拍出一部很糟糕的影片，但他绝不可能用一部很糟糕的剧本拍出一部很好的影片。"日本著名导演黑泽明则说道："弱苗是绝对得不到丰收的。不好的剧本绝对拍不出好的影片来。剧本的弱点要在剧本完成阶段加以克服，否则将给电影留下无法挽救的祸根。"

剧本的地位与作用确立后，下面就要面对影视剧本的文体定位问题——影视剧本与文学的关系是什么？它只是供导演使用的一种文字资料，还是本身也可以是具有相对独立艺术价值的文学体裁之一？对此，理论界各有所说。

美国 L. 赫尔曼在其《电影电视编剧实用教程》中写道："电影剧本是供电影导演作为工作蓝图使用的一种文字材料……电影剧本又称电影脚本或者电影台本，它同舞台剧、小说不同，是很少成为文学作品的。就像建筑中的蓝图一样，电影剧本仅仅是作为完成一部结构完整的影片前，必须根据它处理的一种中间性文字而已。"

与之相对，约翰·加斯纳在美国有史以来出版的第一批电影剧本集之一的前言中，第一次提出了一个相当大胆的论点，认为"电影剧本不仅可以看作是一种新的文学形式，而且可以看作是一个独立的极其重要的形式"。

我国影视理论界亦莫衷一是。在讨论这个问题前，首先需要一个共识——作为讨论对象的"电影剧本"的具体所指，究竟是什么？在影视制作全过程中，"剧本"一词其实有三种内涵：其一，是指供制片人审阅的"故事梗概"。其二，是指已经完成（定稿）的文学作品。其三，是指导演拍摄时使用的工作台本（亦称工作脚本）。

那么，我们论说纷纭的"剧本"，到底应是哪一种呢？第一种只是粗略的梗概，尚未成型。第三种则由于导演的工作需要，被肢解成镜号、镜别、内容、音响、音乐、米数等，再极专业地组合起来，成为一般人很难看下去，也没有必要阅读的纯"工作计划书"。因此，赫尔曼一派的看法显然是把只是早期电影摄制时依据的"故事梗概"和导演的"工作台本"与电影编剧的创作完成本混为一谈了。自然，由于赫尔曼是以美国好莱坞的制作方式为理论参照系，自有其一隅的确切性。但是，若以这一隅之见概括当代电影创作的全局规则，便不大适当了。

第二节　影视剧本的文体特征

影视剧本的文体特征包括两方面，即笔法与章法。本节介绍影视剧本文体的笔法。所谓笔法，即指影视剧本艺术地描述内容时，在文字表现上不可背离的特征与规则。这个特征与规则，简言之，即是以文字为媒介，艺术地展现运动中的综合性造型；细言之，即是形象性、运动性、综合性和艺术性。

一、视觉的形象性

苏联普多夫金论道："小说家用文字描写来表述他的作品的基点，戏剧家所用的则是一些尚未加工的对话，而电影编剧在进行这一工作时，则要运用造型的（能从外形来表现的）形象思维……编剧必须经常记住这样的事实，即他所写的每一句话将来都要以某种形式出现在银幕上。因此，他们所写的字句并不重要，重要的是他的这些描写必须能在外形上表现出来，成为造型的形象。"

确实如此，小说家用文字传达作品的内容，比如："他是个安分守己的农民，但一生坎坷，现在又处于焦头烂额的困境之中。"作为小说文字，可以说一目了然、无懈可击。但是在影视剧本中，这是绝对要不得的：如何安分？怎样守己？经过什么坎坷？现在又有什么难处？全都抽象至极，银幕上根本无法表现！

在影视剧本中，要尽可能地避免说明性、陈述性的文字，无论是对剧情的交代，还是对人物的描写，以及对人物的心理介绍，都应使之形象化。

我们试比较一下小说《祝福》与电影剧本《祝福》的不同，便可了然。

小说在述及祥林嫂改嫁贺老六经过时，这样描述：

"（卫老婆子说）这有什么依不依——闹是谁也总要闹一闹的；只要用绳子一捆，塞在花轿里，抬到男家，捺上花冠，拜堂，关上房门就完事了。可是祥林嫂真出格，听说那时实在闹得厉害，大家还都说大约因为在读书人家里做过事，所以与众不同呢。太太，我们见得多了：回头人出嫁，哭喊的也有，说要死觅活的也有……祥林嫂可是异乎寻常，他们说她一路只是嚎、骂，抬到贺家坳，喉咙已经全哑了。拉出轿来，两个男人和他的小叔子使劲擒住她也还拜不成天地。他们一不小心，一松手，啊呀，阿弥陀佛，她就一头撞在香案角上，头上碰了一个大窟窿，鲜血直流，用了两把香灰，包上两块红布还止不住血呢。直到七手八脚地将她和男人反关在新房里，还是骂，啊呀呀，这真是……"她摇一摇头，顺下眼睛，不说了。

"后来怎么样呢？"四婶还问。

"听说第二天也没有起来。"她抬起眼来说。

"后来呢？"

"后来？起来了。她到年底就生了一个孩子，男的，新年就两岁了。我在娘家这几天，就有人到贺家墺去，回来说她们娘儿俩，母亲也胖，儿子也胖；上头又没有婆婆；男人有的是力气，会做活儿；房子是自家的。唉唉，她真是交了好运了。"

祥林嫂再婚过程，完全由卫婆子讲述出来，本身已与我们隔了一层，内中一些紧要处，又只草草带过。对祥林嫂的具体行止、心态，对贺老六的家境、为人，以及两人从对立、隔膜到相知、相依的重要转变过程，我们都缺少形象的直观认知。小说因其既定的布局安排，如此描述，固然可以；但是，在电影剧本中，直接移用这样的文字，就绝对是败笔了。

夏衍先生根据小说改编的电影剧本对上面一节则如是写道：

十九（场）

（淡入）山坳里，贺老六的木屋前面的"稻地"（浙东土语，即屋前空地），摆着三张板桌、条凳，桌上已放碗筷……

板门上贴了一个红喜字。贺客近十人，在稻地上嗑瓜子。一个女客带了小孩上前。

女：老六，恭喜恭喜！

贺老六是一个瘦长的猎户，善良而老实的面貌，欢喜地：多谢，多谢，请这边坐吧。

一个乡下老头子向贺老六的哥哥唱喏：老大，恭喜恭喜，老六成家了。

老大回礼：多谢，多谢。

小孩子们起哄：新娘子来了，来了。

女：快来了吧，新娘子？

老大：快了，快了。去招呼别人。

另一男客和女客低语，女的笑着：那还不是老一套，二婚头出嫁。总得哭呀闹呀……吵一阵的。

一个小姑娘凑上来：新娘子是"二婚头"？

女的怕贺老六听见，一把将小姑娘推开。

远远的人声。

一个小伙子抓住贺老六：六哥，抢亲抢亲，得新郎亲自去背啊！

老六有点害臊。

一顶小轿，卫老二和三四个壮汉押着，来了。大家拥上去。

卫老二几乎是用对付猛兽的姿态，一上去就抓住祥林嫂的两只手。带拖带推，往屋子里送。

祥林嫂挣扎着，很明显，她已经抗拒挣扎了很久，嗓子哭哑了。乱头发披在额上，双脚顿地。

看热闹的小孩起哄，拥到门口。

祥林嫂用破嗓子挣扎出一句话来：强盗！强盗……青天白日，你们……

卫老二：不用闹了，今天大吉大利，贺老六人好，有本事，嫁了他，总比做老妈子好……

卫老二使劲一推。

祥林嫂：放我回去，放我回去！我不……

祥林嫂哭喊。

卫老二：回去？回哪儿？婆家不要你了，得了钱了……

有一个上了年纪的乡下人——贺老六的大哥喊：吉时到了，拜天地……

一个小伙子拉贺老六和祥林嫂并站，卫老二押着祥林嫂站在香案前。

有人喊：掌礼——

一个老年人：新郎新娘拜天地……

祥林嫂挣扎得厉害，卫老二满头大汗，抓住她，猛不防，她一头撞在桌角上。

人们惊呼。

贺老六也大出意外。

贺老大拦开看热闹的人。

祥林嫂满面流血，昏厥过去了。

一个老太婆毫不犹豫地抓一把香灰撒在伤口上。

卫老二狠狠地把坐在地上的祥林嫂一把抓起，对贺老六：别怕，拜天地！

年轻人又把老六拉回来，祥林嫂被人押着，傀儡般作拜天地之状。

老太婆低声絮絮地说：到底是在读书人家帮过工，有见识……（想了想）一女不嫁二夫嘛……

祥林嫂人事不知地被送入阴暗的"新房"。

老六又急又窘，一切只凭卫老二摆布了，自己插不上手，只能对客人们说：各位到稻地上吃酒吧，让她息息！

人们一哄而出。一个小姑娘还想进去张望，老太婆一把抓住，往外拖：坐席了！

（溶入）

二十（场）

贺老六家的"新房"。

晚上，两支"四两头"红蜡烛已经点了一半。祥林嫂人事不省地躺在床上。

贺老六凝视着她。

忽然，祥林嫂抽搐了一下，惊醒了，又啜泣。

贺老六走近一点，低声地说：好一点了吗？

祥林嫂看见他，拼命挣扎起来，惊叫：走开！走开！让我回去！

祥林嫂力竭倒下。

贺老六去扶她，她挣扎避开，又哭。

贺老六无法可想，自己搔搔头。看她不动了，把一条被子盖在她身上。

（摇到）一对蜡烛。

（溶入）蜡烛已经点完了。

（摇到窗外）天亮了。鸡啼。

祥林嫂躺着。

贺老六显然一夜没睡，提了一壶热水，手里拿着两个烤熟的山芋进来。

祥林嫂听见门响，惊醒，茫然地看了一眼贺老六，反射性地坐起来，想避开他。

贺老六轻声地：好一点了吗？你饿了吧，来先吃点东西吧。

祥林嫂用一种哀求的声音：求求你，让我回去吧……

贺老六似乎已经想了好久了，说：你一定要回去也好，你起来洗洗脸，吃点东西，我送你回去。

出乎祥林嫂意外，她将信将疑：真的让我回去？

贺老六点头——显然，他是失望而痛苦的：嗯，（稍停）你到鲁镇呢，还是到你婆婆那儿去呀？我送你去。（给她倒了一碗热开水）

祥林嫂呆住了——半响，忽然哭起来。

贺老六走近她，站在她身边，几秒后，才说：你头上还痛吗？喝点水吧！

祥林嫂抬起头来，望着贺老六……

（特写）贺老六老实而又有点惶惑的表情。

贺老六把一碗开水递过去——

祥林嫂迟疑了一下，伸手去接……

（淡出）（很远很远的音乐）

很明显，在电影剧本中，避免了抽象的交代、说明性的文字，尽可能地把一切用视觉形象，让人"一目了然"。

它不是简单地"介绍"贺老六家境贫苦，而是通过屋前的"稻地"、板桌、条凳、贺客不到十人、嗑瓜子、阴暗的"新房"、烤熟的山芋等使之形象化；它也不是笼统地告诉我们社会背景的粗野、蛮横又愚昧、虚伪，而是通过来客的起哄或讥讽的闲话、押解者"对付猛兽的姿态"、不管祥林嫂死活拉扯她拜天地的暴行、迫不及待"入席"时的丑陋……令人触目惊心。尤其出色的是，剧本对小说中一笔带过的祥林嫂与贺老六"同是天涯沦落人，相逢何必曾相识"的关键处，做了极具体形象、细致传神的造型表现：在第二十场中，从开始的对立、防范，经过循序渐进的多层面的镜头语言描述，尤其是一些出色细节的运用，使我们不由自主地"进入"了剧情之中，耳闻目睹，感同身受。这场戏，不仅使人物性格充实饱满，也使剧情真实可信，进而提高了作品的文化基础与艺术魅力。

对事件、环境及人物外在的形象，应有视觉体现。那么，对人物的内心世界，如何表现呢？在影视剧本中，经常通过内心独白（画外音）、人物形态动作的特写镜头或者某种特定意义的空镜头形式来解决。比如用突然大睁的双眼表示惊讶；用紧攥的拳头表示愤怒；用所穿服装样式或色彩的不同表示人物心境的区别（如《简·爱》中的女主人公）；用青松挺立表示英雄不死；用大海波涛表示心情激动……都不失为一种方法。当然，这种方法一定要使用适当，要新颖不群又贴切自然，避免沿袭老套或生搬硬套。否则，会弄巧成拙、反为所累。内心独白虽可以将人物心理世界直接诉诸观众面前，但是，除非特定题材或万不得已，也应尽量避免，起码要精简，否则极易给人以"电影小说"的味道。

通过以上方法的有机组合，来表现人物内心世界的成功影片，如英国的《相见恨晚》，这是一部描写中年男女婚外情愫的动人影片。劳拉是个温馨家庭中的贤良妻子和母亲，丈夫也很爱她。但是在一次外出购物时，与医生亚历克不期而遇，产生了恋情。当他们两人就要坠入爱河的关键时刻，房间主人敲门声响了——劳拉从阳台门跑出，心境复杂万端：惊恐、窘迫、自责又痛苦。

剧本是这样表现的：

在外面街上。劳拉脚的近景。她沿着人行道飞快地跑着。

大雨滂沱。

劳拉脸部特写。她还在跑。

镜头的背景是一片屋顶。

当她跑近一根路灯柱时，她的脸变亮了。但她一走过光线，脸部又暗了……

摄影机移到从劳拉的角度看前面的人行道。

当她从灯柱跑开时，她的影子变得厚重、长、大。

劳拉走近一个灯柱，她已经喘不过气来了。

劳拉的声音：我跑呀跑呀，直到我再也跑不动啦……

劳拉靠在灯柱上的近景。

劳拉的声音：我感到非常非常丢脸，感到一败涂地，而且羞愧得无地自容……

摄影机开始跟着她沿街走去。

劳拉的声音：天还在下雨，可是已经不大了。直到我稍微能控制自己，有一点时间他考时，我才突然想起我回不了家了……

劳拉现在在一家烟草铺子里打电话，她看上去很苍白，衣服上满是泥浆。

劳拉在通电话：弗雷德（她的丈夫）——是你吗？（她费了很大的劲使声音听起来跟往常一样）是的，亲爱的——是我——劳拉——是的——当然一切都很正常，可是我不能回家吃晚饭了，我和刘易斯小姐在一起。亲爱的——就是那个我和你谈起过的那个图书管理员——我现在不能详细地跟你解释，因为她就在电话间外面——可是我刚才在大街上和她碰上了，她的情况糟透了——她妈妈刚才生病了，我已经答应陪她等到医生来了再走——是的，亲爱的，我知道。可她对我一直挺好的，我为她感到十分难过——不用——我会买个三明治的——是，当然喽——我尽快。再见。

劳拉挂上了电话。

劳拉的声音：撒谎真是太容易了——当你知道你是被绝对信任的时候——是这么容易，又是这么失身份。

她慢慢地走出电话间。

摄影机从一个高的角度对准和大街交叉的一条斜路。

雨已经不下了，但人行道还是湿的，而且闪闪发光。

劳拉慢慢地走过来。

劳拉的声音：我开始漫无目的地走——我几乎立即转弯离开了大街……

摄影机往下对准那条斜路。劳拉还在走着……

劳拉的声音：我走了好长一段时间……

溶入一个战争纪念碑的镜头。镜头的前景是战争纪念碑人像的一部分：一个士兵的手紧握着上了刺刀的军用步枪。

越过纪念碑像，可以看见劳拉小小的身影朝纪念碑底部一条座椅走过来。

在这段文字中，人物的外在神态举止的特写与内心独白的表露，各具潜意的背景呈现（如成片的屋顶、斜叉的小路、大雨、纪念碑上士兵上了刺刀的步枪……）。光线的运用，变幻的阴影……所有这一切，有机地融为一体，很好地表现了人物复杂的心理世界。

随着电影手段与电影观念的不断丰富与发展，除了用上述"直述""暗示""借代""象征"等手法外，不少剧作者吸收现代心理学的因素，已经可以用"直接的视像"来展现人物的心灵，形成特征独具的一种电影艺术手段，使人们可以直视人物的"思想意识"了。

例如在影片《天云山传奇》中，罗群被划为右派，特区党委运动办公室主任吴遥要宋薇和罗群划清界限，他向宋薇做工作，讲述罗群如何"反党"。这时，影片切入一个个过去宋薇与罗群相处时美好的、朝气蓬勃的镜头。

吴遥：罗群是有组织有计划地向党进攻。

宋薇的听觉模糊起来，她不知吴遥说些什么，脑海里出现了森林。罗群靠着大树，爽朗地大笑。他又抬头看笔直参天的大树，笑声在森林回荡。

罗群牵着马（马上坐着老工程师）向欢呼的同志们笑着招手。

宋薇回忆中木然的脸。

画外音：罗群的笑声。

走上古堡的罗群，背一个皮包。笑声。罗群在古碑前，大笑着说：我是学者。宋薇陷入回忆的脸。画外音：罗群笑声。

吴遥还在严肃地说着什么。

宋就陷入回忆的脸。

罗群与宋薇在河边相见时的笑脸。笑声。

吴遥说得起劲的嘴。

宋薇陷入回忆的脸。

罗群和大家握手。

宋薇陷入回忆的脸。

宋薇与罗群甜蜜地依偎在一起。

罗群画外音：让我们永远在一起！

宋薇的回忆被吴遥的说话声打断，又回到现实中来了。

剧本就是以这种"直接视像"揭示了宋薇此时此刻复杂的心灵世界：罗群能是反党分子吗？这里用吴遥的说话与罗群的生活画面、笑声相组合，以吴遥对宋薇进行"教育"的现实与宋薇走神的回忆相穿插，形象地展示了宋薇的心理活动。类似的剧作并不乏见，而像伯格曼的《野草莓》、阿仑·雷乃的《广岛之恋》《去年在马里昂巴德》等现代主义影片，在表现人物内心世界方面，则有更具实验性的运用，尽管不无弊端，但其对电影表现手段的某些创建性贡献，还是值得我们借鉴的。

二、影像的运动性

造型是重要的，但它必须体现在动态的过程中并时刻记住：这种运动造型的最终目标是为表现人物及其关系、背景环境及其意义、情节进程及其内涵，而不可只为造型而造型。

影视的动态造型可以从两方面考虑。

其一，表象方面。有画面内部的动态造型与画面外的动态造型。

其二，内涵方面。有影视形象的内在动态与外在动态。

先看其一。电影是以不停运动的画面来展示内容、吸引观众的。在画面内，过多的静止场面或人物的冗长对话（诸如会议、对白乃至争辩），都会影响影片的观赏效果。而这，恰恰是国内影片逊于国外影片，令观众不耐烦之处。

在这方面，日本电影剧本《人证》对原作小说的改编，值得我们借鉴。且举其中一个小例子：原作中，女主人公八杉恭子是个有地位的社会问题评论家。但是，作为电影中的主人公，若总表现其伏案写作或在电视台面对观众长篇大论的演说，总是这种静止的画面造型，势必造成沉闷、枯燥感。于是，编剧将她的身份改成了享有巨大社会声望和良好公众形象的服装设计师。于是，她的言行举止便可以在充满动态过程，又极具观赏性的模特演出的一系列画面中进行了。

另外，滥用空镜头（自然景色、社会场面、背景环境等）也会造成不必要的时空停顿，使影片有滞涩感，这同样是要避免的。优秀的剧作，总是将人事与环境（社会环境或自然环境）有机融为一体，比如在美国电影《末路狂花》的开头，将对人物的身世、处境、性格，以及影片开始时不可避免的事件背景介绍等最易滞涩枯燥的"开场白"部分，全部处于不断转换的动态画面中，甚至每一个画面都没有丝毫无意义的空白、停顿，这是值得我们学习的。

剧作者还要注意一种"过犹不及"的审美倾向。在早期电影理论中，曾出现过唯美主义、"纯电影"的倾向，比如美国的佛里伯格在其《银幕上的绘画美》一书中写道：电影除了作为绘画以外，不可能作为任何其他东西来欣赏。这等于把电影看作运动的纯视觉的绘画了。而法国20世纪20年代的"先锋派"电影家更以一批作品张扬、发挥了这一观点，他们反对电影的情节化、故事化，主张用抽象的画面、线条及光影拍摄"纯电影"，后期则转向表现超现实的梦幻与潜意识以及无逻辑、非理性的意识流动，如莱谢尔的《机械舞蹈》、布努艾尔的《一条安达鲁狗》、克莱尔的《休息日》等。作为一种电影美学的有意识地探索，我们不应全部抹杀其积极的一面，但是其"过犹不及"的弊端也是不能忽视的。对此，日本电影理论家岩崎昶说道："佛里伯格的《银幕上的绘画美》，正像书名本身已经说明了的那样，是围绕着画面美来论述电影的，然而从他认为电影'除了作为绘画以外，不可能作为任何其他东西来欣赏'这点来说，这种理论是落后于现实的。因为无论是塞纳特、卓别林，或是克鲁兹，这些电影创作的实践者都认为剧情是电影的骨架，而且早就懂得如果只是注意、画面美，往往就会妨碍剧情的发展。"岩崎昶与佛里伯格的争论及电影发展的兴衰实际，对今天的我们是有借鉴意义的：电影（电视）的剧作者一定要把画面的造型功能和画面的叙事功能很好地结合起来。剧作者不能脱离剧本内容而单纯追求画面美，如果只强调画面的造型功能，而忽略它与内容的配合，再好的造型也会失去意义。

20世纪80年代，我国电影理论界引进了西方的"影像美学"，对构图、光影、声画等电影元素进行了认真探索，研究其独特的"电影表现力"。这种探讨，对我国电影艺术表现的发展来说，无疑是有益的，因为长期以来，中国电影多重叙事而忽视画面的造型，使我国电影艺术停滞不前。因此，就这点来说，"第五代"导演们功不可没。但是，过于执着、过分强调，也就难免走向另一极端了（艺术的发展史基本如此）。在一些有意为之（用劲过头）的作品中，过分讲求画面美，无论是人物的外形，还是自然、社会环境，都拍得宛若油画一般，却忽略了这一幅幅画面与电影中的性格塑造，以及表现人与人之间的关系、场面环境与剧情内涵契合的关联——这样的画面再美，光影、构图再讲究，其意义也只能局限于画面本身，不可能产生更多的内容与更丰富的意蕴来。对此，不无成功之作的张艺谋在1992年反省道：

"过去我们拍电影，总喜欢讲究点别的东西，画面、构图什么的，人在里面其实仅仅是个符号。拍《菊豆》时，我试图去关注点儿人的事，但做得还不够。我们'第五代'都有这个特点，奔着一个哲学、理念去了——我当然也是其中一个。但别人看了觉得我们太使劲、绷得太紧、不够松弛，结果人物相对弱了。人们不满，甚至说了些不好听的话，也是有一定道理的。我看过一篇文章，认为我们'第五代'不太注意'叙事'，这是我们的一个问题。首先要有故事，要有人。我现在才明白，拍电影最主要的是说点儿人的事儿，应当把人物推到前景，着重表现他们。我并不排除还会拍我以前那种类型的电影，但我会设法做得更好。"

除了镜头内部以外，镜头与镜头之间的组合，也要体现动态原则，电影毕竟是叙事性和造型性相结合的一门艺术，是用镜头（造型画面）来讲故事的艺术，而任何故事都是动态的——因此，作为艺术奠基的电影剧本的文字表现，也必须遵循这个原则。

在我们有些影视剧本中，镜头内部虽然不无动感，但全部故事情节只在有限的几个场景内演绎，镜头与镜头之间的转换滞缓，也会造成动感的欠缺，使影片缺乏引力。

其二，我们还要注意内涵方面的动态性质。外在过程充满动感，固然好，但若只是追求表象运动性，像某些一味打斗的动作片、肤浅的情节片等，也往往缺少深层引力。所以，好的编剧还要懂得"文武之道，一张一弛"的道理，能在表面平缓的镜头内，营构出内在的动态魅力——即在表面似乎停顿的场面中，使之产生内在的情境冲突，造成潜藏其中的艺术张力，进而增加戏剧效果。

如在《简·爱》中，简历尽人间坎坷与内心波澜之后，终于又回到身世凄凉、双目失明的罗切斯特身边时的那场戏——虽画面几乎是凝滞的，人物语言也近乎沉寂，但在那特定情境中，却自有一种扣人心弦的强烈冲突与艺术张力。

再如，写一个人长久坐在房间内沉思默想，即使只10秒钟，观众也不堪忍受。但是若事先设计了一个楼房即将爆炸的阴谋，则画面就是静止长达一分钟，也会产生强烈的紧张感。

三、造型的综合性

上述种种"动态造型"还必须具有综合性的"艺术张力"。这里所谓的艺术张力，是指有机融入综合性表现手段，以首构充满艺术魅力的戏剧内蕴。综合性表现手段是指在视像营构中，所使用的除文学（文字）外，诸如雕塑、绘画、声音（音乐）、戏剧、建筑、灯光等造型方法，以通过，"表象"或"意象"来展现、强调或象征要传达给观众的电影内容。这其中当首推声音。

电影及电视，属于视听艺术，声音不可或缺。匈牙利电影理论家贝拉·巴拉兹在《电影的精神》一书中说："一个完全无声的空间……在我们的感觉上，永远不会很具体、很真实的；我们觉得它是没有重量的、非物质的，因为我们看到的仅仅是一个视像。只有当声音存在时，我们才能把这种看得见的空间作为一个真实的空间。因为声音给它以深度范围。"

确实，视觉空间在实际生活中总是与声音联系在一起的，也只有当两者结合起来时，才能给人以完整的真实感。所以，影视编剧在重视视觉造型的同时，还要重视对声音的描写。

影视中的声音包括三个方面：人声、音响和音乐。

对于音响，人们往往不大重视。其实它在一部影视作品声音中所占比重一般有三分之二之多，而且具有多方面的艺术表现功能。除了有助于真实性外，还经常具备强调、夸张、渲染以及"意象"功能，比如为表现场面的寂静，特意突出落叶坠地声、钟表滴答声、床铺吱呀声等；比如为了表现人物的特定心境，可以让喧嚣的街市声消音逝，可以让轻微的呼吸声充盈于空间等；比如为了造成一种象征效果，使某种非现实的音响出现在画面中（如《野草莓》中，在主人公面对街头无指针的挂钟时，画面所出现的巨大的心跳声），以产生一种象征意味。

在所有艺术中，音乐是最能表现人的内心世界和表现节奏的，因此，影视音乐自然成为电影电视中叙述故事、表现情绪、安排节奏等的有力手段。影视音乐可分为两大类：画面内音乐（写实性音乐）与画面外音乐（表现性音乐）。前者是指影片中人物所演唱、演奏或播放的音乐，它可以烘托情境、渲染气氛或带动情节，如《魂断蓝桥》中的著名乐曲《一路平安》及《人证》中的主题音乐《草帽歌》，还有《两个人的车站》中普拉东所拉的手风琴曲等；后者是指与画面中人事、场景无关，而是作者有意添加进去，以影响观众感官进而产生特定效果的音乐，如为增加惊险气氛的紧张音乐、为抒发亲切温情的舒缓音乐、为表现怪异的荒诞音乐等。

作为编剧，除了明白声音作用外，还要善于运用"声画对位"这种艺术表现手段。除声音之外，绘画、雕塑、建筑、灯光、戏剧舞台调度等，也是不可忽略的表现手段。像《大红灯笼高高挂》便较为出色地运用了以上这些手段：封闭的院落、阴冷的环境、各种不无意指的建筑造型、体现威严治的浓重色调与象征人们欲望的红色灯笼以及充满中国传统文化内蕴的京剧唱腔和民间锣鼓声……这些不仅渲染了气氛，加强了意旨，深化了主题，还较好地强化了电影的显示手段，增加了影片的艺术魅力。

四、展现的艺术性

所谓艺术性，主要是指剧本语言在通过综合的、运动的形象表述每一部分、每一场面乃至每一个镜头时，既要丰富，又要简洁（即"藏"与"露"以及"虚"与"实"）；既要起伏变幻，又要自然流畅。

前者，是要求编剧在行文中，不宜写得很满、过实，应该给导演及演员留下再创作的余地，应该给读者留下必要的想象空间。我们有些作者，唯恐叙述不清、表达不力，结果文字冗长拖沓、视像臃肿堆积，如果实拍出来，只能造成观众的疲累或厌烦。有些剧本，对演员或握拳，或扬眉，或脸部抽动等表演的细微处，都一一描述确切，对导演的场面调度、画面构图、镜头使用，以致灯光色调等，也都过分规定，这都是费力不讨好的事。一切要适可而止、点到为止，用尽量简洁而确切的文字将影视内容表达出来，余者，应放手、放心地让导演、演员及观众去发挥、充实才是。

后者，则要求在充分利用蒙太奇手段，追求画面的简洁明快又跌宕变幻的同时，一定要注意避免造作牵强、人为痕迹过浓的弊端，不使之有失真处或生硬感。

我们可以《魂断蓝桥》的最后一段剧本文字为范例，借鉴之：

五十八（场）

滑铁卢桥上。

夜雾浓重。

玛拉独自倚着桥栏杆，似乎向桥下望着什么……

一阵皮鞋声。一个打扮妖艳但面孔浮肿的中年女人走来，她看见玛拉。

女人：（很熟识地）是你啊，玛拉。你好，你不是嫁人了吗？

玛拉：（嗫嚅地）没有。

女人：那个凯蒂跟我说的，说你跟了个体面的人。我说：哪有这好事？

玛拉：是啊——

女人：别泄气，反正就是这么回事，到火车站去吗？唉，我现在是到哪儿都没法儿啦……（她耸耸肩叹息着走开）

玛拉两眼呆呆地望着她的背影，望啊望着……对她来说一切都绝望了，她脸上有一种从来没有过的镇静神情。

桥上，一长队军用汽车亮着车灯，轰轰隆隆地向桥头驶来。

玛拉转过头去，望着驶来的军用卡车。

车队从远处驶近。

玛拉迎着车队走去。

车队在行驶，黄色车灯在浓雾中闪烁。

玛拉继续迎着车队走。

车队飞速行进。

玛拉迎面走去。

车队轰鸣，越来越近。

玛拉迎着车队走，越来越近。

玛拉宁静地向前移动，汽车灯光在她脸上照耀。

玛拉的脸，平静无表情的眼神。

巨大的刹车闸轮声，金属相磨的尖厉声。

车戛然停止。人们惊呼。

人们从四面八方向着红十字标记的卡车涌去，顿时围成一个几层人重叠的圈子。（镜头推进）人群纷乱的脚。

地上，散乱的小手提包。一只象牙雕刻的"吉祥符"。

一只手拿着"吉祥符（《一路平安》音乐声起）。

20 年后的罗依，头发已斑白，面容衰老，穿着上校军服，凄切地站在滑铁卢桥栏杆旁。他望着手里拿着的"吉祥符"，苍老的两眼闪现出哀怨、悲切和无限眷恋的神情。

（画外玛拉的声音）：我爱过你，别人我谁也没有爱过，以后也不会。这是真话，罗依！我永远也不……

（强烈的苏格兰民歌《一路平安》将玛拉最后的声音淹没）

歌声在夜雾弥漫的滑铁卢桥上空回荡……桥上，孤独地走着苍老的罗依。

罗依坐上汽车。

汽车驶去……

我们先看看这场戏中，是怎样处理"藏"与"露"（"虚"与"实"）的：这是玛拉从罗依处出走后第一次露面，并走向死亡的重场戏。它要表述的内容很多——玛拉所处的社会环境对她的逼迫；她的孤独无依；她如果苟且求生，未来的结局将会怎样；弱小的玛拉与冷酷的社会势力的强烈对比；她对罗依坚贞不渝又无法实现的爱；她自杀的全过程；她死时人们的反应；罗依的痛苦，以及这种悲剧在人世间的普遍性……如果"如实"写来，势必冗长而直露，缺少艺术张力。剧作者用极简洁的笔触，通过几个形象镜头，虚实结合，极有韵致、极富内涵地表现了出来。

"夜雾浓重"几个字，使导演有充分展示才思的用武之地，以此来渲染孤独的玛拉被阴沉黑暗的社会氛围包裹、压抑的情景。

那个中年妓女与玛拉的简短对话，既表达出妓女与"体面人"不可能有"那种好事"，又通过那个妓女老境凄凉、穷途末路的"现在"，明示出玛拉如果苟且偷生的悲惨"将来"。

而一个"玛拉两眼呆呆地望着她的背影，望啊望着……"的镜头，就已经十分鲜明地展示了她的决心。

至于玛拉死前凄冷清寂的场面与被轧后立刻涌出来、围成几层的人们的纷乱场面的对比，"孤独的玛拉"与"人群纷乱的脚"的对比，无不暗喻着沉重的内涵。

就是最后一个镜头——夜雾弥漫的滑铁卢桥上，罗依的出现与离去——不也象征着这种悲剧在凄凉人世间来来去去的普遍与长久吗？

另外，这场戏中，镜头的转换、情节的跌宕、节奏的变化虽然十分突出，但是其衔接相当流畅自然。

表面看来，那个妓女的突然而来、倏忽而去及其与玛拉的散漫谈话，似乎无甚意义，而且跟接下来玛拉自杀的激烈场面，反差忒大。但只要细心体味，就会感到这是极老练的行文：既有内在的因果联络，更具影像动感，大开大合的节奏、大起大落的情节、意境迥然的镜头，会造成很强的视听引力，进而增强了独具电影特色的观赏效果。

再如，对玛拉自杀的描述，再三使用快速切换的正反打镜头，似乎显得细碎而夸张，与其他部分的平缓大不相同。但从剧情内涵的传达与感官冲击的效果出发，这种处理无懈可击：有意渲染大队军车轰鸣疾驶的气势，并使之与孤独弱小的玛拉反复再三地对比，则军车便不只是军车，而是某种社会势力的象征；玛拉也不只是具体的个人，而有了某种抽象的意义——这是从内容方面看；从影视观赏上看，则这种处理，势必给人以强烈的感官刺激，有益于发挥电影特性，以增加观看引力与艺术魅力。

剧本最后几个镜头的剪接与声画处理也是很老练高明的：以玛拉掉在地上的吉祥符特写，一下化为罗依手中吉祥符的特写，使时空快捷又自然地转到20年后的"现在"；罗依的眼睛特写与玛拉的画外音相融，声画对位的使用也十分贴切，而《一路平安》的乐曲渐渐淹没玛拉的画外音，逐渐成为银幕间的唯一声响，转换之间更是韵味无穷……

总之，这段剧作的艺术品格是相当高超的，可作为我们学习、借鉴的经典范例。

第三节　影视文稿的创作属性

一、影视文稿的创作理念

凡艺术创作，一般都来源于人的内心活动，形式纯朴自然，内在思绪充实、豁达，潜藏着高雅和思考的属性。如果不具备这种情怀，也就不显示它作为艺术的存在形态和这种形态所体现的精神。

然而，凡是创作，都具有内部因素的激发力和感染性，也都具备外部结构的表现力和确定性。也就是说，艺术作品的存在方式，其内容和形式是统一的。没有内容的形式和没有完美形式所支撑的内容，都是不可思议的。

这说明，各种形式与内容是既依存又独立，既统一又裂变的一种矛盾统一体。这也是艺术创作与科学实验的最大不同之处。前者以微观引发对宏观的解读，而后者则以浩瀚确定性能的规律与结局。前者具有发挥与想象的思考属性，而后者则会归属到定论，以致形成永久的性能结论。

艺术创作是以形象化的典型事例，通过具有生命力的描述，发挥潜在的核心思绪，从而确定创作的社会价值，并通过这种社会现象的审视趋向给予人们精神感悟。

艺术和科学，解读思维的不同，则由不同学科的性质所决定。而科学与艺术的不同结局，就其过程而言，在心理认同上，其实并没有严格分歧。

尤其不能否认的是，创作和实验过程，都不会从单纯的经验中去获取成效。二者都得有理智的发现、疑惑的观察、认真的分析、严密的比较，需要取舍，需要鉴别，虽然最后索取到的成果不同，但鉴别的心理认同和感知过程是相同的。

不论是创作还是实验，其经验只具有贯穿属性，这如同写文章的引言一样。尤其是艺术创作，经验往往是作品雷同的起点。这可能是固有思维的延续。

然而，经验之后的感应则是至关重要的环节，这是创作思维的关键。感应是艺术家对待生活的先决条件，是创作的第一要素。没有感应的观察就没有思维和见识的形成，无动于衷便没有创作可言。艺术家的感知和激情具有先天的属性，而经验会把勤奋、发现、探索和意志搅和在一起，于是便会引发出行为。

这是创作前常有的心态。

我们就这一感受的过程来系列化地针对影视创作文稿在不同阶段的不同性能所发挥的不同作用来做概括性的解析，为的是后面一系列置换程序的演变而阐明必要的条件。

（一）编创影视文稿的基本条件

影视文学剧本的产生，不论是由编剧、导演或改编者提供，还是最初构想或多次修改，它永远不是最后的定稿。然而，它必须具备各项内容的充实条件。

影视创作过程，负责文稿工作的编剧、导演或是其他动用文稿的人，必须明白影视文稿的特点，它既不是小说式的描绘，也不是诗歌式的抒发，更不是哲理性论文的三段式的推理和验证。

影视文稿就是阅读时或阅读后，可使人产生视听效果的想象，确信段落结构的时空概念，能叙述一些人物的贯穿行为，可感悟出主线之外的那种潜移默化的弦外之音，并使阅读者以自我剪辑的方式在心目中完善出一部想象中的作品。

艺术、科学、哲学的不同，不是内容的区别，而是处理特定内容时所采用的思维方式、操作措施各有侧重而已。其实所要论证的、显示的和苦口婆心要说服的事件之目的，都是一致的。这只不过是逻辑推理，细心描绘或激情抒发的某种情感、某种概念、某种手段的相对区别而已。

影视文稿最突出的则是全文的框架。它有气势、间架、疏密、浓淡的环境特色感，有时空切割的节奏感，有声效烘托感，并对人物语言运用有强烈的自我意识等。

另外，影视文稿的语言特色一定要具有视听效果，要对时间、场地和气氛做准确而有效的描述，但不必进行过细的图解式的描绘。

对人物的刻画，注重动势、倾向与纠葛，不必过多刻画心理活动，更不要以猜测和推理的手段来处理人物关系。

影视文稿的语言运用，要准确、形象、明了、简便，但又要为参与者提供想象的余地。影视文稿的整体气氛要有动势的渲染效应，要使运转方式的节奏感、悬念感、突发感具有强烈的震撼力。

影视文稿特别需要注意的是如何开头，如何结尾，在何时用何种方式写出创作立意的精髓和它所要体现的思考价值，必须有鲜明的形式和准确的定位。

这些概念式的条款正是影视文稿最原则、最基本的组合条件，也是剧本创作过程中在业务上，就推理、排比、调整的多种思维方式、多种创作理念的罗列进行灵活有效的组合。

（二）影视文稿特有的散文属性

形式的完美经常是由于内容的充实，而形式的缺陷也往往是内容的匮乏所致。创作上，许多完美的表现形式，往往都由内容决定。突出的形式显示出非凡的作用时，无疑是实质性的表现方式得到了最为精确的选择。

这依然是一个创作水平高低、表现力深浅的客观规律。然而，在生活中也常常会出现这么一种现象——经常见到有最充实的内容，而表现形式则极为一般，甚至乏味。这是没有进入创作的体现，没有寻觅到严谨得当的表现形式。

这无疑是创作者的修养所为。

在任何创作中，其形式的作用都非常重要。它的表现手段所显示的一切，绝对是这一内容的组成部分。失去了形式的表象作用，也就失去了内容的存在方式。

所以，任何忽略或轻视形式的观念，都不是正常看待创作的思路。在过去某一历史阶段中，文艺界经常动用不可思议的行政力量组成专门批判形式的写作班底，提到了上纲上线的政治高度，结果是千篇一律、百听不闻的"打快板说张三"。

形式问题绝对构不成创作面临的大敌。

如果某种形式达到严重扭曲内容的程度，也就不是创作，不具有艺术的作为，只是一种低劣的错误。

影视文稿的灵魂是真实，因为影视作品中的最大特点是不能虚假，画面构成中任何一点失真都是作品致命的缺陷。喜剧、闹剧虽有编造感，但组成这些情节的元素都是无限的逼真，否则，也就破坏了内容。

有局部的细节的真实，才能支撑虚构的真实，也只有这种最基础的真实才能符合美的法则，符合生活的本质和这种本质所传导的天良与诚信。

在影视文稿梳理上，就它的风格样式而言，就它的形式和内在格局而论，与散文有许多相似的脉络。

散文的形成和章法结构，在内在的气度上与影视文稿颇有脉络之缘。散文的总体结构形式与影视文稿分段、分场次、分先后和分层次描绘的"影视语言"具有近乎等同的思维方式。

散文形式，在字里行间都能渗透出"影视语言"的思维逻辑和排比推进的习惯手法。以散文的格局去进行形象性描述，只要有场次、段落和人物纠葛的演变，则影视文稿的样式就十分鲜明地呈现出来。

用于投产的影视文稿，特别是经导演之手落实成"导演工作台本"或"分镜头剧本"时，就会显示出十分明确的散文属性。

反过来说，将影视文学剧本演变成"导演工作台本"或是进而再落实成"分镜头剧本"时借以结构散文的思维方式，最便于"影视语言"表现形式的确切性和独特性，最能体现场次、段落的组合效果和形象的简便明了并突出重点。

有编剧或导演在他们落实成影视文学剧本的文稿之前，先组合一些散文片段，然后在取舍、推敲、验证之后，再去组织影视元素，最后形成电影文学剧本或电视连续剧的文稿。

影视文稿虽然不是专门为了阅读，但却能提供丰富的感应，引发许多有效的想象。习惯以形象为发言权的创作人员，通过参考文稿的所思所想，便可在自己的心目中形成特别完整的想象中的作品。

能从影视文稿的字里行间读出活生生的影视场面，这是影视创作人员善于想象的天职。不过，文稿也必须具有使人产生想象的基础。

其实，归根结底，影视文稿是以想象的笔触进行影视想象的描绘，并创造出更加引人想象的空间。视像的产生是腹稿形成的基础，也是想象的空间逐渐形成表现手段的过程。

效果良好的影视文稿，在尚未进行导演处理之前，便会在创作人员的心目中产生具有视听效应的可想象的"作品"，这是文稿具有视觉理念的体现。

影视文稿的视觉理念，或者称为视像意识的特点，一定具有可知的形象属性，即使是童谣式的幻想、呼风唤雨的魔幻行为，也不能脱离"人性化"了的心理思维，因为一切都是以人的角度去理解创作中的行为。

所以，想象的东西在事先就被划出了一个特定的范畴，反映的都是人的生活状态和人的精神世界。这是产生任何想象的坚实基础。

影视文稿的视觉理念，它的想象和体现这种想象的手段，都不能脱离这种坚实的现实基础。正因为如此，对影视文稿给予描绘性的用语，也只能是现实中切实可行的有视像效果的描绘。

这就使它形成了特定的思路、特定的描绘和特定的专业用语。那是一些极具形象性的描绘，不能产生视像的描绘，也不能寻觅到适当的体现手段。

如小说和诗歌中那些虚无缥缈、虚浮无度的情绪渲染，永远形成不了视觉的想象效果，因而也寻觅不到得体的切实可行的表现手段。

小说中经常有许多虚得不能再虚的思绪描写，这在影视文稿中并不得体。

影视文稿中即便想给人物提供内心依据，做些心理描绘，那也是一种欠妥的表现，因为阐述人物关系、人物思想境界的那些层面并不是影视文稿应有的任务。那些层面上的分析，导演和演员则另有所为。

这里需要强调的是，影视文稿情节结构的来龙去脉、人物关系的矛盾冲突、种种事件的纠葛和走向、环境气氛的渲染、风格样式的确定等，一定是具有视觉理念的形象性的描绘，才能有效运用表现手段。

强调影视文稿的梳理工作，一定要和小说、诗歌一类的创作加以区分。影视文稿并不是创作的最终目的。蓝图要具有投产的效应，为后面的创作提供切实有效的依据。

（四）影视文稿应潜伏声响意识

在影视文稿的梳理过程中，声响意识是一个不被人们关注的环节。然而实际情况则不能不认真地对待。在处理文稿的过程中，有没有声响意识，同样是决定一系列创作构想的关键所在。

声响效果是影视创作中最重要的手段之一，这谁都明白。但是在梳理文稿的过程中，声响效果经常被编剧人员所忽视。他们基于印象作出了脱离实际情况的判断，认为声响效果是导演和录音师要考虑的具体业务，所以很少在文稿的梳理中加以应对。

有些音乐性很强或是声效很突出的影视作品，在写出文稿的同时，就必须事先考虑声音元素的组合效果。特别是关于音乐家传记片的创作，不但要考虑声效的处理方案，更为重要的是对作曲家产生音乐作品的思路和那些作品最细小的表现情况了如指掌。因为影视作品的进程、场面调度的运转和蒙太奇的转换、组合等，正是音乐结构本身所具有的条件。

这样的创作，在导演、摄影师和录音师处理具体业务之前，文稿的结构和这种结构所反映的气势、间架、疏密和浓淡，都应该有声响效果的严密构想、精心设计并留有探讨的余地。

以音乐家传记为主的音乐片也确实不少，如《格林卡》《莫扎特传》等，这些作品从写剧本时开始，便充分而有效地利用了声响元素的有机组合，使音乐、动效和背景声的运用，组成了和谐的听觉感应，形成了听觉语言的综合效应。

即使并非音乐传记——声响意识也是不可忽视的组成部分。

这里阐述的是从影视文稿的梳理阶段开始，参与文稿工作的创作人员就必须养成习惯性的思维方式——声音是创作的元素，是可运用的手段，是文稿的一个组成部分。梳理文稿时，要有全方位的声响意识。

第四节　影视剧本创作中的要求

在影视创作的规划上，以往的经验经常会是一种临时的充塞、本能的抵御，或将其作为某些暂行的替补手段，被有序地放置在进一步推敲与探讨的问题上，等候着不能不有的防范和突发的演变，以便强化应有的收效，寻觅那属于这一作业的综合共鸣……这种思索的开始，应该视为创作进入状态的起点。

面对创作习题，本能搜索出的应对措施，显然会是以往应对经验的自然流露。

然而，这种第一感应往往并不可取。这是因为它不具备经久可靠的发展，也不会是"智库"中取之不竭的恒久财富。如果习惯了处处都想依靠在它软软的腿上找安逸，那么创作的思绪则可能懒得异乎寻常，且平庸得无法收拾。但是，对以往创作的经验决不可轻易地否定，它虽不是唾手可得的灵丹妙药，却是昔日有效成果的见证。面对新的创作，任何最新的办法都是解决现有问题的产物。

虽然任何解决难题的办法都会及时地出现在"困难"面前，但它依然是过去诸多经验的延伸。新的办法，都源于以往经验的积累。

因为严肃认真的创作，它不能与以往任何其他人的作品相近、相似，也不能与自己曾经有过的情节和手段雷同。所以，经验与习惯，特别是在影视创作上，不能持久不变地一用再用。因此，颇有成就的创作人员，他们的作品经常会体现出独特的风格和独特的个性这种行之凿凿的现象，并不是因为"经验"的一再运用而形成惯常的风格。

作品的风格样式，是创作人员性格、气质和价值观的体现，这是文化素养的必然流露，不是以习惯的经验操持习惯的表现方式，更不是以习惯的思维体现习惯的手段。

风格的形成不是经验的延伸，而是审美情趣的体现，是面对事物进行哲学思考的一种选择。这超乎所有的创作经验。

经验只是历经以往事物而在不同阶段中感性认知的自然积淀。它一旦上升到理性分析时，就会自然地显现出推敲、探讨与研判的属性。

经验在面对具体事物时，它仅是一种选择、一种启迪，其后则是灵性的萌发。所以，经验永远是对新事物作全新的判断时会产生全新的效应。

从运筹学角度去诠释，这正是一种修养的积淀。

在我们探讨、推敲、探索潜在意识的同时，在谈到作品风格样式是独特个性的体现时，与不断创新的高要求审美意向是同一个问题。

由此可见，经验面对具体事物时，它是一种选择，一种新的启迪。而作品所能体现的风格样式，是这种选择与启迪趋向的最终结局。

创新过程中需要认真考虑的是，对这种综合倾向性，需要特别加以慎思、审视。面对全新的创作，推敲就是探索。概括地说，知有深浅，才会行有远近。

创作只是一种由生理因素转换为心理意识的过程，这是一个从物象到心境的体现过程。这种复杂的运转，创作人员不会有清晰的感受。这是一种难以置信的快速反应，在任何短暂的瞬间，它都会游移在选择的分寸上，而又确定在统筹的尺度上。

审视、慎思的趋向，它或许是联想，或许是启迪，不是怪诞，就是灵性火花的闪烁。

推敲是为探索潜在的共鸣。使作品发挥语义的共鸣，那是极具感染力的最佳因素之一。这种看不见摸不着的寓意，经常是创作者主观命题的预见与社会进行情感沟通的桥梁。这也是作品的准则与社会广泛接受的认知程度，在产生情感交流的过程中所具有的一种非语言式的感应行为。

作品命题寓意的深浅，与社会领略程度如何，这是同一事物的两种所向。它永远具有不确定的多解意识的深浅之分。

有的作品浅显易懂，有的则是深邃的哲学含义，所以艺术作品进入社会后的真切考验正是意图的体现与鉴别的交锋。这既是源泉，也是力量，因而它不能不是语义共鸣所体现的论辩。

对创意命题所产生的共鸣，这是一种感悟，而充分的领悟则是理解。作品寓意所潜在的共鸣，在群体中产生不同程度的理解，这是一种最自然、最公正的测试，由此才能公正地鉴定作品的社会价值。

然而，有时也会出现既不公正，也不自如的偏激导向。当由某种社会动态所向而以商业性的宣传方式给予外在意图的解读时，不论是作品本身，还是群体反应，都会出现某些道德的扭曲和功利十足的刻意雕琢。以经济实体支配意识形态的社会中，刻意的雕琢会是一项宏伟的工程。

在票房标准第一，艺术标准第二，其他不再倡导的情况下，各类艺术创作的创新问题来之不易，令人难以回首，难以置信。这最容易使不是艺术的"艺术"成为顶级的"艺术"。

这种刻意倡导的创作倾向，便会导致不切实效的自诩与浮夸。

20世纪五六十年代出生的人所历经的锦绣前程，曾经过了一个落满枫叶的季节。几乎所有的影片名，都带有一个"红"字。片名有个"红"字，是时代的共鸣。这是时代的要求，但也是缺乏创意的表现。

后来有所意识，则想丰富一下片名的多样性、多元化。于是又出现了红、黄、蓝、白、黑的色谱现象，即同一时期出品了《红色邮路》《黄英姑》《蓝色档案》《白莲花》《黑面人》，以及"绿"什么、"灰"什么、"紫"什么等影片名。

这好像是打开了思路。但求新的意愿依然是拘泥成说，像小媳妇从深宅大院向外探望，她还没有真正看到院外的景况。

在较长时间内，我们的影视制作从取材、选题、申报，以及其后的一系列体现手段上来看，讲述的经常是同一类型的故事，倡导的是同一个精神境界，所用的表现方式是一些经久不变的陈词滥调，评论的基调自然是如数家珍似的，列出个一二三。

在那个年代，一条腿总是迈不出历史的后院，另一条腿也迈不出影视制作的沼泽地。所以，作品充塞的总是权谋争斗，尔虞我诈。君臣之间，总是你死我活，人头落地；后宫嫔妃，明争暗斗，计计得逞。

以影视作品不易辨别的危害，使腐朽的东西暗暗地保存下来。以历史的沉沦、延续着尘封的思维，并不加选择地把这一切都说成是"挖掘"和"弘扬"，招出了"儒家"，招出了"信仰"。其实，招出的只是商业利益。

这确实需要新一代的创作人员去审视、慎思和明辨。

过去年月，似乎每个导演的脑门上都刻画着不能舍弃的古老。如何看待中国人的集体记忆和集体无意识，这是新生代影视工作人员不能不承担起的历史责任感。一个时代有一个时代的原则，一代人有一代人的使命。要有新的收获，就要看好新的路标。

对影视创作的语义剖析、推敲与探索潜在共鸣，它绝非是单纯的技巧生成。说到底，它的核心思绪，则依然是面对生活需要做出抉择的一种创作见解。这是一个观念问题。

在影视创作全过程的业务程序上，编剧、导演、摄影和作曲等主要创作成员，以及参与这一程序的其他工作人员，要想使工作取得最终成效，则不仅仅是完成自己应尽的职责，更重要的是坚持不能改变，也不能忽视的相互之间以取长补短而步调一致地谋求共识，并实施统一的行为准则。

这种创作是发挥众家所长的一种集中体现意图的群体活动，所以统一认知、谋求情感共鸣、落实各项环节的一致流程，正是预期效果得以保障的主要环节。

这种由诸多成员组合成的群体，所追求的共同趋向是在大致相同的审美情趣中，来谋求创作理念的共鸣。由此才真正涉及每一成员的自身职责，要与其他成员予以认知上的沟通。

为此，各成员在自己的工作范畴中必须与他人谋求创作思绪的共鸣。

共鸣是取长补短、业务渗透的思想基础，各成员在执行自己业务职能的同时，必须理解实际意义上的业务渗透，做有效的互动，从而在彼此的配合中置换出情感的共鸣。

一、剧作结构与导演思维的共鸣

如果影视文稿不是出于编导同一创作人员之手，那么编剧所呈现的情节结构，就其整体框架的气势、走向，以及种种纠葛的冲突、化解和形式上的疏密、浓淡等，要尽可能以"导演思维"来构想未来影片的风格样式。这就是说，编剧要具有"导演思维"，要具有导演业务的导演意识。切不可抛开未来"影片样式"而一味地只做文字叙述。

文稿要简明扼要，少而精，不要拖沓赘言。电影剧本基本上提供事件的来龙去脉和主要人物关系即可，而把其他更多的空间留给负责影片实际意义的导演。

倘若编剧人员对影视特性很了解，熟知它的时空结构，深知它的场面调度与节奏的关系，也相信气氛渲染的深化作用等，那么，他的文稿便可依照"影片样式"去结构，可带着"剪辑"意识与"声响"效果的情感做进一步的视听处理。

不同作者会有不同的处理方式。有的编剧可能事先要与导演共同探讨，然后才去落笔。而另外的编剧，可能先将文稿写就，征得各方意见之后再去修改原稿，或许会是导演亲自动手修改他人的来稿。总之，形式多样，各有千秋。

不论何种方式，拍摄之前的文稿具有视听效果的要求是必备的。

倘若剧本的文稿为导演自己所作，那么，肯定是带着"导演思维"来处理文稿。如此出手，那么很可能剧本就是"导演工作台本"。

不管外来文稿阐述得多么具有影视特色，导演拿到剧本都会重新做较多的调整，好使纸上"谈兵"的素材在今后的意象物化过程中取得真正具有实效的置换手段。

这种实际意义的"导演思维"，才是剧本结构的真实基础。

不管"导演工作台本"与"导演阐述"两种不同的文稿出于一人之手，还是出于多人，它们都是语言的形象性和影片的形象性的最有效的蓝图。

这种最原始的创作共鸣，将会发生一系列的变化。

这两种文稿都是提供给摄制组主要成员进行创作深化的核心思绪。它要求以这种构思的可读性，将其逐一转换成视像的具体化形象时，要和无数的头绪求得共鸣，之后会有和谐的样式成为下一步的参照物。

影视创作，从前期的案头工作开始，直到后期各项措施的落实，共鸣一直纠缠其中、隐匿其内，时时刻刻成为纽带、成为链条。

如果没有真正的共鸣，就没有较好的或更好的成功。

二、摄影阐述与形象物化的共鸣

不论是剧作结构提供什么情节，或是"导演阐述"说得如何头头是道，但是，如果做各种推理的假设都缺乏一种有形的尺度，缺乏视听的可预见性的标准，因而也就无法判断拍摄之前与将要落实的银幕形象在现实中的真实性如何。因此，只能运用一种手段——体现唯一真实性的标准——就是"摄影阐述"所要落实的物化措施。"摄影阐述"是解读剧作结构，体现导演意图最得力、最有效的创作共鸣。

任何影视创作，如果只用语言来表达某一事物，从来没有得到可靠的形式。剧作中的情节、人物与事件，多半都是用来作为称呼的，这仅是一些符号的代码。要想落实到真正具有"视听"效果的银幕形式，那唯有通过摄影的物化过程予以体现。

"摄影阐述"不仅是解读剧作意图和落实导演构想的关键性的创作共鸣，而且是在真正以物化程序来敲定银幕的可见效果时，会与许多部门产生共鸣。

摄影是通过自己的业务措施，集众家所长，把全体成员的劳动过程以精确的手段落实到肯定的尺度上。这可以说是集诸多共鸣于一体的操持行为。

编剧、导演、摄影师和作曲家，每人的专业各有不同的体现方式，然而面对创作时，就会有共同的心态。那就是真正的自我表露就是真正的魅力所在，因为这可以看出才智的本来面目，也可以知晓沟通的深浅，使潜在共鸣传递给对方，同时也得到对方的回应。

创作人员之间面对问题时所产生的共鸣，是一种灵性思维瞬间碰撞的火花。它会在观察和经验的基础上，或多或少地趋于完善，并很快就会反映出最真实的面目。

这便是无意识瞬间的坦诚和有意识雕琢的共鸣。这完全是清晰的和没有杂念的，这也是一种最纯真、最自然的共鸣。

摄影师通过摄影机所看到的一切，那是全体成员非常信任地体现了创作共鸣而形成的硕果。

创作人员面对意象物化可能出现的种种可能性，只有通过交流而达成共识，也只有达成共识才能付诸实现。所以理性所能做的这些安排，如果没有彼此间的共鸣作为感性的纽带，那将一事无成。

艺术创作乃是幻感活动的落实，也可以说是想象中某一经验的选择。

创作是以想象的幻感，将自己从来不曾有过的意识情感，强烈地提高到精确认可的"成功性"境界，那才可谓是创作。凡此，都有无数经验的潜在共鸣，在积极的作用中完成想象的使命，从而使创作取得成功。

艺术家的个体创作纯属个人行为。然而影视创作则是许多人组合的诸多部门进行潜在共鸣的合作。共同完成一部作品时，其审美情趣必须具有趋同性才有合作的实际意义，至少几个主要创作人员必须具备相同或相近的审美情趣，才能体现一种精诚团结的合作心态。

创作一部影片时，导演的"导演阐述"其主要作用是强调情感认知的共鸣趋向统一，传递一个统一的创作意图，使各个环节趋向完善、趋向统一，以此确保影片风格样式的鲜明特色。

审美意识的趋同性，就是在影片创作的全过程，不论是从文稿的落实到阐述的修订，还是意象物化中的各个置换程序的落定，或者是一再推敲、修修剪剪，都要强调审美情趣的趋同性。否则，便会自然地引发种种弊端。

在影视创作中，共鸣是一种欢乐，也是一种诚信。每一个创作人员在合作中追求的共同目标，乐见成品时的喜悦，更会带来情感的共鸣。认知这些目标，有明确的志向，就会产生坚决果断的措施，避免不经推敲的随波逐流。

诚然在这种创作中，没有比集体成员的共识共鸣更可贵的了，也没比不知如何汇集这种共识共鸣，不知如何利用它的优越性更可怕了。

创作上的情感共鸣如何，是获取成效不可忽视的关系。

第五节　现实主义的影视创作

以现实主义方法创作的中外影视作品最多，其中不乏经典之作。

下面，先举我国 20 世纪 40 年代的经典影片《一江春水向东流》为例，来形象地阐述现实主义作品的创作特色。

剧情梗概：

本片分为上下两集。上集：八年离乱。

"九一八"事变后的上海。纱厂补习学校的教师张忠良是一位爱国青年，他的爱国热情和聪明才干赢得了同厂女工素芬的爱情，不久，他们幸福地成婚，并很快有了一个孩子，取名"抗生"。

"八一三"战役爆发。日本飞机狂轰滥炸，上海街头难民如潮。张忠良和妻子、老母亲都参加了慰劳前线将士的工作。不久，中国军队开始撤退，张忠良所在的救护队接到离开上海的命令。离别前夜，素芬悲哽难言，张忠良说："你记住，以后每逢月圆的晚上，我一定在想念你们。"

张忠良满腔抗日热情，随着救护队到过南京、南昌、武汉，一路抢救伤员。这期间他曾因害怕而逃跑，后来又归了队。不久，他被日军所俘，被迫当了劳役，历尽磨难，他终于逃脱，来到了重庆。重庆是当时所谓的抗战中心，街上充满了无家可归的难民。张忠良几经努力，难求一职。在饥寒交迫之际，只好向也到了重庆的熟人王丽珍求助。王丽珍是纱厂温经理太太何文艳的表妹，在交际场上是个路路通的人物。王丽珍看到张忠良英俊能干、大可利用，就留他住下并介绍他到干爹庞浩公开办的公司做事。上班第一天，张忠良早早地来到办公室，而时间过半，其他同事才陆续到来，来了之后又都不干正事，不是看画报，就是玩麻将、扑克牌。下班后，科长老龚约几个同事请张忠良吃饭，并邀他到舞厅跳舞。张忠良对此十分反感，想到国难当头，不禁潸然泪下。但是不久，他就由反感转为麻木，逐渐适应了这种环境，并且很快投入了王丽珍的怀抱。

素芬在沦陷后的上海难以谋生，随张母回到乡下，和张老爹、张忠民共同生活。

不久，张忠民因不愿当亡国奴被日军缉捕，毅然上山投奔了抗日游击队。日军在乡下肆虐横行，张老爹挺身反抗、遭到杀害。素芬一家只好又回到上海，靠替人洗衣勉强糊口。老母体弱多病，孩子幼小，素芬在艰难的生活里苦熬着，她常常望着天上的一轮明月，思念远行的丈夫，盼望胜利团圆的那一天。

可是张忠良却一直音信杳然。

下集：天亮前后。

张忠良以庞浩公私人秘书的身份在重庆商界活动着，与奸商相互勾结，大发国难财。这时，他与王丽珍已经公开同居。一天酒宴上，老龚送来两封乡下的来信，被房丽珍发现，张忠良谎称是借钱的，将亲人的来信撕碎扔进江中。

日军捣毁难民收容所，素芬失业了，一家人只好靠到乡下卖米为生。一次，素芬等人被日军发现，被赶入冰冷刺骨的渠水中，冻了一夜。

1945 年日本投降后，庞浩公、张忠良等人立即飞回上海搞"劫收"，张忠良住进了原纱厂温经理的公馆，并通过庞浩公把汉奸温经理的财产据为己有，同时"接收"了温的太太何文艳。

而这些日子，素芬是在热切盼望"征人归来"中度过的。可是一天天过去，总不见丈夫的消息，但她还是不断地写信，到后来穷得每天只能以稀粥勉强充饥，连邮票也买不起了。生活难以为继，素芬无奈中，征得婆母同意后，去做富豪家的用人——恰恰是到温公馆。抗生也上街卖报来补贴家用。

"抗战夫人"王丽珍飞回上海,"接收夫人"何文艳又恨又妒,却不得不强装笑脸和张忠良一起把王接回来。

"双十节",温公馆举行鸡尾酒会,政客商贾、绅士淑女纷纷来到,热闹非凡。厨房里一片忙乱。大司务正要将冷饭倒掉,素芬看到,羞怯地请求将它们留给已经几天没有正经吃饭的婆婆和儿子。好心的司务又给了她几根肉骨头。又冷又饿的抗生捧着冷饭,欢天喜地地跑回家去。

这时,温公馆的客厅里,张忠良正抚着肚子对王丽珍说:"我都快要胀死了!"

舞会开始,素芬帮忙上饮料,忽然听到有人叫"张忠良",不觉一怔。张忠良与王丽珍步入舞厅,素芬看到果然是自己日夜盼望的丈夫,失神中掉了饮料。此时,张忠良也认出了素芬。王丽珍感到他们的关系非同寻常,冲上来质问。素芬哭着说出:"他是我的丈夫!"王丽珍撒泼大闹,客厅里乱成一团。张忠良厉声责问素芬:"你到底要我怎么样?!"素芬看清了张忠良的丑恶面目与周围一张张冷酷的面孔,决然道:"我走……我走!"奔出了大厅。张忠良怕出事、想追出去,却被何文艳等拖住,只好又上楼去安抚王丽珍。王丽珍乘机逼张忠良将侵吞的温家财产交给她。

素芬在街上徘徊了一夜,强抑悲痛回到家中。家里正洋溢着欢乐气氛——原来是收到了张忠民从游击区寄来的信。素芬读信时想起丈夫的作为,忍不住痛哭。张母问明原委,带一家人去找张忠良。母子相见,张母连声责问张忠良。张忠良无言以对。素芬泪流满面。这时,王丽珍从楼上冲下来,逼张忠良立即与素芬离婚,并以死来威胁。张忠良胆战心惊,忙不迭向王丽珍求饶、起誓。

张母终于看清了儿子的嘴脸,一家人多年来寄托的希望和幻想全部破灭,祖孙三人绝望地走出温公馆。素芬悲愤交加,投进了滚滚奔流的黄浦江。江面上,再次回荡起悲怆的歌声:问君能有几多愁,恰似一江春水向东流……

这是一部十分典型的、堪称范本的现实主义篇章。1947年由中国昆仑电影公司摄制,编导蔡楚生、郑君里。主要演员白杨(饰素芬)、陶金(饰张忠良)、舒绣文(饰王丽珍)、上官云珠(饰何文艳)。摄影朱今明。

本片是中国电影史上公认的一部经典之作。在上海公映时,连续三个月盛况不衰,观众近80万,创造了当时中国影片卖座的最高纪录。这在美国好莱坞电影充斥电影市场的当时，绝无仅有。于是，认真探索其成功的原因，就非常有意义了。

总括其成功原因，可以用一句话来概括：因为它出色地运用了典型化原则创造出了具有高度艺术水准的现实主义篇章。

这部影片通过一个普通家庭的悲欢离合，生动形象地展现了在民族危难关头，处于纷繁动乱社会中各阶层的真实面貌，显示了极为丰富、深刻的生活内涵，塑造出了众多富有时代特征、性格鲜明的典型人物形象。影片以其强烈的现实主义精神和浓郁的民族特色，一扫抗战胜利后中国影坛浓重的阴霾，受到当时进步舆论的热烈赞扬，被称为中国电影发展史上现实主义创作道路上的一座丰碑。对社会矛盾的深刻揭示、对生活本质的逼真勾勒、对人物内心的生动展现，是本片现实主义精神的光芒所在。影片描述抗战时期以及此后两年间的社会现实与人间沧桑，它以形象生动、寓意深刻的画面，显示了沦陷区老百姓受尽凌辱、民不聊生的苦难境遇，以及日军烧杀抢掠的残暴行径、大后方官僚资产阶级纸醉金迷的生活，揭露群丑们贪赃枉法的丑恶嘴脸、善良民众的悲惨命运及幻想的破灭。总之，高度概括地表现了这一历史阶段的不同时期、不同地区、不同阶层人们的生活以及各种社会力量之间的矛盾、斗争。同时刻画了贤惠善良的素芬、忘恩负义蜕化变质的张忠良以及宠浩公、王丽珍、何文艳等性格鲜明、各具不同典型意义的人物形象。

影片中的男女主人公素芬与张忠良，无疑是塑造得最为成功的艺术形象，编导者以细致的笔触，描绘出素芬由充满希望、坚毅忍耐到理想破灭、绝望投河的心路历程中的每一丝波动；也同样勾勒出了张忠良在步步蜕变中的内心挣扎，并通过精心设计的银幕画面，层层深入地揭示出因日本帝国主义的侵略以及国民党反动派苟且偷安、消极抗日的政策所形成的社会环境与历史条件，是素芬一家人流离失所、家破人亡的根源，也是张忠良由一位抗日青年沉沦堕落成为罪人的决定性因素，给整部作品打上了鲜明而深刻的时代烙印。

通过典型化方法，以虚构的艺术形象真实地展示社会生活的本质及规律的影片相当多。像我国影片《林家铺子》《青春之歌》《早春二月》《祝福》等，像美国影片《正午》《魂断蓝桥》《卡萨布兰卡》《末路狂花》以及苏联影片《夏伯阳》《一个人的遭遇》《乡村女教师》等均是。

虚构的故事影片，需要典型化的艺术叙事——这点一般人都能认可。而对于纪实类影片或纪录影片，是否也要依照典型化原则，就可能有人怀疑了。

在这里有必要指出：即使是纪录片，也不宜背离典型原则。因为只要是艺术作品，无论是虚构，还是纪实，它都要向观众传达作者的某种主观意向，因而必然含有作者的刻意组合、人为编排。而在这组合与编排过程中，就应该运用典型化原则，以求作品对社会生活的本质体现与普遍涵盖。否则，尽管打着真实记录的招牌，也可能是对现实的某种程度的歪曲。

纪实作品典型化原则的体现，一般有两种手段。

其一，选取的纪实对象本身，就具备很大程度的典型性。这样，只要真实地对对象（人物或事件）稍加整理、编排，删减掉不必要的枝节，进一步突出重心或主干，进而体现其本质、精华即可。

比如引起重大反响的拍摄于 1993 年的美国影片《辛德勒的名单》，就是在真实人物基础上，经过加工整理、艺术编排创作出来的。

辛德勒确有其人，第二次世界大战中纳粹残忍屠杀犹太人，也是事实。但作者并没有一切如实照搬，而是做了明显的艺术处理。比如在结构上采用了片段组合式手法，各个片段间有意不要必然的逻辑联系，也非戏剧化地讲述一个故事，而是以辛德勒这个人物为线索，将整个宏大历史过程中的重要事件采撷出来，服务于对人性的透视和对战争的重新思考。

另外，在色调设计方面，本片也有着独特的艺术构思：在长达 193 分钟的影片中，有意识地运用了以黑白摄影为主调的纪实手法，不仅突出了历史的真实感，也象征了犹太民族的那个黑暗年代。而贯穿影片始终的红色烛光，则蕴含着深刻的宗教寓意；小女孩红色的身影不仅强化了个体生命的脆弱和宝贵，同时还是推动情节向前发展、促使辛德勒思想升华的关键因素；当犹太人获得新生、走出地平线时，银幕上突然出现的彩色画面，这就给观众传达出一种震撼人心的精神力量；影片结尾处则以长达 3 分 36 秒的犹太人祭奠辛德勒的场景，将全片情绪推向高潮。如此种种，均可证明纪实影片不可或缺的人为的人事编排与艺术处理。此类作品，像我国中央电视台的《东方之子》，像电影《周恩来外交风云》，像法国影片《Z》、美国影片《巴顿将军》等，均属此类。

其二，对于社会生活中散乱芜杂的某一范畴，以既定题旨为中心，进行人为的选择、梳理，进而体现典型化原则、完成影片的创作（制作）。

这方面的经典之作当推 1965 年苏联拍摄的《普通法西斯》。这是一部艺术政论纪录片，根据苏联、民主德国、纳粹德国及其他国家拍摄的新闻片和纪录片片段剪辑而成，表现了德国法西斯形成、发展及灭亡的历史。本片是苏联纪录电影史上最重要的作品之一。它的创作动机在于通过影片使观众思考：为什么20世纪出现了法西斯这个怪异现象？为什么希特勒能够掌权并蛊惑那么多人为其卖命并犯下令人发指的罪行？影片研究了法西斯思想体系，这就产生了更深刻的揭露力量。

本片不是按时间顺序拍摄的普通纪录片，而是一部艺术政论片。它按章节构成，每章有一个主题，各有自己的开头和结尾，有的章节标题就显示了本章节的主题，如"我们属于你""曾经有过另一个德国"等。这种结构原则可以使影片不受时间发展顺序的限制，而集中、突出作者所要表现的问题，进而使影片有一个更鲜明的内在逻辑，以淋漓尽致地表现法西斯的历史过程与暴虐本质。这是影片第一层面的内容。

第二层面则是表现法西斯周围的世界。它使观众不仅看到了希特勒上台前后西欧的政治形势，看到了一些国家政府的机会主义态度，而且看到了当时德国的进步力量，看到了革命者的活动以及德国工人运动的蓬勃开展并且遭到镇压……这一切，使人们更清楚了当时的力量对比，看到了西方垄断资产阶级和德国法西斯的微妙关系与相互影响。

影片还有第三个层面，就是表现战争结束20年后的20世纪60年代中期的世界。除了各国人民的和平生活外，还有军国主义势力的蠢蠢欲动，法西斯组织东山再起的企图。

因此，如果说影片表现了从20世纪30年代到60年代这30年的世界历史，认为影片是一部史诗性作品，不是没有道理的。影片甚至把观众的思绪带到遥远的年代：当人们还在茹毛饮血时，他们已经知道创作，已在岩壁上作画；而几千年后，法西斯却在践踏人类文化。这种对比、这种跨越时代的思考，正是史诗的特点。影片还指向未来，更确切地说，影片本来就是为未来拍摄的，它推动观众思考自己的命运、思考人类的未来——它早已超出表现一段历史的命题。正因为如此，尽管影片中有大量的表现法西斯罪行的镜头，但它给观众的已不全是凄惨或恐怖的感觉，而是一种历史的沉思。

本片的创作过程更说明了典型化手法的不可或缺。本片的胶片全长3600米，而为了创作这部影片，编导米哈依·罗姆一共看了200万米胶片的素材。开始，他也考虑按年代顺序编排内容，但很快放弃了——因为那只能创作出一般性的，而且别人已经拍过的历史纪录片。他于是将各种素材按主题归成几大类，然后再对大量的素材进行围绕主题的精选，使每一段落，甚至每一镜头都非常典型、具有普遍含义并表现出深层的本质与规律。

总之，在浩瀚的散沙中挑选有用之物，再将它们按既定构思，构造成雄浑的艺术大厦，这便是《普通法西斯》的成功所在。

这类影视作品也很多，像中国的《沂蒙九章》《话说长江》，像美国与苏联关于第二次世界大战的纪录影片等。

第二章 剧本创作就是写冲突

第一节 写作的前提

文学创作指作家为现实生活所感动，根据对生活的审美体验，通过头脑的加工改造，以语言为材料创造出的艺术形象，形成可供读者欣赏的文学作品，它是一种特殊的复杂的精神生活的产物。剧本创作也是同样的道理，是创作者对一定社会生活的审美体验的形象反映，既包含着对生活的审美认识，又包含着审美创造。

一、强烈的兴趣

兴趣对剧本创作有着极其重要的作用，它既是创作的重要动力，又是作品内容的重要因素。在创作过程中，剧作者必然会对一些人物和事物流露出同情和喜爱，而对另一些人物和现象会表示出厌恶和反对，他势必会透过作品的形象对生活作出评价，显示出自己的态度倾向，并以此去感染读者。

初学者在写作之前，首先要思考的是关于被表现对象的：我要写什么？我能写什么？用这个"什么"来催发自己强烈的创作欲望和冲动，每次写作，都是一次对生活的热情拥抱和冷静思考。每个人并非生活在真空之中，在步入写作之初，首先要开阔生活的视野，一定要从自己对人生的切实感悟出发，占有足够的写作材料，然后才能进入写作过程，同时激活自己的艺术想象力，以弥补感觉经验储备的不足。题材选择不以某一种剧作元素的概念为要求，可以是写一个人物、一个事件、一种人物关系、一种心态或是一个场景等。

剧作家在进行创作时需要保持一颗童心。所谓童心，就是童稚般纯洁无瑕的心灵，最好是能用孩子的眼光去看世界，对一切充满好奇。因为艺术就是一种创造美的行为，而美与善是连在一起的，一个人只有在心灵纯净的时候才能真正感受到美。剧作家不需要像哲学家一样把世界和人生看得很透，看透了人生，想象力也就被束缚住了，而没有了幻想，也就很难对外部世界产生兴趣了。

二、表达的欲望

剧本创作和现实生活有着很强的贴近性，其写作是源于生活又高于生活的，需要写作者投入自身生命的热情。尤其是影视剧本的创作，生命意识深处的创作冲动能使其创作出的故事更具有生活的质感。这种创作的冲动也就是一种表达的欲望，是写作者必备的基本写作素养之一。

《毛诗序》中说："情动于中而形于言，言之不足故嗟叹之，嗟叹之不足故永歌之，永歌之不足，不知手之舞之，足之蹈之也。"这就是对强烈的表达欲望的外在化的描述。也印证了西方的游戏说，即艺术来源于内心的创作冲动。

"我有时逃开自我，俨然变成一棵植物，我觉得自己是草，是飞鸟，是树顶，是云，是流水，是天地相接的那一条横线，觉得自己是这种形体，瞬息万变，去来无碍。"法国浪漫主义作家乔治·桑在《印象与回忆》中谈到了自己在写作时的自我体验——观照心灵、深入感知。这正是一种写作者的内觉，也是一个写作者应具备的基本素养，影视剧本的写作相对于其他类型的文学写作而言，是年轻而新颖的一种写作类型，写作者深层的内觉体验是不可或缺的。正如贺拉斯在《诗艺》中所言："你要我哭，首先你自己得感到悲痛。"这就表明在写作中，尤其是在影视剧本创作中，要将情感进行外化性的表现，深厚的积淀和深层的情感感受是必不可少的重要素养之一。

作为编剧，如果缺乏表达的欲望、创作的冲动，而一味沉溺于过分功利的简单文字复制中，也就很难创作出有品位的剧本。

三、类型的确定

影视剧的类型是伴随影视剧创作的市场化而产生的，在市场经济条件下，影视剧作为商品必须要适应市场的需求。而观众在长期的观赏过程中对某类题材或某种风格的影视剧形成了相对稳定的欣赏趣味，由此形成了潜在的市场。

类型片以"公式化的情节、定型化的人物、图解式的场景"的特征在好莱坞于 20 世纪 30 年代诞生，发展到今天，类型家族可谓种类繁多，如西部、犯罪、侦探、恐怖、科幻等。具体到每个类型，剧作都有相应的技巧、特征、套路。在类型片当中，尤以好莱坞戏剧式结构的影片最为显著，普遍遵循着"开端→发展→高潮→结尾"这一布局。同时，如果我们将整部影片视为一个大系统，将大系统当中的开端、发展、高潮、结尾视为子系统，又会发现在每一个子系统当中，也包含开端、发展、高潮、结尾，在子系统当中的这些因素又可以继续分割下去，因而形成了不同规模的叙事单元。在这些叙事单元当中，小的冲突推进子系统的故事发展，进而又形成大的冲突推动大系统故事的发展，冲突成为故事向前发展的动力，伴随冲突推进的是人物关系的平衡状态被不断打破。冲突的层层推进、各种平衡的不断打破成为影片的核心动力，而且在整个叙事体系中，由于功能上各系统当中冲突的强度和力度都有所不同，因此形成了影片的节奏和韵律。

以西部片为例，西部片在场景、人物、情节、价值观等剧作元素方面具备以下特征：电影的价值观（主题）往往表达善必胜恶、替天行道的观念。空间上是一个封闭的小镇，恶人或者恶势力占领控制的强权秩序，人物有平民、警长、妓女、贵妇、淘金客、复仇者、逃犯、流浪汉、嬉皮士。西部片还往往围绕着英雄和坏蛋的较量出现必备情节：小镇上的人受到坏人欺负，英雄挺身而出，英雄与坏人终极对决，英雄在结尾离去。随着新好莱坞思潮的出现，新兴资本的介入和电影技术的新发展，类型片在 20 世纪 90 年代后进入了全新阶段。今天，类型片借助新媒体和全球化的浪潮在全世界已经耳熟能详。这些类型不断翻新、循环、跨界，在具体创作中形成了不同的创作策略。

四、写作的维度

对于初学者而言，在早期的创作实践中不妨先研究类型，选择一种自己感兴趣的类型加以研究。结合写作实践和前人研究简单总结一下类型片的创作策略，可以从以下几个维度进行学习。

1. 仿造

直接临摹类型作品，这种情况往往出现在类型片传播路径受阻的特定时间段内。比如，黑泽明电影武士片《用心棒》，被意大利导演赛尔乔·莱昂内改成了西部片《喋血黄沙》，当时便引起了轰动，但这种行为在创意为王、作品版权日益受到尊重保护的当代，"仿造"策略不得不以一种商业形式出现，这就是翻拍。近些年，环球公司买下了韩国电影《老男孩》的翻拍权，马丁·斯科塞斯执导的《无间行者》斩获奥斯卡奖，都可以说是类型片仿造策略下的实践。

2. 套用

有意识地借鉴其他成熟的类型片的剧作特征，创作本土特色题材，表达自己的文化观念，这是目前中国电影界比较流行的类型剧作策略。比如《白日焰火》成功套用了好莱坞黑色电影中蛇蝎美女、硬汉等人物形象，城市死角、酒馆等空间造型，偷窥、监视、追踪等侦探片桥段。同时，这部片子还出现了中国文化中经常出现的痴情郎与负心汉；东北当下的场景如溜冰城、澡堂、洗衣店、小饭馆、煤矿……可以说好莱坞黑色电影被成功地中国本土化了。

再如高群书将中国抗日战争期间国共两党斗争的锄奸历史题材打造成了《风声》，这是套用了悬疑推理片的路子；冯小刚关注中国底层社会，把一个农民工拿钱回家过年的题材打造成了《天下无贼》，这是沿袭了强盗片的路子；《夏洛特烦恼》的出现更是类型片套用语境下的鲜活案例。

3. 移植

近几十年，好莱坞利用政治层面扩大好莱坞电影生存的空间；通过对电影产业链的投资控制电影市场院线与产品开发；通过媒介宣传来培养观众的好莱坞式趣味；在创作上吸收全世界的优秀班底，推动好莱坞的创作技术革新，利用他者素材拉近文化亲近性，这就是所谓的好莱坞策略。而在类型剧作观念上，好莱坞开始移植，即吸收同类型片中的核心创意和经典剧作元素。《黑客帝国》围绕着太极招数建造了故事的高潮情节，《杀死比尔》的女主人公穿上了李小龙黄色的衣服，大秀暴力美学。同样，在近几年中国电影的实践中，本土创作者也不甘示弱。当各种戴面具的侠客在《蝙蝠侠》出现时，甄子丹扮演的"黑衣侠"也来到了民国打鬼子，而宁浩《无人区》的许多桥段来自好莱坞的《U形转弯》《决斗》《老无所依》等经典影片。与整体的类型套用观念不同，类型移植可以看成是相近类型系统内部语言符号的位置移动，如动作片和武侠片。类型片的移植，只是拿来主义，本质上类型的核心没有变，如好莱坞《功夫熊猫》走的是典型武侠片路子，传递的却是欧美文化中崇尚的勇敢、正义、和平的精神。

4. 混合

尝试不同类型的元素搭配，甚至多种元素的杂糅，用加法的方式创作故事。这种观念首先出现在类型观念发展较为成熟的阶段。《超越套路的剧作法》认为"混合类型应用于近几十年来最惊人和最重要的电影中"，如果成功运用，混合类型会得到互补的效果，让观众更有新鲜感。在中国当下创作中，这也是一个非常流行的剧作观念，《催眠大师》开头的一系列灵异事件是惊悚片的标签，医生不断的追问、质疑是推理片的标签，而到了结尾主人公站在走廊里看星星却是成长片的路子。

5. 再造

在固有的类型题材之上进行新剧作方面的挖掘、加工，融入时代元素，形成新的类型。再造是一种既依附已有类型，又超越已有类型的继承创新式的剧作观念。如好莱坞早期的西部片《平原奇侠》，牛仔除暴安良和这些年流行的科幻片《变形金刚》中英雄拯救人类的主题套路基本没有多大区别，好莱坞早期的强盗片《疤面煞星》与后期的黑帮片《美国往事》同归于尽的结局有着极其相似的关系，可以说，前者的故事母体滋生了后者。

6. 反写

创作者以一种逆向的思维来挑战类型片表达的固定价值观，刻意违背某种类型电影固定的叙事模式，比如强盗片中的主人公大多数是自作自受的坏蛋，可到了《雌雄大盗》，主人公邦妮和克莱德却让观众充满同情。西部片中的牛仔、警察大多数是不畏强权的代表，城镇被看成是文明的力量，可是《正午》中即将退休的警察局长却发现这个西部城镇中的人是多么自私自利，就像《圣经》中的索多玛城。警匪片中的警察往往是身手敏捷的格斗高手，可《冰血暴》里追踪坏蛋的却是一个挺着大肚子的孕妇警官。

类型片的反写往往发生在特定类型发展的成熟期或者晚期——新好莱坞就是这么诞生的。此外，反写往往和作者风格有关——融入创作者的喜爱，有着强烈的艺术风格，比如王家卫的武侠片《东邪西毒》。

用创新的意识去打破类型框架，形成了不同的剧作策略，可以为类型创作带来新鲜的思路，对于剧作者来说，掌握最基本的故事类型套路、技巧，在此基础上进行创新，是一条可靠的路径。

第二节　"戏"的产生

所有的艺术都是艺术家通过模拟外在的现实生活表达自己生活意念的一种方式，从这个意义上说，艺术是对现实生活的模仿，但是又不等同于现实生活。现实生活的丰富性是艺术所不能比拟的，而艺术里的生活因为注入了艺术家的思考而显得更加生动和充满灵性。

在我们的影视剧创作中，观众到底要看什么？是"相似""相像"的现实生活，还是充满幻想的对现实生活进行的拔高？影视剧到底要靠什么来吸引观众？这是每个编剧和制片都在思考的问题。

艺术不可能照搬生活，它是对生活的提炼。在艺术作品里，什么样的生活才是有意义的，影视剧中什么样的事件才会吸引观众，这是需要我们不断思考的。现实生活其实是由很多枯燥无味并且毫无意义的琐碎事件构成的，它无情地消耗着我们的生命。对于大多数观众来说，也许正是因为厌倦了这种琐碎的没有意义的生活，才坐在电视机前来寻找另一种生活，他们希望看到一种不同于现实且有意义的生活。所以，对于艺术家来说，要么从枯燥无聊的生活中挖掘出常人难以寻找到的意义，要么把枯燥的现实生活加以提炼，使之能够具有梦幻色彩。

面对纷繁复杂的现实生活，许多初学者都会感到茫然无措，他们要么找不到切入点，要么缺乏对现实生活的提炼和把握能力，往往会把生活写成一部流水账，之所以如此，是因为他们缺乏对生活的把握能力，不懂得什么叫"戏"。

在影视剧中，真正吸引观众的是引发对人物命运的关注及那些能够表现人物性格的事件，所以在电视剧中创作者经常有意识地在人物命运发生变化之际突然切断，让观众迫不及待地等待着接下来的故事产生。情节，其实就是指那些能够表现人物性格并对人物命运产生影响的事件。

现实生活其实就是由许多枯燥而无意义的琐碎事件构成的，譬如我们每天要吃饭、洗脸、上厕所、睡觉，这些都是我们所必需的生活。大多数情况下，这种生活是枯燥的，没有任何意义，但是艺术的目的就是要使这些枯燥乏味的生活变得有意义，所以艺术家经常要学会无事生"非"，这个"非"就是"戏"！比如，某个人在公共汽车上碰到了令自己怦然心动的漂亮女孩，而这次邂逅从此改变了他的人生，这样的生活就有了非同寻常的意义，也就有了"戏"。

所以，创作者在写每场戏的时候首先要想到的是这场戏里要发生怎么样的事件，这些事件对人物性格及其命运会产生怎么样的影响，如果没有事件发生，那么这场戏就没有往下写的必要。

"戏"在很大程度上是由戏剧冲突产生的，有了冲突才会促使人物去行动，由此而展示出人物性格及命运的变化。

布莱希特认为戏剧的对象是人，每一部戏剧作品都把单个人置于特定的情境中，给予一定的条件和刺激，使其把定向化的内心生活处理为行动，以完成自我表现的行动。因而戏剧不仅是对人的行动进行最为具体、最为直观的艺术模仿，也是对人的内心生活进行直观外化的艺术表现。

在这段话中，布莱希特揭示了戏剧冲突产生的几个因素：首先是人物，这是行为和事件的主体，在影视剧中所谓的冲突说得直白些就是人与人之间的冲突，尤其表现为人物性格间的冲突；其次是情境，所谓的"特定情境"是指能够让人发生冲突的情境，这里所说的"一定的条件和刺激"其实就是一种利益关系，这种利益关系能够诱发人物内心的情感欲望，并将之外化为行动，由此而产生戏剧冲突。这就是说，富有性格的人物和能够引发人物情感欲望并外化行动的特定情境是形成戏剧冲突的两个重要因素。

一、人物性格

在剧本创作中，人物性格的差异越大，对立性越强，发生冲突的可能性就越大，冲突的激烈程度也就越高。我们所说的冲突，其实就是矛盾对立，或者性格对立。很明显，两个性格对立的人在一起远比两个性格相似或相近的人在一起更容易发生冲突，所以创作者在写每场戏的时候都会考虑：让哪些性格对立的人物碰在一起，以便能更好地在他们之间制造矛盾冲突，这种冲突化为言语和行动就成为影视剧中的情节。一般来说，在影视剧中，每个人物都有他的对立面。善良的对立面是邪恶，美丽的对立面是丑陋，刚强的对立面是阴柔，正直豪放的正面人物身旁总是潜伏着阴险狡诈的势利小人，而残暴者身边往往会有一个性情温和的人物存在，负心汉背后站着的是忍辱负重的女人。没有这样的性格对立，就难以引发尖锐的矛盾冲突。

比如影片《秋菊打官司》里对秋菊和她老公庆来两个人物的性格塑造就很有特点。庆来表面上温良恭俭让，可实际上对人苛刻，而且嘴碎，嘲笑村长家没有儿子，直戳别人的痛处，被村长踢伤，这是冲突的起因。受伤后庆来的内在性格特征就表现出来了，先窝着，在家里养着，对亲人喊冤，自己毫无行动，不出头也不表态，一方面看秋菊替自己讨公道，一方面观望事态发展。而一根筋的秋菊就认一个死理，就是要讨一个说法，让村长赔礼道歉，于是她挺着越来越大的肚子，拖着一车又一车的辣子，从村里告到县里，从县里告到市里。这样两个人物的成功设置博得了观众的认同和喜爱，也成就了这部影片。整个故事就是人物性格在不断推动情节往前发展。

在电视剧中，性格对立所引发的矛盾冲突表现得更为明显，如《激情燃烧的岁月》中，偶然的机缘使一个共产党军队中的草莽英雄石光荣和小资产阶级知识分子出身的文工团演员褚琴相遇，从个人修养及性格方面看，他们完全是不同类型的人物。石光荣出身贫苦农民家庭，很早就成了孤儿，靠吃百家饭长大，性格粗鲁豪爽，身上带着兵匪之气，打起仗来如同疯子一般。而褚琴是小知识分子出身，又是文工团演员，追求小资产阶级情调，这样的两个人本来是不大可能走到一起的，但是命运偏偏要把他们拴在一起，于是矛盾冲突就一波接一波地袭来，可以说，剧中的每一场戏都是围绕着二人的性格冲突来展开的。有时候，性格相同或相近的人在一起也容易发生冲突，石光荣和儿子石林在性格上很相像，个人意志强烈、性格倔强、好胜心强、不肯服软，这就使得父子俩虽然心底相互思念、相互尊重，却又心灵相隔长达十余年。

影视剧作品同一切文学艺术作品一样，以刻画人物、塑造典型形象作为自己的中心任务。离开人物形象的塑造，即使故事编织得再离奇曲折，自然环境描写得再优美别致，也不可能拍摄出好的影视艺术片。全世界每年生产的影视艺术片，数以万计，而能够载入影视艺术史册的实在是寥若晨星，绝大多数影视片只是昙花一现，便销声匿迹了，其根本原因就在于这些影视片的编导把主要精力用于编织故事，制造悬念，玩弄影视技法，却忽视了人物形象的塑造。大凡经得起时间考验的优秀影视剧，其中都有一个或几个塑造得十分有性格的人物形象。

二、情境

影视剧中的情节构思就是把有性格的人物放在一个又一个不同的情境中去考察，看他们在这样的情境中会说什么样的话，做什么样的事情，由此来表现他们的性格，推动人物命运的发展，所以，情境的设置至关重要。

　　何谓戏剧情境？戏剧情境就是促使戏剧性产生、发展的条件，它包括三个因素：一定的人物关系、重要的事件、特定的环境。比方说，你看见某人在倾盆大雨中淋成了落汤鸡，这远比看见一条湿漉漉的街道更富于表现意境。再假设在倾盆大雨的街道上，跑过来一对淋成落汤鸡的兄弟，而弟弟在哥哥的追赶下又恰巧不小心掉进路边的流泥井里，他呼喊井边的哥哥救他上去，哥哥拿着绳子要弟弟讲出一个秘密才肯救他。这里，特定的环境是流泥井，特定的人物关系是兄弟俩，重要的事件是那个秘密。这三方面的条件便构成了促使人物积极行动起来和促使戏剧性很快产生的戏剧情境。故有人给戏剧情境下定义，说它是戏剧的情势与境况，是剧中人物生存与活动的特殊环境，它促使人物产生行为动机，导引人物行动的刺激力和推动力的滋生，在情境中把握人物的生命活动。

　　东北"黑土地戏剧"代表作家杨利民说过两段令人难忘的经历：一次他家里来的一位女客人上厕所，正巧厕所门锁坏了被关在里面出不来，他在门外急得满头大汗，仍拧不开锁，恰在这时，屋外传来了夫人的脚步声，焦急万分中听到夫人的脚步声越来越近，他突然悟到，咦，这儿没有冲突，可却有令人提心吊胆的悬念呀，这不就是很生动的戏剧情境吗？还有一次，他在煤气灶上煮了一锅粥，夫人买了件新衬衣叫他试衣，他穿上衬衣很合身，便高兴得想点火抽烟。夫人说："我去厨房为你煮粥。"他这时忽然闻到厨房飘出一股浓浓的煤气味，原来那锅粥溢出来浇灭了灶上的火，如若此时他点火抽烟，夫妻俩就没命了。吓出一身冷汗的他事后一想，这儿也没有冲突，可是这人命关天的紧张气氛不也构成了扣人心弦的戏剧情境吗？一秒钟的惊讶，三分钟的悬念，关键是这种情境能够引起观众对人物命运的关注。

　　戏剧《等待戈多》也是一样，没有冲突，但有情境。迪伦马特创作《贵妇还乡》时首先想到的也是情境：一个报仇的女人还乡来了，这个情境的展开产生了丰富的戏剧性，使其成为一部享誉世界的好戏。剧作家正是通过戏剧情境的妙用，将这种精神世界努力开掘出来，使全剧抒情性与戏剧性实现了较完美的结合。

　　情境是影视剧中戏剧冲突产生的基础，情节的产生就是不断地把各种各样的人物一次又一次地推到新的情境中去，不同的情境会对戏剧冲突产生不同的影响。

情境在设置时又分大情境和小情境，情境的大小是以事件的大小来进行划分的。一般来说，一集电视剧中总会发生三至五件较大的事件，在大的事件里面又会套进一些小的事件。

以著名编剧邹静之先生的作品《花事如期》为例，这是一部花费了三年时间酝酿创作的一部典型的极具戏剧性的小剧场戏剧。创作借鉴了古典主义戏剧"三一律"（时间、地点和事件的整合）原则，讲述一个夜晚发生在都市大龄女青年海伦家里的海伦与快递员青子之间的故事。故事开头表面看来并无新意，借身份落差展现生活在都市的人的生存状态和情感状态，但故事并未按我们想的那样千篇一律地进行，其戏剧的叙事情境是造成其独特戏剧冲突的主要点。

在这部戏中，戏剧情境促使人物产生戏剧动作，形成戏剧冲突，同时也是构成戏剧情节的基础。大情境有三个事件，第一个事件是海伦精心打扮后在等待男友求婚，但是希望落空，等来了快递员送来的两块麻将"白板"（拜拜之意）。第二个事件是海伦想要自杀，但是停电了。第三个事件是停电后的一番交谈，快递员青子谈难忘的初恋。海伦同意在快递单上签字，但是却拿出手铐将青子铐在床上，要让青子见证她的死。在掀起戏剧高潮时，青子说出"我在两年前就认识你了"，下面的事让绝望的海伦真切感受到了一丝生的留恋，原来别人眼中的自己是一个传奇式的存在，海伦终于放弃轻生的念头。整个故事的核心戏剧动作就是一个要为爱而死，一个极力挽留。

在情境设置中，有一种方法是为了让戏好看，不断地把人物推向一个又一个的困境之中，让人物在困境中去选择、去行动，从而更完满地表现出自己的性格，也更加能够引起人们对主人公命运的关注。尤其是在影视剧中，因为剧情过长，想要牢牢吸引观众的注意力，就更加需要有强烈的故事性，所以不断把人物推向困境，不断促使矛盾激化，人物性格和命运也随之发生变化。也正因为如此，很多人把这当成写戏的诀窍，在写戏时有意无意给人物设置出许多合理或不合理的困境，所以早些年韩剧中的车祸、落水、患病、失忆等，种种人生困境主人公都会遭遇到，这就成了一种创作的套路，反而影响了它的艺术性。

其实对于真正有功力的剧作家来说，他并不会特意去考虑人物在顺境还是在困境中，也不会为了组织矛盾冲突的需要有意把人物不断推向困境之中，而只会按照人物性格发展的内在逻辑性去把握住人物并合理地为他们提供特定的情境。在现实生活中，人们并不是总处于困境中，那种不顾事物发展的内在规律，人为地为人物设置困境的做法是不可取的，也是违反艺术创作规律的。

三、人物与情境的关系

在影视剧中，人物与情境的关系是不可分离的：一方面，人物的性格只能在特定的情境中得以表现，两者的结合才能产生出情节；另一方面，情境是人物表现自我的舞台，不能表现人物性格和命运的情境是没有意义的。一般而言，剧中提供的情境的好坏，对剧中人而言，最关键的就是看能否激发出人物内心的欲望，并产生出行动。

启蒙主义理论家狄德罗把"情境"视为戏剧作品的基础，他认为，戏剧情境是由"家庭关系、职业关系和友敌关系"构成的。这就是说，人物关系在戏剧情境中占有中心地位。"人物就是情境"是高尔斯华绥对戏剧中人物设置的肯定。这也揭示了人物在戏剧情境中的重要地位。戏剧情境是对戏剧中矛盾的人物关系及其作用的一种概括性描述。而人物与人物的关系也是情境中最具有活力的因素。因为人在戏中是最基本的因素，只有完整地表达出具体与独特的人物和人物关系，这样的戏剧才会吸引人。若把作品的情节线比作建筑物的骨架，那么人物则是联结纵横交叉的骨架的支点。戏剧情境是事件的主体主导，它的构成的重要因素包括人物的出现及其所构成的复杂关系。如果戏剧离开了人这一支撑点，那么事件就会不成立，作品就不会存在。毫无疑问，事件在戏剧情境中起到了最基础的作用，而人物及其关系又是事件的核心。

例如曹禺在写《雷雨》之前整整花了五年时间进行构思，而执笔写只用了半年时间。其中，他一直在竭尽全力琢磨人物，设计人物之间的典型关系。曹禺说他最初只是对其中的几个情节、一两个人物有一种复杂而又原始的情绪，这是他写作的最初兴趣，由此可以看出人物关系是他创作中首先要抓的点。纵观曹禺的整个创作过程，人物关系的网状化、人物之间的情感纠葛、人物的心理、性格和命运的互相牵制和影响，形成一种独特的情境是他善于运用的一种组织写作的方式。

《雷雨》中八个人物的关系错综复杂，家庭血缘关系是主要的线索，以爱情关系为核心，又交织着劳资、主仆与阶级关系，由此形成了多组复合型的三角关系，织造了一张巨大的感情网。这种人物关系的巧妙安排使剧中的各种矛盾紧紧扭结成一个整体，任何一个人物的一个行动都可能牵一发而动全身，更容易发生戏剧冲突，于是剧场性便得到了发挥。通过作家的探索，深刻的阶级内涵蕴藏在人物的特定关系中，而不同于一般的爱情关系设计。

通过曹禺的作品，我们不难发现他的成功在于很好地利用了人物关系的存在来组织戏剧情境。在戏剧中，人物之间的各种关系往往牵扯到家庭、亲友和职业等，而且戏剧中各人物的关系都交织纠缠在一起。这种复杂的关联性，将人物的功能最大化，使戏剧冲突更容易走向集中与尖锐，达到强化剧场性的最佳效果。戏剧作品的客观推动力是情境，它能使无形的人物心理活动转化为具体、有形的动机，最终形成具体的行动。与此同时，事件和人物关系的作用力又反作用于人物的行动，进而推动情节的发展。因此，编剧在创作过程中一定要注重对戏剧情境的设置，巧妙地编排人物关系，促使作品具有观赏性的冲突，产生强有力的效果。

四、36 种境遇

意大利剧作家卡罗·葛齐曾经宣布，世界上只能有 36 种戏剧境遇。德国席勒不相信，欲找出更多种，但是费了很多时间，还是寻不到 36 种。后来法国的乔治·普尔梯引证了 1000 部戏剧、200 部诗歌小说，也说只有这么多了。他说，人生的滋味尽在这里了，它像海水一样潮起潮落，编织了历史的永恒，构建了人生的终极。人类从与猛兽徒手肉搏的时代，到那无穷无尽的遥远未来，或在非洲森林的林荫里，或在柏林人行道的菩提旁，或在巴黎大街的路灯下，都逃离不了这 36 种境遇。

卡罗·葛齐所举的 36 种境遇，一种是在行动中、人与人的外部冲突中产生的，如："求告"有求告的人与权威者，"救援"有不幸的人与威胁者，"复仇"有复仇的人与作恶者；另一种是在思想或感情发生变化的过程中产生的，像"疯狂""鲁莽""悔恨""因为错误而生的嫉妒"等。也有纠缠人际关系，如"悔恨"就有悔恨者与悔恨者的对象，"疯狂"有狂者与被狂者伤害的人。

（1）机遇：千里马遇上了伯乐，灰姑娘遇上了白马王子，张生偶遇崔莺莺。机缘巧合，是一种掷骰子的游戏，落出来的数谁也不能预先猜到。阿甘遇上了美国 20 世纪 50 年代以来几乎所有的重大事件，上了越战前线，参与了开启中美外交新纪元的乒乓球比赛，成为猫王最著名的舞台动作的老师，无意中启发了约翰·列侬创作最著名的歌曲《想象》，还在长跑中发明了 20 世纪 80 年代美国最著名的口号。

（2）求助：求情，求援，求救。向朋友求救是一回事，向敌人求救是另一回事。如向冤家求援去对付共同的敌人；向魔鬼祈求宽恕自己的罪行；向仇家替自己的亲人去求情。苦命的姐姐被诊断出得了绝症，需要亲属捐骨髓，在这迫不得已的情况下，她不得不向中断联系20年的妹妹求救，而妹妹自私自利，教子不当，并且正在焦头烂额的时候。出于一个自私的动机，妹妹带着两个"问题"儿子来了，她需要灵魂的求助。

（3）救援：英雄救美，是故事片老掉牙的情节框架。一面是飞奔的铁骑，一面是即将行刑的刽子手，也是电影蒙太奇的最初启蒙。现代"蝙蝠侠""超人"永远充当救援行动的主角。辛德勒怀着赚钱发财的目的，来到纳粹囚禁和屠杀犹太人的集中营所在地科拉阔。最初，他招募犹太人做工是出于他们工资低廉，可以赚取更大的利润的考虑。但随着法西斯的暴行越演越烈，他很快由不自觉转为有意识、有步骤的救助行动。那架老式打字机打下的每一个姓名都是从屠杀场上救回的一条性命。"救一个人就是拯救整个世界"，辛德勒费尽周折的救援活动，充满传奇色彩。

（4）竞争：这是一种新的伦理道德，新的职业精神。新生代不怕竞争，怕不竞争，怕英雄无用武之地。竞争的升级是战争。战争有四种：军事战争、权力之争、商战、情感战争。如今又加上了法庭上的斗智、骨肉间的竞争、两种不同势力的竞争、人与兽的斗争等。无论正义的还是非正义的战争，都大量运用了阴谋诡计，在进行智慧、知识、人格的较量。改革也是一场战争，《乔厂长上任》《花园街五号》《赤橙黄绿青蓝紫》《新星》，运用权力排除障碍，解决那些盘根错节的旧势力。

（5）反叛：人和神的斗争。神代表比个人强大的力量，与神作对表示向不可抗拒的权威发起挑战，如社会、团体、上级。震撼人心的道德力量和阴沉、沉重的命运气氛。个人的意愿永远斗不过世俗的清规戒律，就像鸡蛋碰石头不会有好下场一样，最大的敌人是自己。

（6）复仇：仇恨能激起人超常的行为。惩恶扬善，伸张正义，通过报恩复仇的过程，充分展现主人公的大智大勇，表现正义、人格、金钱和智慧的力量。《基督山恩仇记》《书剑恩仇录》是复仇，《大宅门》也有许多恩恩怨怨的事。又如昆德拉的《玩笑》也是一个复仇的故事：一个学生干部，因遭冤枉被放逐，若干年后，他遇上了当年算计他的那人的妻子，千方百计把她引诱到手。他以为自己报了一箭之仇，但发现此时的她却正是那人想抛弃的对象。

（7）追逐：追星，追时尚，追逐声色犬马，追着把满头黑发染上一撮黄发，追男人，追女人，追杀仇人，还有追捕犯人，还有在被人追捕中去追捕别人。《亡命天涯》男主角的太太被人谋害，现场证据似乎铁证如山地证明是男主角所为，他被判死刑。在押解途中，火车撞上了囚车。他乘机逃出来，他要去找出真正的凶手。一面是警察在追捕他，一面是他要查寻和抓获真正的凶手。

（8）绑架、抢劫：绑架、抢劫是犯罪片的主要情节之一。通常情况下，绑架、抢劫涉及三个方面：一是绑架者内部；二是被绑架者和他的家庭；三是警方和侦破者。三个方面可以组成各种关系和矛盾。《上海绑票案》中老奸巨猾的绑匪头目如何策划和组织那场轰动上海的绑票大案，以及如何安排逃逸，处处领先警方一步，成了戏中的精彩之笔。《赎金风暴》在第一次拿钱换人失败后，被绑架者的父亲突然宣布将百万赎金变成赏金，一下子激起了三个方面的急剧变化，从而打破了此类情节的老套路。案情公开，被绑架者的家庭由被动转为主动；警方一下子被打乱了侦破步骤，而且遭到了舆论的压力；绑架者内部为那笔赏金也起了内讧。

（9）奸杀：一种暴力行为。潘金莲、武大郎与西门庆的故事，首先有不合适的婚姻，然后有不安分的奸情，最后毁灭的不仅是武大郎。

（10）诈骗：铁怕落炉，人怕落套。任何人进入别人设计好的圈套，踩进没顶的陷阱，都是一件可怕的事情。商界的尔虞我诈似乎更加司空见惯，使得经常上当的"上帝"们一说起就谈虎色变。不过，有时候有的骗局会产生意想不到的效果。有一位乐器推销员到了一个小镇，第一件事就是搞得人们心神不宁，然后大声疾呼为了救救孩子，要尽快组织少年乐队。他让有结实下巴的学吹小号，把吵架的四人组组成四重唱组，还拼命追求镇上唯一的音乐教师，目的是堵上她的嘴。音乐教师不吃这一套，她查询到这位推销员根本不是什么音乐学院的教授，但她不得不承认小镇上的孩子们自从有了乐器后，焕发出从没有过的精神面貌。最后，孩子们穿着制服，拿着自己的乐器，摆好演出的架势。一个音符也不识的推销员，接过音乐教师的教鞭，绝望地指挥起"G大调小步圆舞曲"。虽然这乐曲从未被这样糟糕地演绎过，但小镇的居民感到这是他们有史以来听到过的最美妙的音乐。

（11）冒险：打破常规，有与众不同的想法和进行实践的勇气。勇气比行为更重要，生活中有许多人连得罪人的事也不愿做，更不要说去主动追求风险，因此带有冒险精神的历险、惊险片一直是影视海洋的热潮。

（12）不幸：幼年丧母、成年丧父、中年丧妻、老年丧子，谓人生四大不幸。在作家笔下，不幸像条带鱼，一条死咬着另一条，屋漏偏逢连夜雨，船迟又遇打头风。《贫嘴张大民的幸福生活》中，父亲因锅炉爆炸丧生；母亲得了老年痴呆症；大嫂初恋时被人抛弃；二媳妇与人偷情；大妹嫁不出去，嫁出去后不能生育；小妹的男朋友光荣殉职，本人也患白血病……各自的磕磕绊绊，集中展现了一般市民在日常生活中的种种不幸。有人说不幸是财富，没有遭受不幸经历和人生磨难的人，缺少一种人生最宝贵的情感体验。如果这样理解，不幸确实是作家的财富，但不是当事人的财富。

（13）灾祸：人在家中坐，祸从天中降，灾祸始终是能激起创作激情的境遇。《泰坦尼克号》中铁船一沉再沉；《绝世天劫》飞来了一块像得克萨斯州那么大的陨石；《天地大冲撞》一块像曼哈顿岛大小的陨石要撞上地球；《地球反击战》干脆是外星人入侵；冲天的《龙卷风》和火山爆发时的《天崩地裂》，还有汇合百年罕见的《完美风暴》，除了卖弄科技技巧外，还应做到戏剧势能充足，爆发力强。它的关键在于使人类进入一个考验灵魂的美妙时刻：大难临头，林中鸟是否各自飞？

（14）壮举：一种非凡的神力。飞跃太空是壮举；一个弱小的女孩在双目失明的情况下，能将字母与大自然联系起来，最后成为著名作家，这也是一种超凡力量。壮举是英雄的行为。一个玩游戏机长大的军人，驾机去执行轰炸任务，回来说，够刺激，像上游戏机一样。一位将军对此的回答：这是新的英雄。

（15）革命：一种挣脱束缚的激烈行动。推翻一个腐朽的政权，进行一场制度改革，为了改变没有自由、公平的社会，它无法避免个体在革命大潮中受到伤害。牛虻在革命经历中纠缠更多的是个人的命运，是他与父亲蒙太尼里、与恋人琼玛之间的个人痛苦。日瓦戈医生无法忍受革命后的新秩序，而使他送命的却是他与拉拉的爱情。作者描写革命中人，常常把笔落在社会、战争与人性、人情的冲突上。

（16）恋爱：爱不仅在恋人之间，而且在父子之间、母女之间，甚至在朋友、同事之间。但恋爱只能在恋人之间。一个人的恋爱史是他一生中最辉煌的乐章之一。恋爱在艺术宫殿里始终是一种神圣的行为，是一出充满欢乐和痛苦、希望和绝望的宗教神秘剧。爱情好像是一只小鸟，它顽皮任性不听话。真正的爱，按其根源应当是完全任意的，纯粹自由的。没有规则，没有格局，其过程好像一出悬念迭起、峰回路转的心理剧。虽然今天有些人已经把恋爱作为一种最时髦的游戏，抛弃了其崇高的精神价值，仅仅注意性的本能，但一旦陷入，仍然不能自拔、不能抵抗爱真正的魅力。有人认为爱是一种稀缺的东西，所以它永远有市场。问题是写得太多了，没有了那种小心翼翼和惶惑的心理。

（17）不成功的爱情：A爱上B，但是B不爱A。A设法让B爱上了自己，而A却不爱B了。这其实不仅有关爱情，人物不管是处于爱情还是处于友谊、事业中，不论是与战火中的盟友，还是与相依为命的亲人，不论是对待所学的专业，还是擅长的特技，都可能会有心理错位。

（18）恋爱被阻：因为门第、地位、财富而不能结合；因为仇人从中作梗而不能成就婚姻。或爱恋一个仇敌，爱恋一个与他或她身份不相称的人，相爱的人因为失去理智不会觉得有什么不对劲，而清醒的旁观者却低估了情感的作用。也许是阻碍恋爱的人过于理性。但不管怎样，恋爱被阻是最伤心、最令人难以释怀的痛苦，而阻碍恋爱是人性中最残酷、最艰巨的战争，而且没有输赢。

（19）偷情：增加了一个调情的过程，多了一些乱伦、奸淫、道德败坏和失去善恶观的爱。《安娜·卡列尼娜》中那场轰轰烈烈的偷情，在情欲的背后反映出更深层的社会问题。《钢琴课》中高雅的琴弦古韵和原始的人性之欲，同样对人的本性有着不可抗拒的魔力。

（20）寻找：一个雨天，一辆急驶的小车撞到了一个行人，为了逃避责任，司机逃跑了，被丢下的行人终因没有得到及时抢救而闭上了眼睛。受害者的孩子为了讨个公道，在事故发生地举了一个木牌：寻找目击证人。人们一旦失去了真诚和责任，还能找得到朋友吗？同样是驾车撞人致死，电视剧《承诺》中的司机走进死者的家庭，养老扶幼，与年轻的寡妇结合，承担一个男人的责任。他在寻找自我、寻找信任，也在找寻真正的爱情。过去和未来，寻找一切失去的和渴望的，作者在寻找主题。

（21）发现：发现所爱的人不清白；发现一桩罪恶。树上落下了一个苹果，牛顿发现了万有引力定律，知道了地球围着太阳转。一天，天上掉落下一块伪造太阳的照明设备，主人公发现他生活的小岛原来是个虚假的世界，是一个安装了五千多台摄像机的摄影棚，他身边的每一个人，包括他的父母和妻子其实都是演员，共同上演着一出供人欣赏的戏。他进一步发现自己竟成了这部电视连续剧的主角，他生活的分分秒秒都在向全国直播，他已经不明不白地演了30年的人生喜剧。

（22）释谜：早上四条腿，中午两条腿，晚上三条腿，谁能猜得透"人"这个谜，尤其是"女人"这个谜呢？女人喜欢"释谜求婚"：《图兰朵》中的公主规定求婚者必须解开三个谜，否则就要受到死的惩罚。《威尼斯商人》中的波希雅有三个匣子让求婚者挑选：金匣的铭文——你选择了我就得到了荣誉；银匣的铭文——你选择了我就得到了财富；铅匣的铭文——你选择了我就要准备抛弃你的一切。正因为人生存在着一连串的谜，需要寻找解释之道，所以才使人们觉得生活苦乐参半。

（23）取求：也是逃避，逃避喧闹就是追求安静，逃避无序就是讲究完美。不过，取求是一种积极的行为，虽然在现实中你要你得不到的，你得到你不要的。有时候，明明是要的，但因为你得到了，也就变成了你想抛弃的；有时候，完全是不需要的，但因为你没有，也就成为你花费心血追求的目标。在追求的过程中，或用武力强夺，或用智力诈取，或用巧妙的言辞去打动。

（24）野心：正面理解有雄心壮志、壮志凌云、积极进取、丑小鸭变成白天鹅。消极方面有贪得无厌、浮躁不安、蠢蠢欲动、癞蛤蟆想吃天鹅肉。野心勃勃的人很容易转化为恶魔，有野心的人对付阻碍他实现野心的人往往不择手段，穷凶极恶。电影《角斗士》中的太子，听闻父亲有将王位外传的意图后，弑君夺位，诛杀功臣。首先有太子的野心，然后才有角斗士的复仇。

（25）牺牲：为了正义而牺牲生命；为了骨肉而牺牲自己的幸福；为了所爱的人牺牲自己的前途。牺牲是一种奉献。《儿女情长》《咱爸咱妈》提出一个相同的问题：当你的家人有需要的时候，你是否愿意为他们牺牲你的时间和利益？

（26）丧失：人得到的一切都是以丧失为代价的。财聚人散，财散人聚；情场得意，赌场失意。当你得到亲情、爱情、信仰、荣誉、尊严、事业的时候，也许正在丧失无拘无束的自由，丧失青春活力。当你跨入老年的门槛时，你还必须主动地抛弃对子女的权威，抛弃各种各样的暂时性的权力，放弃身体健康和生命永存的幻想，戏剧性就在被动丧失和主动放弃之间产生。

（27）误会：一个女儿为了救父亲，主动勾搭警察局长。家人和外人不知道她为何这样干，他父亲也不愿说出真相，看着别人任意地羞辱自己的女儿。女儿几次想吐露真情，但在看到了父亲的自私和卑劣后，也无意再去揭露事实。这也是一种误会。

（28）过失：一种错误的行为，像偏离了轨道的列车，总是在有意或无意之间给自己和他人带来伤害。谁能没有过失，尤其是年轻人在社会上学步的时候，难免一个跟头接着一个跟头。所不同的是，幼年学步跌倒后，有大人上前拉一把，而成人有过失时，他人很少能理解，所以青春年代的过失就成了美丽的忧伤和痛苦。

（29）重逢：冤家路窄、破镜重圆、骨肉离散后的重逢，都会给人带来极大的情绪波动。《雷雨》的戏核是周朴园与鲁侍萍三十年后的再见面。诗人陆游与表妹唐婉相爱，被陆母活活拆散，数年后两人重逢，陆游又写下了《钗头风》，表妹读诗后忧郁致死。有一个富家子弟双目失明，绝望之际得一年轻女佣的悉心照料和鼓励，重获生活的勇气。后来富家子弟发现自己爱上了那个女佣，但那女佣就在他卸下蒙在眼睛上的纱布，即将恢复视力的一刹那悄悄离开了。富家子从来没有见过那女佣的面貌，即使那女佣站在他面前，只要她不开口，他绝不会知道她就是自己心爱的姑娘。碰面居然不相识，于是，他俩的每一次重逢，就成了观众的兴奋点。

（30）磨合：一群人去执行任务，坚守一个据点或攻克一个山头，由于各人的背景不同，相处时抱怨不休，在执行任务中，他们渐渐磨合，最终拧成一股绳。《保镖》是一个爱抛头露面的歌星和一个少言寡语的前总统保镖的磨合。

（31）疯狂：为了情欲的冲动而不顾一切，毁了自己的前途和幸福；听到所爱的人的不幸，因失望和绝望而发作蛮性。

（32）鲁莽：轻信是一种鲁莽，粗心是一种鲁莽，遇事不做深入的理性思考，也会被人说是鲁莽。鲁莽会导致他人的不幸，也会给自己带来羞辱，如《三国演义》里的张飞。鲁莽也会产生喜剧效果，如《水浒传》里的李逵。

（33）嫉妒：嫉妒者，挑起嫉妒的人，还有被嫉妒者，构成了嫉妒的人际纠纷。奥赛罗为恶意的造谣而生嫉妒，因嫉妒杀害了自己的爱妻。美狄亚因为丈夫看中别的女人，毒死了丈夫的新欢，还亲手杀死自己与丈夫生育的两个儿子。

（34）悔恨：后悔总是来不及的事，早知今日，何必当初。没有人没有经历过这种感情。

（35）恐惧：俗话说，鬼吓人不要紧，人吓人半条命，恐怖的关键：他人是地狱。《沉默的羔羊》几乎记录下人类所有的恐惧和恐慌：高智商的食人者和剥人皮的变态狂、遭人绑架、身陷深井、尸体上的巨型昆虫、被看不到的人追赶、失去他人对你的信任，还有门在背后被人关上，黑暗的屋里有一双戴着红外线视镜的眼睛，他手里拿着凶器。他撤除受害者的最后防线，使其在攻击面前毫无防范能力，潜伏着一种窥视邪恶的强者侵犯毫无保护的弱者的快感和弱者被侵犯的恐惧感。

（36）滑稽：实质是一种反常行为和逆反思维。老鼠玩猫很滑稽，人斗不过老鼠很滑稽，大人物被小人物耍了也很滑稽。当人与环境不适配，当人际关系颠倒错乱时，这个世界就会很滑稽。其实，有许多司空见惯的事，如果能换一个角度去看，或头向下看，不仅能看到滑稽，而且会产生许多意想不到的效果。

第三节　"戏"的形态

在很多人看来，所谓的戏就是戏剧冲突，人物关系越复杂，冲突越激烈，就越有戏，也就越能吸引观众，所以在写戏的时候就把人物关系处理得很复杂，尽可能地把人物的命运牵扯到一起，让他们相互搏杀，斗得你死我活。其实，"戏"并不完全都是建立在戏剧冲突的基础之上的，人物发生冲突的时候可以出戏，没有发生冲突的时候同样也会出戏。按照我们的理解，所有能够表现人物性格的语言和行为都可以看成是戏，而人物的性格并不是只有在戏剧冲突中才能表现出来的，有时候没有我们所理解的那种冲突，同样也能出戏。因此，我们把"戏"的形态分为两大类型：外在冲突和内在冲突。

一、外在冲突

外在冲突是指表现为行为、语言上的冲突。冲突的表现离不开人物。我们将其分为人物与人物之间的冲突，人物与环境之间的冲突两种。

（一）人物与人物之间的冲突

1. 个人与个人的冲突

不同个体因为兴趣、爱好、习惯、修养、人生观、价值观等诸多方面的不同，常会产生冲突。个人与个人之间的冲突是不同人物之间的冲突最常见的形式，因为这种冲突最容易组织情节，最能凸显人物性格。比如影片《人在囧途》中，老板与民工在"春运"期间不期而遇、结伴回家，有钱、有品位、有"小三"

的老板和直率单纯、一穷二白的讨薪民工形成巨大的冲突，两人贫富悬殊，性格、作风反差极大，阴差阳错地撞在一起后，冲突不断，使得剧情妙趣横生。

2．个人与群体之间的冲突

由于观念立场、生活经历、学识修养、思想境界、现实利益等因素的差异和矛盾，个人与群体之间往往会产生冲突。一般来说，个人是这种冲突的塑造对象，群体往往作为陪衬。比如电视剧《大宋提刑官》中，主人公宋慈呕心沥血破案洗冤，与腐败朝廷的各级不法官员进行斗争。但最终，担心引起朝臣大乱的皇帝却将宋慈花两年零六个月搜集的八大箱记载有官员不法行径的证据证物付之一炬。显然，这就是个人与群体的冲突，以个人之力对抗腐败的君臣群体，是独木难支的。

3．群体与群体之间的冲突

群体与群体之间的冲突通常表现为不同阶级、不同阶层、不同派别、不同集团、不同势力之间的较量。历史类、战争类影视剧中常会出现群体与群体之间的冲突，如电视剧《三国演义》《东周列国》《大秦帝国》等。

在群体与群体的冲突之中，既能塑造群体形象，也能塑造个体形象，但是个体形象始终是为群体形象服务的。

（二）人物与环境之间的冲突

环境包括自然环境和社会环境，人物与环境之间的冲突也分为两种。

1．人物与自然环境之间的冲突

这种冲突主要表现为自然环境对人类生存的威胁、人类对自然环境的改造和征服。灾难片、历险类影视剧大多表现这种冲突。

自然灾难类影视剧的代表作很多，比如《群鸟》《后天》《2012》《日本沉没》等。

自然历险类影视剧有《鲁滨孙漂流记》《荒岛余生》等。

2．人物与社会环境之间的冲突

社会环境是由人来造就的，人物与社会环境之间的冲突本质上还是人与人之间的冲突。

以获得第 72 届奥斯卡金像奖最佳影片、最佳导演、最佳男主角、最佳原创剧本奖和最佳摄影五项大奖的影片《美国丽人》为例，片中主人公莱斯特·伯哈姆已近中年，工作和家庭生活都很不顺畅。为了改变自己的生活方式，他首先把原来的老板炒了，并在辞职书上狠狠地骂了老板一通。之后，他在街头找了一份自己认为很快乐的工作。而旁人对此并不理解。再后来，他吸毒、偷偷和女儿的同学约会，干了许多常人无法理解的事情。最后，他死在了邻居的枪下。主人公试图通过改变自己的生活方式来反抗现代社会对人的"异化"，却最终被现代社会吞噬。

二、内在冲突

内在冲突主要表现为思想和价值观念的冲突，是一种内在的心理冲突。比如当一个剧中人面临着两难选择的时候，或者摇摆不定于激烈冲突着的欲望的时候。譬如：两个曾经相爱的男女在电梯里邂逅，也许两人并不说话，也不看对方，但是在沉默之中其实发生着剧烈的冲突。

西方现代主义电影热衷于表现此类冲突，诸如阿伦·雷乃的电影代表作《广岛之恋》、费里尼的代表作《八部半》、伯格曼的代表作《野草莓》等。在田纳西·威廉姆斯的作品《夏天和迷雾》中，阿尔玛渴慕屈从于内心的性召唤，无奈，她天性中被压制的传统意识又阻碍着她。

内部的矛盾也通常由戏剧的外部矛盾来展现。比如在菲利浦·巴里的《假日》中，主人公内心的两难境地是通过他同时仰慕两姐妹的外在行为得以展现的。姐妹中的一位代表着稳定但比较平淡无趣的传统生活；而另一位则是飘忽不定，充满冒险激情的生活的象征。

戏剧冲突的表现形态取决于剧情发展的需要，相对而言，那些生活流风格的写实影视剧多注重内在冲突的设置，而很多类型剧，尤其是警匪、武侠剧则多采用外在的冲突设置。

第三章　影视剧作的素材

素材的搜集和整理是创作一个好剧本的第一步。如何寻找好的素材，如何对好的素材进行研究和使用，是本节要探讨的问题。

影视的世界并不是我们凭空想象出来的，它深深植根于我们的现实生活。连接现实世界和想象世界的桥梁就是素材。马尔克斯谈创作与现实时曾说，我认为作家的唯一承诺和任务就是面对现实。想象归根结底只不过是加工现实的工具，但一切创作的源泉总是现实。我不相信虚构，我反对虚构。麦基也表示：一切陈词滥调的根源都可以追踪到一种情况，而且这也是唯一的状况，作者不了解他的故事世界。"想"是"写"的第一步，一个作品的好坏，一定程度上在挖掘素材的时候就被决定了。

第一节　素材的研究与创作

研究素材是基础，创造是升华。只有素材，而不进行加工创作的故事只能是信息的堆砌和罗列。只凭空想象，而不以现实生活为根基的创作，也只能是空中楼阁。正确的态度是有了触动剧作者心灵的素材后，对素材进行加工，通过对人物的塑造、情节的设计、结构的设置、高潮的安排、结尾和开端的思考等，让一个完美而生机勃勃的故事从千头万绪中脱颖而出。当然，在创作过程中，时常也会发生进行不下去的状况。这时，我们就要回过头，重新研究素材，让干枯的"灵感之源"重新涌流。

一个剧作家作品个性的形成也是从研究素材开始的。我们是否可以看到别人看不到的点，找出别人思考不到的角度，这足以考验剧作者的功力。在动画片《狮子王》中，剧作者以莎士比亚著名的悲剧《哈姆雷特》为原型，将其移植到了狮子统治的王国中，思索了成长、爱情、友情等人类的话题，使17世纪古老的英国故事焕发了新的活力。在《蝙蝠侠大战超人：正义黎明》中，由于超人强大的能力，人们不再只是在身处险境时祈求他的帮助，他逐渐成为凡间之神，受到人类膜拜。所谓"木秀于林，风必摧之"，人类在敬仰超人的同时也逐渐产生了恐惧超人，会不会成为下一个独裁者？这些影视作品凭借对已有素材的挖掘和重组，使作品有了独特的标签和定位。

第二节　如何搜集素材

世界每时每刻都在发生着日新月异的变化，影视的创作也呈现出井喷式的发展。当今社会已经进入"互联网+"时代，信息的传播不再受空间和时间的制约。热门的素材一出，很多人也跟风进行着创作。可以说，发现新颖素材的机会越来越渺茫。这就需要当今的剧作者从"想"的层面下功夫。换一种眼光、换一种价值体系重新认识同一个素材，发现和别人不同的兴趣点。

关心时事，关心社会，关心同行。编剧搜集素材的方式和新闻记者不同，新闻追求的是事件的真实，而剧本创作追求的是人性的真实。除纪实类、人物传记类的影片外，大多数影片不需要原模原样地复制生活的真相。在这一阶段，我们要注重自身感受能力、体验能力、思维能力的培养。

一、感受能力

人的感受能力需要正常的心态才能建立，它需要树立人与人的平等意识、体贴他人的意识、自我反思的意识、与自然共生的意识、追求个人情感独立的意识等。从个人的立场出发，不只是对其生存的世界进行摸索、勾勒、描绘，更要努力去把握、剖析和解释世界与个体之间的联系，对人生的真相进行本质性的解答。

美国现代著名剧作家奥尼尔称自己的剧本不写人与人之间的关系，而是写人与社会的关系、人与自然的关系，写人与上帝或人与自身的关系。在现代社会以前，剧作家的感受主要在人的自然层面展开，如古希腊的《俄狄浦斯王》探讨亘古未决的命运之谜。在现代社会，剧作家的感受主要聚焦有关个体的生理、心理层面。如奥尼尔的《榆树下的欲望》，探讨被资本压抑以至扭曲的人性。

霍普特曼的《日出之前》揭露了工业化时期贫富的两极分化，指出颓废、道德沦丧、酗酒等工业时期不健康的社会产物。斯特林堡的《父亲》反映了独立的个人欲望导致家庭解体的悲剧主题。

剧作家正是因其敏锐的感受能力，把握住自己所处时代的社会脉搏，创作出了永恒的艺术作品。

二、体验能力

每个人从出生起，就介入对这个世界不断的体验活动中。但无论如何，每个人只能经历一次不可复制的人生。这就需要剧作家在生活中不断地进行不同生活的体验，用以积累自己的创作素材。奥尼尔早年的剧作，如《安娜克里斯蒂》《琼斯皇》都是发生在海上的故事，这与他做过海员这一人生经历分不开。我国剧作家李龙云的《小井胡同》中就有他童年时期在北京胡同生活的点滴；中年创作的《洒满月光的荒原》，则呈现了他在北大荒垦荒队时对个人与宇宙关系的思考。也许我们会对此产生偏见：是不是生活经历不丰富的人注定当不了剧作家？实则不然。曹禺为了创作《日出》，曾专门深入底层社会进行调查，了解小人物们的所思所想、所哀所痛，才使《日出》以真切的悲剧力量感染了观众。除以上通过亲身体验的方式获得体验能力外，阅读也是一个很好的补充。那些湮灭在历史长河中的钩沉点滴如今我们已经无法亲身感知一二，但我们可以通过史书、文献来把握那个时代的风貌和人们的生活状态，为我们的创作提供素材。

三、思维能力

现在一些剧作家只会用因果关系去看待事物，认为世界一切都是由因果关系决定的，其他的思维不被他们看重或认同，如逆向思维、极端性思维、意识流等。不同的思维方法直接影响着剧作家把握和理解事物的能力。他们涉及特殊人格、变形社会、个体的极端性、放纵意识、现实与非现实的界限等许多领域，这些都决定着一部剧作是否具备本质上的新鲜感。

特定的文化模式会固化特定的思维模式。下面我们就通过对《赵氏孤儿》和《麦克白》这两个中西方的悲剧的对比，来审视其体现的不同的中西方的思维模式。

　　《赵氏孤儿》是元代作家纪君祥的著名悲剧。剧本记述了春秋战国时期晋国朝廷内发生的一起正义和非正义的对决。晋灵公朝中文臣赵盾和武将屠岸贾权重一时。屠岸贾在权力和野心的驱使下，陷害赵盾，诛杀赵门三百余人。连灵公驸马赵盾之子赵朔也未能幸免。公主有孕在身，产期临近，屠岸贾把她囚禁府中，令大将韩厥把守，只等婴儿产下，即刻斩草除根。公主产下男婴，嘱托门人草泽医生程婴救孤，自己自缢身亡。程婴将婴儿藏于草药箱中出门，不料被把守韩厥发现，程婴晓之以忠义之理，韩厥动容，自刎放孤。程婴将孤儿带到太平庄隐退老宰辅公孙杵臼处，与其和议，由自己首告公孙杵臼藏匿婴儿，把自己的儿子与赵氏孤儿偷梁换柱。屠岸贾遂杀死赵氏孤儿，公孙杵臼为保守秘密撞阶而亡。屠岸贾因此把程婴收为心腹，把赵氏孤儿当作义子抚养。二十年后，孤儿长成，文武兼备，程婴告知其原委，赵氏孤儿报仇，正义经历种种磨难，终于战胜了邪恶。

　　《麦克白》是莎士比亚四大悲剧之一。剧本讲述的是古代苏格兰大将麦克白在平息了国内叛乱与外敌入侵后，被邓肯王封为考特爵士，权倾朝野，欲望和野心逐渐膨胀，受了女巫的诱惑后，杀害了邓肯王并嫁祸他人，自己当上了国王。紧接着他杀害了忠勇的大将班柯，又杀害了麦克德夫一家老小。最后他众叛亲离，内外交困，被邓肯王的合理继位人马尔康率领的正义之师消灭。

　　从这两出悲剧中可以看出，《赵氏孤儿》塑造了一系列类型化的英雄人物，他们围绕着"救孤"这一行动展现了自身的人格魅力，成了信仰的化身、思想的楷模。而《麦克白》则是以制造血腥灾难的麦克白为英雄人物。在中国，自古有一个固有的观念，正义之师只反贪官而不反皇帝，文学作品中更是如此，如奸邪之辈屠岸贾陷害的也只是忠臣而不是皇帝。皇帝往往只是一个傀儡，而麦克白这个人物，恰恰被塑造成因野心的膨胀，杀害了忠勇善良的邓肯王。可以说，中国的悲剧是一种外在的否定，邪恶势力不会自我悔恨，放下屠刀，立地成佛，需要正义力量的制裁。而西方的悲剧人物是深深的自我反思，对自我罪恶进行扬弃和批判。麦克白受了女巫的蛊惑后，从诞生篡位念头的那一刻起，思想就无时无刻不在进行着挣扎。他一方面认为邓肯是一个好国王，忠诚的将领不应该行篡位之举；另一方面，他毅然选择直面自己的欲望。人物的悲剧魅力就在此展现。莎士比亚给我们塑造了文艺复兴时期巨人型的英雄：他们不以社会规范的道德为评价自身的标准；他们异军突起，禀赋才学，在行动中彰显着自我的人格特质，完成着人类的自我建构。

同是正义与邪恶的较量，但不同的思维方式，便可以使经典的素材组成不同的故事，传达两种截然不同的价值观。但同时，两者都因其悲剧的永恒魅力引起了人们的怜悯，净化了人们的心灵。

第三节　如何研究素材

这些人物的性格是什么？他们要达成什么样的目的？为了达到这个目的，他们依据各自的性格会如何行动？在行动中他们会遇到什么样的阻碍？他们会怎样应对这些阻碍？阻碍过后，他们的性格得到了怎样的改变？研究素材，就是一步一步地回答这些问题。研究素材的开始就是构思剧本的开始，只是构思是在充分研究素材的基础上系统而翔实地回答这些问题。

研究素材，宁可复杂，不可简单。要为写作做好充分的准备，才不至于在正式开始写作时手忙脚乱，无从下笔。正如我们每个人之所以成为现在的样子，是和童年生活、人生经历、家庭背景等因素的影响分不开的。我们每时每刻都与周遭的环境发生着相互作用，它们塑造着我们的人格。剧本故事的展现只是剧作者塑造的人物生活的冰山一角，但要是想让笔下的人物活起来，就要在研究素材的阶段尽可能地挖掘他的生活细节。

下面，我们通过一个实例来看看素材是怎样被挖掘的。

大城市。高档住宅内。王赎生让儿子陈城起床上学。妻子杜丽在睡觉。王赎生把早饭摆到桌子上。

哪里的大城市？是哪一年？王赎生的工作是什么？

怎样的高档住宅？是否夫妻都有工作？他们一定都有一份不错的工作。王赎生是一位法官，杜丽是新闻栏目的记者。

除了工作的原因，是否王赎生小时候在农村长大，所以有早起的习惯，而杜丽是在城市里娇生惯养长大的？

夫妻两人的感情好不好？现在是很好的，在结尾时两人的感情出现了裂痕。

早餐吃什么？不是牛奶和面包，而是馒头和咸菜。王赎生认为小孩子吃这样的饭菜健康。

王赎生虽然是法官，但承担着做饭的任务，可见他很关心家庭。

家里的装修风格很现代化，灰色调，可以看出杜丽是一个女强人。

王赎生的儿子姓陈！但确实是他的亲儿子。他为什么让自己的儿子姓陈呢？这与本剧的大悬念有关。

电视开着，声音很小，放着早间新闻。

就这样，任凭自己的灵感之源迸发，直到你认为这个素材已经榨干了你所有的想象力。这时你会发现，你已经融入剧中人物的头脑中和生活中。

第四节　研究素材的步骤

一、确定感动点

问问自己这个素材能不能打动你。只有打动自己的素材，才有可能打动制片人和观众，你才有继续创作下去的动力。

二、分析感动的原因

一个素材感动你的原因是什么，是悲惨的人物？是伟大的人格？是对逝去岁月的追忆？是对乌托邦生活的终极向往？抓住这些点，让它们成为你创作的重心。

三、分析这个素材能不能做成剧本

分析素材，一是对外部市场的分析，二是对作品自身的分析。

对外部市场的分析，就是看此类题材最近是不是泛滥成灾。例如不要在抗日剧热播的时候写一个抗日剧，也不要跟风创作穿越剧。接下来，在记忆库中搜寻与你准备创作的素材同类型的作品，分析自身的优势、劣势和投拍的可能性，找准自身的定位。除自身经验外，也可以与相关人士如投资人、行业管理人员等进行沟通。

对作品自身的分析，就是要理智地分析此类素材适合不适合写成电影、电视剧剧本。有时，仅仅是你头脑中一个细节打动了你，进行分析后，发现并没有更多可以继续挖掘的素材，那么就要暂且忍痛割爱，把这个细节储存在你的大脑中。还有，有的素材也许不适合电影的表达，但更适合舞台剧的写作，你要为你精心找寻的素材寻求最适宜表达的媒介。

第四章 影视剧作的主题

第一节 主题的定义

一、对主题不同的理解

我国清代文艺理论家刘熙载在他的《艺概》中曾将"主题"称为"主脑"。这一理论到明末清初戏曲理论家李渔那里又得到了发展。李渔在《闲情偶寄》中指出："古人作文一篇，定有一篇之主脑。主脑非他，即作者立言之本意也。传奇亦然。"李渔又解释如下："其初心止为一人而设……又止为一事而设。此一人一事，即作传奇之主脑也。"如"重婚牛府"就是《琵琶记》的"主脑"。"白马解围"则是《西厢记》的"主脑"。仔细研究李渔的理论便可发现，其中"立言之本意"强调的是剧作的主题思想，而"一人一事"则强调的是剧作的主题。

而悉德·菲尔德则认为，当大家在谈论电影剧本的主题时，大家实际谈的是剧本中的动作和人物。他列举说，《邦尼和克莱德》的主题便是大萧条时期克莱德·巴巴罗匪帮在美国中西部地区抢劫银行以及他们终于落网的故事。从美国电影史发展的角度来看，就很容易理解这种情况。美国电影业的腾飞是以类型片的创作为标志的。在类型片时代，美国电影以生产线的方式进行投拍和制作。这类影片大多数以情节取胜，观众通常把它作为一种娱乐或消遣，不要求影片承载较深刻的思想内涵。

高尔基则指出："主题是从作者的经验中产生、由生活暗示给他的一种思想，可是他聚集在他的印象中还未形成。当他被要求用形象来体现时，他会在作者心中唤起一种欲望——赋予他一种形式。"高尔基关于主题的认识体现了大多数欧洲艺术家的看法。欧洲电影为反对好莱坞式电影的入侵，奋起直追。他们摒弃了类型片的剧作模式，在电影中挖掘较为深刻的思想内涵。由此，电影也得以摆脱通俗娱乐的固有印象，在艺术上逐渐取得了与小说和戏剧同等的地位。

二、主题的分类

通过总结以上三种对影视主题的认识，我们可以归结如下：第一种为"动作主题"，第二种为"思想主题"，第三种为"动作—思想主题"。

（一）"动作主题"的影片

其一般注重讲好一个故事，充分运用拍摄手段和叙事手段，写尽悲欢离合，使观众获得或高兴或悲伤的心理和情感需求。如《罗马假日》《卡萨布兰卡》《关山飞渡》等影片可以归属于此类。

（二）"思想主题"的影片

其与"动作主题"的影片所追求的恰恰相反，力图打破常规人物、情节构建的叙事模式，表现剧作家、导演渗透在其中的人生体验、个性特征，并传达深刻的思想内涵。由此演变的"哲学电影""理性电影"则是相当一部分艺术家的终极向往。如伯格曼的《野草莓》和让·雷诺阿的《大幻灭》《游戏规则》都是此类作品的翘楚。

（三）"动作—思想"主题的影片

这是在借鉴前两种经验的基础上，力图将故事的叙述与思想的传达完美地结合起来。此类影片在让观众接受的同时，也适时传达了思想内涵，如《雁南飞》《玛利亚·布劳恩的婚礼》等。

三、明确主题的要求

在主题确立的过程中，还应明确有关主题的几点要求。

（一）主题的立意要单纯

匈牙利电影理论家贝拉·巴拉兹在其所著的《可见的人类》中明确指出，大多数文学作品改编电影之所以失败，主要是编剧拼命地把过多的素材塞在一部长度有限的电影里。电影的长度是有限的，它只是一部可以让观众欣赏两个小时的作品而已。在两个小时中，创作者要竭尽全力给观众留下印象，这就需要细致地描写、生动地刻画、全面地阐释，从而引发观众的联想，引起共鸣。如果加入了太多创作者想要表达的东西，故事则没有办法顺着主线合理展开，这些思想如游丝般漂移、分散，还有可能相互缠绕、干扰。相反，若主题单纯，删除与其无关的因素，观众的接受程度就会越高，他们充分理解了你所表达的内容后，还会结合自己的人生经历和生活体验，进行生发和联想，达到"再创造"的效果。

（二）电影的主题要明确

电影是"一次性的艺术"，欣赏活动都是在"当下"完成的。电影不像小说，其欣赏不受时间空间的限制，小说可以反复阅读，而且随着阅读者不同时期不同的情感变化，小说的主题也会得到不同的阐释。但这里所指的主题明确，要和生活的复杂性、情节的曲折性区分开来。普多夫金曾结合自己的创作经历说：主题明确，就必须能把整个剧本组织起来，因而也必定能使创作出来的作品有力量。必须严格注意：要明确地确定主题，否则作品就不会获得任何艺术作品所必须具备的思想性和统一性。

（三）电影的主题要深刻

深刻的主题立意来源于创作的真诚态度，并不是艺术家看到了生活的不幸就去创作了悲剧，看到了生活的快乐就去创作了喜剧。作品需要真实，但不能是生活的复刻，而应该是艺术家创作时心像的真实传达。艺术家的创作动机也不应该只停留在功利主义的层面，无论功利是经济的还是政治的或者是社会的。一旦功利性侵蚀了创作者的灵魂，他们便很难创作出思想深刻的作品。

四、常见母题

为了使编剧初学者在寻找自己作品的主题时更容易操作，我们接下来为大家介绍几种常见的母题。如果说主题是一部作品中体现出来的具有个性色彩的思想，那么母题则是多部作品中体现出的共同主题。

（一）寻找（追寻）

人的欲望一般是很难满足的，这也是人类进步的动力和本能，是人生过程中必有的状态。欲望的无止境性诞生了"寻找"的母题。

意大利导演德西卡的《偷自行车的人》便反映了这一母题。

故事发生在第二次世界大战后的罗马。职业介绍所前人群涌动，无数人在等待工作。赋闲达两年之久的安东终于被介绍到广告张贴所工作，但有个条件，他必须有自行车才能工作。妻子当掉了家里所有的床单才赎回被当掉的自行车。第二天一早，一小伙子乘安东工作之时，骑上他停靠在路边的自行车飞驰而去。安东跑去追赶，却被眼线干扰，失去目标。安东向警察报案，却得不到任何帮助，只得向好友求援。好友建议第二天一早到自行车市场去找，因为偷车人可能在那儿脱手。次日清晨，安东带着儿子和好友来到自行车市场。一阵寻找后毫无结果。他们又来到另一个自行车市场继续寻找。不想一场大雨，把市场冲散。父子挤在屋檐下避雨时，发现了那个偷自行车的小伙在不远处和一个老乞丐交谈。安东追了过去，那人骑着自行车逃走。安东急忙回来寻找老乞丐，盘问他小伙的下落。老乞丐拒绝回答，安东父子紧盯他来到一座教堂，安东再三要求老乞丐陪他去找小伙。无奈之下老乞丐只得告诉他一个地址，但不肯陪他去。他们的争吵声引来教堂工作人员，老乞丐趁机溜掉。

按老乞丐提供的地址，安东父子来到一个贫穷的居民区，在那儿碰到偷车的小伙。小伙看到他们撒腿就跑，安东把小伙揪到大街上。没想到围观的居民都是他的邻居，偏偏这时小伙抽搐起来。居民们纷纷为小伙开脱，指责和恐吓安东，尽管儿子布鲁诺找来警察也无能为力。面对一双双充满敌意的眼睛，安东只得知难而退。

父子俩沮丧地往回走。路过街口时，安东看到街边无人处停靠着的一辆自行车，一个念头在他的头脑中闪现。他急忙打发儿子回家，自己偷偷骑上那辆自行车，不料被车主发现，并被路人抓住，要将他送往警察局。街边等车的布鲁诺看到这一切，跑了过来，哭喊着"爸爸"拼命地拉着父亲。车主看到哭泣的布鲁诺，让大家放了安东。

安东木然地行走在大街上，布鲁诺紧紧地拉着父亲的手。看到身边的儿子，安东流下了眼泪，握紧了儿子的手。父子俩消失在茫茫人海中。

（二）漂泊（旅行）

漂泊的母题异常深刻，表达出人类深层次的生存状态：从宇宙中看，地球悬浮于太空，在轨道中运行着，周围无数亿光年都没有生命存在，地球一直孤独地漂泊。从地球表面上看，地球上十分之三是陆地，十分之七是海水，人类生存在几块分散的小陆地上，这也是一种漂泊状态。漂泊的表现也可以说是一种旅行，为了一种目的或者没有目的。当然，有目的的旅行或漂泊，就是追寻，两者有着相通的地方。

《家在水草丰茂的地方》是李睿珺自编自导的影片。

巴特尔和阿迪克尔是一对兄弟，哥哥巴特尔出生一年后，阿迪克尔出生了，因为忙不过来，父母只得将哥哥送去爷爷家抚养。到了上学的年龄，父母与爷爷商量决定送兄弟二人去同一所学校上学，借此建立手足情谊，可他们却从不说话。

爷爷去世了，暑假来了，其他孩子都被接回家，父亲却没有出现。阿迪克尔决定和巴特尔一起上路，寻找在草原上的家。他说父亲曾教过，放牧时如果迷路一定要顺着河流走，只有在有水的地方水草才会茂盛，牧民的家一定在水草丰茂的地方。

两人骑着骆驼上路了，一路经历奇特的风景，也屡屡陷入困境和冲突之中。这趟路途和他们记忆中的已完全不同。在未知的旅程里，兄弟间的心结逐步解开。他们一起寻找着在水草丰茂处的家。

（三）抗争

辩证唯物主义哲学认为，矛盾时时在、处处在，万事万物都包含着矛盾。抗争是矛盾激化的状态。叙事类作品一般都强调戏剧化的冲突，于是对抗争主题的反复运用即形成了"抗争"母题。

这类作品数量众多，通常设计出两大对立的派别，贯穿着正义与非正义、善与恶等冲突。

《勇敢的心》由梅尔·吉布森执导，影片以13—14世纪英格兰的宫廷政治为背景，以战争为核心，讲述了苏格兰起义领袖威廉·华莱士与英格兰统治者不屈不挠斗争的故事。

影片从威廉·华莱士的角度进行叙事。在威廉·华莱士还是孩子的时候，他的父亲——苏格兰的英雄马索·华莱士在与英军的斗争中牺牲了。幼小的他在父亲的好友的指导下学习文化和武术。光阴似箭，英王爱德华为巩固在苏格兰的统治，颁布法令允许英国贵族在苏格兰享有结婚少女的初夜权，以便让贵族效忠皇室。年轻的华莱士学成回到故乡，向美丽的少女梅伦求婚，愿意做一个安分守己的人。然而梅伦却被英军无理抢去，并遭杀害，华莱士终于爆发了。在广大村民"英雄之后"的呼喊声中，他们揭竿而起，杀英兵宣布起义。

苏格兰贵族罗伯想成为苏格兰领主，在其父布斯的教唆下，假意与华莱士联盟。华莱士打败了前来进攻的英军，苏格兰贵族议会封他为爵士，任命他为苏格兰护国公。华莱士却发现这些苏格兰贵族考虑的只是自己的利益，丝毫不为人民和国家前途担心。爱德华为了缓和局势，派伊莎贝拉前去和谈。但由于英王根本不考虑人民的自由和平等，只想以收买华莱士为条件，和谈失败了。伊莎贝拉回去后才发觉和谈根本就是幌子，英王已经会合了爱尔兰军和法军共同包围华莱士的苏格兰军队。她赶紧送信给华莱士。大军压境之下，贵族们慌作一团，华莱士领兵出战，混战一场。短兵相接中，他意外发现了罗伯竟与英王勾结，不禁备受打击。伊莎贝拉为华莱士的豪情倾倒，来到驻地向他倾吐了自己的真情，两人陶醉在爱情的幸福之中。英王再次提出和谈。华莱士明知是圈套，但为了和平着想，他依旧答应前去。在爱丁堡，布斯设计了阴谋抓住华莱士，并把他送交英王。罗伯对父亲的诡计感到怒不可遏，华莱士终于被判死刑。伊莎贝拉求情不成，在英王临死前，她告诉英王她怀的不是王子的血脉，而这个孩子不久将成为新的英王。

华莱士刑前高呼"自由"，震撼了所有人。几星期后，在受封时，罗伯高呼"为华莱士报仇"的口号，英勇地继承华莱士的遗志对抗英军。

（四）拯救

在"抗争"这一大的母题下，又可以分出"拯救"这一母题。抗争中弱势的一方要战胜强者存在着困难，这时，就需要有拯救者的出现。

超人系列电影可以很好地突出这一母题，由皮克斯动画公司制作的动画电影《超人总动员》讲述了这样一个有关拯救的故事。

鲍勃是一个超人特工，他惩恶扬善，深受街坊邻里的爱戴。"不可思议先生"就是他的光荣外号。他和另一个超人特工"弹力女超人"相爱，两人结婚后过上了平静的生活。

15年过去了，鲍勃已经像普通人一样生活，当上了保险公司的理赔员。然而他心中还是有着技痒之时。当他知道有发明家要展开攻击超人特工队、毁灭人类的计划时，鲍勃终于按捺不住了。他要重出江湖，挽救人类，护卫地球。

（五）皈依（回归）

人类的漂泊、寻找、抗争、拯救等母题的表现，最终都指向一种平静的皈依状态。如对爱情、理想的一番表现后，无论是大团圆结局，还是凄美的结局，都是以正面或反面的方式表达了对皈依的需求意图。另外，一些作品以主人公的死亡来作为结局，这也表现了另一种形式的皈依。当然，艺术作品会在死亡的原因上添加政治、社会以及其他内容，对死亡的表现，正是对附加在死亡上的理想等内容的皈依。

《落叶归根》是张扬于2007年导演的电影。

老赵是个五十多岁的农民，他南下深圳打工，因好友老刘死了，不得不走上背对方尸体回家的安葬之旅。他先把老刘伪装成醉鬼，混上长途车，却不幸在途中遇上劫匪。救了一车人钱财的他反而被乘客赶下了车。

老赵只好在路上拦车。晚上住店，钱却被偷。他到别人的葬礼哭丧，混得饭吃……一路上，老赵遇到形形色色的人。目标在望之际，他累晕了，在医院中苏醒后，警察告诉他，要按规定把尸体火化。

老赵带着老刘的骨灰回到他的家乡，那儿却已经拆迁了。门板上，写着老刘儿子的留言。

（六）情感

"情感"母题范畴有亲情、友情、爱情三个，这三个母题是属于全人类的永恒母题，无论何时何地都会散发出璀璨的光芒。

由徐静蕾自编自导的《我和爸爸》真诚地阐释了亲情这一母题，也成了她的成名作。

小鱼一直跟妈妈生活在一起，直到高中时母亲意外去世，她才第一次见到自己的父亲老于并和他生活在了一起。老于是个典型的北京油子，经常夜不归宿，小鱼十分没有安全感，但倔强的她坚持自己照顾自己，从来不张嘴跟父亲抱怨。小鱼长大了，谈恋爱了，和男朋友结婚了。小鱼把丈夫带回家吃饭，饭桌上老于不留情面地数落小鱼的丈夫。小鱼爆发了，把多年来对父亲不关心自己的积怨和伤痛骂了出来。老于让小鱼离婚后直接回家，不要留恋。小鱼忍无可忍，拉起丈夫就走了。一年后，抱着小小鱼的小鱼回来了。为了不让女儿这么辛苦，老于去打麻将想给女儿挣点钱，但世道和以前不一样了，已经不是当年老于叱咤风云的时代了。这天老于打麻将时被喊抓赌的人吓着了，成了痴呆。小鱼把父亲接回家，像照顾小孩那样照顾他。

（七）成长

每个人都要经历成长，也会在成长中收获欢笑和泪水，因成长变得更加成熟，抑或为成长付出代价。

《阳光灿烂的日子》根据王朔的小说《动物凶猛》改编而成，由姜文执导。

影片讲述了20世纪70年代初的北京，忙着"闹革命"的大人没空理会小孩，加上学校停课无事可做，以军队大院男孩为突出代表的少年人便自找乐子，靠起哄、打架、闹事、拍婆子等方式挥霍过量的荷尔蒙。马小军就是这样的少年，他的爱好之一是趁别人家无人时用万能钥匙将锁打开，溜进去耍玩一番。也正是因为这样，少女米兰的照片率先进入了马小军的双眼。通过院里的"头儿"刘忆苦，马小军见到之前偶然瞥见过一眼的米兰，开始正式将其当作梦中情人，然而在米兰眼中，马小军不过是毛孩一个，她中意的人是成熟、稳重、帅气的刘忆苦。自此，马小军迎来了五味混杂的青春期生活。

（八）灾难

灾难片以自然灾害、人类灾难或幻想的外星生物给人类社会造成的大规模灾难为题材，是以恐怖、惊慌、凄惨的情节和灾难性的景观为主要观赏内容的电影类型。这一类型是20世纪50年代后才大量摄制的，而这一词语是在70年代开始盛行的。

此类影片有反映龙卷风引发毁灭地球灾难的《后天》，有反映沉船灾难的《泰坦尼克号》，有表现末日题材的《2012》以及因气候异常导致巨型怪兽复活的《哥斯拉》等。

（九）苦痛

人生在世，痛苦和快乐总是相伴相生的。"苦痛"因其悲剧力量引发观众的同情和怜悯，进而思考自己于自己、于世界、于人生的价值，或者从苦难中使自己不良的情绪得到排解和疏散，进而意识到生命的可贵和生活的意义。

韩国影片《素媛》由李俊益执导。该片于2013年10月2日在韩国上映，上映后好评如潮，获2013年第34届韩国青龙奖最佳影片、第50届韩国百想艺术大赏最佳电影剧本奖等奖项。

影片讲述了韩国小女孩素媛，她笑容灿烂，古灵精怪，和父母一同生活在街角的杂货店中。她的母亲整日忙碌在以她的名字命名的杂货店里。父亲则是一家工厂的工人，在汗水中维持着一家的生计。在一个阴云密布、细雨淅沥的早上，素媛一人打着她的小伞去上学，就在离学校的不远处，一个长相猥琐、酒气冲天的大叔截住了她的去路，悲剧发生。医生告诉素媛的家人，由于素媛的直肠到大肠的顶端有多发性的创伤与撕裂，要想活命，必须动手术做一个人造肛门。这一场突如其来的变故改变了素媛一家人的生活，刚刚怀孕的素媛妈妈痛不欲生。素媛爸爸抱着素媛躲避媒体采访时，粪便沾满了素媛的下半身。爸爸想给素媛擦拭，但是性侵的画面不可遏制地在素媛的头脑中闪过，素媛哭闹着躲避，因为窒息险些丧命，从此，也不愿意再面对自己的父亲。在法庭宣判时，罪犯以酗酒意识不清为由进行辩护，最终法院判处其获十二年有期徒刑，民众群起而愤。素媛的爸爸抄起桌上的台签欲砸向罪犯，突然，素媛细细的胳膊拼命地抱住爸爸的腿，一边哭一边说："爸爸，不要，不要这样……"

影片最后，素媛放学回家，把制作好的手工飞机举到新生弟弟的头顶，镜头出现了这样一句话："最孤独的人最亲切，最难过的人笑得最灿烂，这是因为，他们不想让其他人遭受同样的痛苦。"

第二节　主题的作用

对于剧作者来说，主题并不是在剧本完成时用来总结其"社会意义""思想价值"的。剧作的主题，是剧本开始的源头，一切的情节都由主题进行生发。主题是创作过程中的目标和指南，影响着剧本的创作方向。面对同样的素材，剧作者想要表现的主题不同，便会在事件、人物关系和结构形式上有不同的选择。剧本的主题对于剧作者来说，接近于创作的"动机"，即作者为什么选择这个主题、怎样表现这个主题、想传达什么样的看法等。

如果剧作者在一开始选定了"一男一女相爱"的主题，便有以下多种情况。

1. 富家女和穷小子打破阶级的阻碍大胆相恋，如《泰坦尼克号》，表明了爱情的永恒魅力可以打破一切的陈规旧俗。

2. "高富帅"和灰姑娘相爱的故事，可以满足无数少女的幻想，着重展现女主角积极向上的人生态度。

3.忘年恋，如《饮食男女》《姨妈的后现代生活》，关注当下老年人的婚姻、情感生活。

4.艺术家的情感生活，如讲述济慈人生和情感经历的《明亮的星》，就探究了艺术家浪漫的生活，使爱情在艺术的笼罩中更加隽永、意味深长。

5.校园恋情，如《致我们终将逝去的青春》《初恋那件小事》《那些年我们一起追的女孩》，运用怀旧元素，集体追忆青春时光。

6.刻画重点放在婚后生活，如《双面胶》，展现婚姻矛盾、生活琐事，立足现实，于平凡中见真情。

7.古装爱情，如《鸿门宴》《王的女人》，解密历史人物的风流往事，展现时代的爱情风貌，品味古典爱情的魅力。

8.跨国恋情，如《我的娜塔莎》《有一个地方只有我们知道》，展现爱情跨越国界的故事，歌颂爱情这一全人类共通的情感。

9.特殊时代的爱情，如《归来》《恰同学少年》，展现了共同理想构筑的爱情。

由此可见，主题的确立是一个影视作品的"灵魂"，只有在写作开始前明确创作的主题，才如航行有了航标，可以顺利地驾驭情节走在正确的航道上。

第三节　主题的要求

一、主题的含蓄性

以往人们认为影视是"一次过"的综合艺术，它不但受到时间的限制，而且受到各种艺术因素的相互制约，因此在影视剧作中，必须要求每一个人物，每一句对话，每一个动作，每一堂布景，每一件道具都要有明确的目的性，即为表现主题服务。否则，就会削弱乃至破坏整部影视片主题的表达。其实，这是对传统的戏剧式剧作的要求，它采用的基本上是一种"证明"的方法，即以形象证明主题。当然，我们要充分肯定这种方法，因为运用这种方法确实创作出了许许多多人物性格鲜明、矛盾冲突尖锐，具有巨大艺术魅力的经典剧作。但是，随着时代的发展，影视剧作观念也迅速变化着，现代影视剧作也采用非证明法。也就是说，并不要求剧作中的每一句对话，每一个动作，每一段情节，每一个细节都必须与主题直接机械地挂上钩，即所谓的"直白主题"或"直奔主题"，而是采取一种拉开形象与主题的距离——"表面言此，实则言彼"，达到古人所说的"不着一字，尽得风流"的含蓄境界。因此，含蓄性便成为现代影视剧作对主题的基本要求之一。如日本影片《人到老年》，描写的是一对住在名古屋的年逾七旬的老夫妇。老伴因病住院，老头儿本当留下来照顾老伴，他却要随同调动了工作的儿子到富山去。可是刚到富山，老头儿又急着要回名古屋。经历了种种波折，老头儿总算回到了名古屋，一见老伴就耍赖似的说再也不离开名古屋了。其实，他是不愿离开老伴。可是老伴却劝他一定得回富山，因为留在名古屋就得住在女儿家，而女儿家住房很窄，根本没有老头儿住的地方。这漫不经心的一笔，把整个故事一下给照亮了。表面上看，这个故事似乎是写老头儿从富山回名古屋一路上发生的事，表现他易忘事、爱发火、耍孩子脾气等怪异性格和心理，实则是写老两口分离的痛苦以及由此引发的一系列烦恼，就因为没有一间让老两口住在一起安度晚年的小屋。真是一语中的，耐人寻味！像日本这样的发达国家，竟无两个老人的安身之所，这触及了日本的一个何等尖锐的社会问题啊。

法国与联邦德国合拍的影片《得克萨斯的巴黎》叙述的是一个极其平常的家庭故事：主人公特拉弗斯已到中年，却娶了年轻漂亮的叫简的妻子。他因为多疑，经常妒火中烧，寻衅闹事。后来妻子简在儿子亨特五岁时离家出走了。特拉弗斯四处寻找妻子达数年之久，最后终于在"西洋镜"俱乐部找到了她。他将儿子亨特给简后悄然离去。就是这么个老生常谈的夫妻反目的故事，却轰动过国际影坛，获得过戛纳国际电影节大奖。它之所以能产生如此的艺术效果，原因固然是多方面的，但是主题的含蓄性不能说不是其重要原因之一。

20世纪60年代末至70年代，西方社会受到"无政府主义"浪潮的冲击，"性解放"成为青年们追求的时尚。尽管70年代末期，社会观念又向右转，人们重新重视贞操和家庭。但原有的家庭观念已经动摇。《得克萨斯的巴黎》正是在这样的社会背景下拍摄的。因此，它的基本主题是对原有的温馨的家庭观念的怀念及其无法挽回的感伤。从一定意义上讲，特拉弗斯有点像堂·吉诃德，这主要不是因为他也长有可笑的小胡子，还会说西班牙语，而是因为他们都与现实不协调，都力图去寻找那时过境迁所失落的梦。他执着地去寻找的不仅仅是妻子简，而是在寻找现实中已经沉沦却永存于他心中的那"得克萨斯的巴黎"。

正如他自己所说："我曾期待着许多东西……可是，我希望的最大一件事情却不能成为现实，现在我知道了……已经发生的事再也无法弥补。"正是这一蕴涵深邃的主题，再联系与主题密切相关的影片中许许多多的细节，才使观众看完影片后回味无穷，思索不止。

国产影片《老井》也同样如此，它讲的是打井的故事，表现的则是我们的民族精神。但是，它又并没有停留在对我们民族那种坚忍不拔的精神的歌颂上，而是向观众展示久远的历史文化在我们精神上所造成的重负。影片的主人公孙旺泉，凭着自己的执着和学得的技术，终于实现了祖祖辈辈的心愿，因此也付出了自己的青春和爱情。他在以爷爷为代表的传统观念的影响下，不仅把自己的命运与老井村的打井事业紧密相联，如争水发生械斗时，他舍身跳井；学得技术后，他翻山越岭，终于打出了井。而且为了这口井，他牺牲了与巧英的真挚爱情，顺从了爷爷替他做出的婚姻选择。这种顺从对他并没有构成强烈的精神压抑，而只让他感受到一种忧伤的苦涩。因此他几乎没有采取任何抗争的行动就默默地承受了。三次倒夜壶的细节有力地表现他对命运、对旧观念的认同。当然，我们也不能把他的顺从仅仅看作性格的软弱，而应看作是其整个文化历史环境所使然。因为生存是人的根本需求，在爱情与生存之间需要作出选择时，生存无疑是首要的。这才是《老井》隐喻性的主题。这个主题几乎贯穿整个影片的视听形象之中，如孙旺泉背石板的长焦镜头，跳井后圆圆的井口的仰拍镜头、凿石的字幕背景等，都起到了隐喻主题的重要作用。正因如此，《老井》才以其震撼人心的艺术力量赢得了观众，从而获得了东京国际电影节大奖。

二、多主题与主题的多义性

以往人们除了要求主题具有明确性外，还要求主题具有"单一性"，即一部影视剧作中的情节应是线性的，而这一线性的情节所体现出的主题思想也应是单一的。如世界名片《战舰波将金号》，通过波将金号战舰上水兵们起义这一单一事件，集中体现了"有压迫就有反抗，人民必胜"这单一性主题。又如国产影片《祝福》，通过祥林嫂逃婚、再嫁及两次到鲁四老爷家当佣人这一情节线，集中体现旧中国夫权、族权、神权，归根结底是政权对妇女的深重压迫这一主题。再如国产影片《白毛女》，通过喜儿旧社会受压迫剥削，新社会翻身解放这一情节线，集中表现了"旧社会把人变为鬼，新社会把鬼变为人"这单一性主题。

但是，随着影视表现力的提高，人们不再希望影视对生活人为地"提纯"，使之简单化，而要求按照生活丰富复杂的原生状来反映生活。因此，现代影视剧作出现了多主题和主题多义性问题。

所谓多主题，就是指一部影视剧作中有若干个主题，也就是通常所说的正主题和几个副主题。这样的剧作，往往有两条或两条以上的情节线，它们以一主一副或一主多副而相互交织，达到以副线陪衬主线或以副线推动主线发展的效果，从而体现出多个主题的剧作现象。如国产影片《红色娘子军》就有两条情节线，一条以琼花为代表的人民军队与南霸天的阶级矛盾冲突线，另一条为琼花与党代表之间的思想矛盾冲突线。前者为主线，后者为副线，两线相互交织，使剧情波澜起伏，错落有致。这样，主线和副线所体现出的主题思想既有联系，又各不相同。主线所体现的是被黑暗的旧社会压在最底层的中国劳苦妇女，一旦觉醒就会义无反顾地投身革命队伍。副线所体现的是只有把朴素的阶级感情上升为自觉的革命意识，化个人复仇为胸怀天下劳苦大众，才能成为真正的革命战士。这里，主线所体现的主题，我们通称为"正主题"；副线所体现的主题，我们通称"副主题"。《红色娘子军》只有一主一副，在某些剧作中，则表现为一主多副的多主题现象。如苏联影片《主题》就包含至少三个主题，它们都是通过人物形象体现出来的。此片主要人物叶赛宁是著名剧作家，他"奉命"创作了几十年，他知道如何描写 20 世纪 40-50 年代的生活。可是，到了 70 年代，他文思开始枯竭：既失去观察事物的敏锐性，又丧失了创作的目的性和时代感。他陷入了极度惶恐和绝望的精神状态之中，常常进行歇斯底里式的自我批判。为了摆脱创作危机，重新获得创作灵感，他来到古老的小镇苏兹达里，想体验一下俄罗斯的古老文化和历史精神。他在苏兹达里遇到了地方志博物馆女讲解员萨莎，她的关于"赶浪头"的奉命作品毫无价值，博物馆里陈列的"无名诗篇"才是真正的文学瑰宝的创作见解，引起叶赛宁的深思；萨莎与情人"大胡子"的争执，更引起了叶赛宁激烈的思想斗争。"大胡子"本是个小有名气的作家，因他的作品在出版过程中受到了不公正的待遇，他便抛弃了自己的专业，甘当公墓看守人。眼下"大胡子"决定出国去投靠自己的叔叔。他要萨莎一起去，但萨莎声泪俱下地劝告"大胡子"不要离开自己的祖国。经过一番情感与理智的较量，"大胡子"始终未能改变初衷。叶赛宁听完他们二人的谈话，他的种种幻想似乎都已破灭，他觉得离开萨莎越远越好。但转念一想，他认为还不能放弃追求，还不能就此绝望；他认为萨莎是个出色女人，他要将她写进作品里去。

由此可见，这部影片的主题有：关于对待知识分子的主题，关于向国外移民的主题，关于文艺创作的主题，等等。但作为贯穿整部影片的基本主题，即正主题只有一个，它就是关于创作的思考。这些主题彼此纠葛，相互陪衬甚至相互排斥，共同组成一曲多声部的交响乐。

所谓主题的多义性，是指一部影视剧作的主题具有多含义性，即可以作多种不同的理解。当然，它不一定存在多重的情节线。如国产影片《乡音》，论情节，非常单纯，全剧几乎就是描述余木生与陶春夫妇之间的情感纠葛——木生从不关心陶春，直到陶春身患绝症，他才幡然悔悟。但是它所表达的主题却是异常丰富：从历史角度看，通过对余木生大男子主义思想的揭示，反映我国当今农村还严重地存在着封建思想的残余，这残余思想的存在，既与我国长久的历史传统有关，更与我国当时落后的生产力密切相关；从道德角度看，通过陶春那种吃苦耐劳、温柔含蓄的美好品格和余木生幡然悔悟行为的揭示，充分肯定了人性美好的一面；从现实角度看，通过现代文明对生活的冲击和碰撞，暗示有关农村家庭婚姻、人性道德方面，正在不可逆转地发生着微妙而深刻的变化。像这类主题多义性的作品，不同观众因生活阅历、思想水准等的不同，可以从剧作中获得不同的思想认识，体验到更深广的主题意蕴。

美国越战片《现代启示录》，更是一部主题多义性的作品。它的情节非常简单，即美军上尉威拉德奉命带领三个士兵沿河溯流而上，到柬埔寨边境丛林寻找被战争逼疯，现已脱离美军的上校库尔茨，并将其杀掉。影片的中心人物是库尔茨，但影片前四分之三展现的则是威拉德沿途的所见所思。其所见为无辜越南民船被美军血洗、美军直升机袭击越南村寨、美军劳军演出和歇斯底里的杀人行径等场面。其所思为威拉德在航行途中不时翻阅库尔茨的档案，通过其内心独白表现库尔茨的过去和他"精神失常"的心理过程。库尔茨原是个勇敢正直、不谋私利，只为理想而战的军人。但来到越南战场后，他的理想被现实击得粉碎，什么正义呀，人权呀，在这里通通化为谎言，生命在这里毫无价值，人人都疯狂地杀人或被人杀。他看透了将军们的欺骗，因而抗命妄为，自行其是，最后被迫退入柬埔寨丛林建立一个独立王国，推行其野蛮的血腥统治，有时还对美军进行狂人谵妄式的广播宣传。因此，将军们决定置他于死地。在影片后四分之一部分，威拉德与库尔茨相处数日并多次交谈后，他觉得库尔茨尽管行为怪诞，有时还相当残忍，但思路清晰，言语富有哲理性。由此，威拉德终于悟出库尔茨内心的痛苦和矛盾，理解了他之所以杀人，是因为理想破灭，对人生的绝望，便借杀人以宣泄其幻灭、愤懑之情。威拉德作为主人公，实际上成了库尔茨的"他我"，通过他的所见所思，他越来越理解库尔茨，几乎也陷入了半疯狂的精神状态。最后，似乎有一种超验的心灵感应把他们合而为一了。影片充满着寓意："威拉德溯湄公河而上的旅程象征战争使历史沿着长河而倒退。这个旅程从象征现代文明的西贡出发，倒退到象征远古野蛮时代的丛林古庙（库尔茨的据点）。古庙驻地士兵都是些手执自动步枪、涂抹着花脸、赤身裸体的野蛮人，象征着战争使人性恢复为兽性。"（胡思旅：《近年的美国电影》，《电影艺术》1983 年第 1 期。）"影片的片名本身就已包含着隐喻。在《圣经》启示录章中，上帝向约翰揭示人类将面临末日之灾。科波拉用现代启示录之名，隐喻侵略战争使人性毁灭而使人类面临现代的末日。"（胡思旅：《近年的美国电影》，《电影艺术》1983 年第 1 期。）因此，影片的主题是表现"文明与野蛮的绞杀"，还是探讨"人类处境"；是"揭露越南战争的本质"，还是要"拯救文明的堕落"，内涵极为丰富。正如导演科波拉所说："这部影片所揭示的是一种较为广泛的哲理性问题。"

三、主题的深刻性

追求娱乐性，用画面讲好故事，可以说是影视艺术家的初衷。但是现代影视剧作却把主题的深刻性作为自己的追求目标，哪个电影艺术家不想写出具有深刻思想性的影视剧作呢？正如前面提到的美国电影理论家波布克所说："在现代电影中，最重要的一个发展，是认识到电影能够处理我们时代最深奥的思想。"（波布克：《电影的元素》，中国电影出版社 1986 年版，第 22—23 页。）但是，深刻的主题思想的获得，主要不是取决于作者的写作经验与技巧，而是他的哲学观、道德观、美学观所使然，即在他的哲学观、道德观、美学观的影响下，对社会、对人生、对人性有人所不及的深刻理解。

国产影片《黑炮事件》之所以成为我国新时期电影中一朵难得的奇葩，就在于编导对我国改革开放之初那年代社会的深刻认识和理解。影片描述的是一位酷爱下棋的工程师赵书信出差时将一枚象棋子丢在外地旅馆，他发电报寻找棋子，不料竟被怀疑为特务，而调离了 WD 安装工程为外国专家当技术翻译的工作。整部影片的叙述围绕着赵书信展开：赵书信在外国人面前不卑不亢，与德国专家汉斯为技术问题发生争执与冲突，表现他自强自信的民族气节。但在自己人特别是领导面前表现得却相当猥琐、懦弱。他调到维修厂本无事可干，仍相信是领导的信任；后为维修厂解决了点技术问题，就心满意足地认为确实是工作需要；包裹盒被撬，敢怒不敢言；最后党委副书记周玉珍等人把 WD 安装因翻译问题所造成的经济损失的责任推给他，他也只好表示"以后再也不下棋了"。这种逆来顺受、自我调节的性格的形成固然与长期以来外在历史环境和文化氛围密切相关，但影片所揭示的并不仅限于此，而在于以赵书信为代表的这类知识分子的这种性格与现代化的飞速发展所构成的尖锐矛盾；在于领导机构中的官僚主义作风和"左"的心态与现代化的时代进程所构成的巨大矛盾。影片不仅故事本身表达着深刻的涵义，而且包括叙事因素在内所有视听形象也传达了导演对影片主题的深入思考。如房屋建筑的积木感，高度工业化设备的几何图案感，巨大集装箱的现代感，那横贯画面、缓缓移动的大型现代化工业机械所造成的形式美感，它既象征着现代化进程的气势和规模，也暗喻着这种现代生产与建设者落后的文化心态的不协调。整个影片从矮子赵书信与两个巨人对峙的画面开始，中经党委会和似乎与情节无关的歌舞会、足球场、教堂的变形场面等，尤以两次党委会最为典型：狭长的会议室和会议桌，白色的台布、上衣和墙壁，加上主持人背后那走得特别慢的超常石英钟等。这种变形的环境与实际的会议内容之间，高调摄影造成的形式美感与令人烦心的冗长的会议之间强烈的不协调，都蕴涵着极为丰富而深刻的哲理。

深刻的主题思想的获得，还在于编导对人生意义的深刻理解和发掘。日本著名编导黑泽明说过："有时我曾想到过有关我自己的死，然后我思忖，像我现在这样生活时，我怎么忍心与世长辞呢？我感觉到，我应该做的事情还很多，我总觉得，我至今活得还很不够呐。随后，我陷入深思中，但并不感到悲哀。就是这种感受使我产生了《活下去》（又译《生存》）的构思。"《活下去》是一部看似平常，实则寓意深邃的影片，影片一开始就告诉观众，主人公渡边已身患胃癌，只是他本人还不知道罢了，这位一直在虚度光阴的官僚主义者仍坦然地以惯常的方式处理家庭妇女们的申请——把她们打发到其他部门去，即使他已经知道自己将不久于人世，他也不可能立刻想到要为儿童建造游乐场的事出力。直到他经历过种种"磨难"——先是对亲子之爱的绝望，接着是对享乐主义的失望，他才找到真正属于他自己的"活法"——决定在生命最后的日子里为孩子们做一件有益的事情，从而深刻地揭示出"死固然是可怕的，但人却可能在不幸中领悟到某些东西；只有在死亡面前，一个人才能够真正地生活"

的主题。值得注意的是，影片没有正面表现渡边为建造游乐场所做的种种努力，而是把它放到人们的片段的追忆中以增强对渡边异乎寻常举动的反思意味，从而大大丰富并深化了主题的内涵。

深刻的主题思想的获得，还在于编导对人性的深入思考，意大利的《长别离》就是一部这样的影片。那个得了失忆症的流浪汉到底是不是黛莱丝在战场中失踪已久的丈夫，实际上并不重要，重要的是黛莱丝对丈夫执着的爱所达到的无私的高度，流浪汉的失忆症使黛莱丝的爱既显得更顽强，又预示了这种爱的悲剧性。这部影片细腻而深刻地描绘了这种无望的爱情，但它又不仅仅是一个爱情的故事，它更深刻的主题在于反对异化人性的战争。因此，它虽然不是一部战争题材影片，但却是一部有力的反战片。这里既不是枪林弹雨的战场，又没有陈尸遍野的悲惨景象，但战争的阴霾却像梦魇一样笼罩着整部影片。特别当流浪汉在黛莱丝和邻居朝他喊"阿尔贝·朗格洛瓦"时，他突然站住转身举起双手的动作，更令人心碎。作为战争的受害者，他的记忆里只剩下那处决战俘时最恐怖的一幕了，从而深刻地展示了人际感情的沟通在受到战争不同程度的伤害的人们之间已成为难以逾越的障碍。

揭示特定情景中人性的复杂性，也是我国新时期电影深化主题的一个重要方面。如第五代导演探索电影开山之作《一个和八个》中，有一个原本是土匪的瘦烟鬼，身为囚徒曾说过调戏八路军卫生员杨芹的下流话，后来在突围中部队被冲散，杨芹和瘦烟鬼在一起时，经过战火洗礼的瘦烟鬼，被杨芹称为大叔，从而唤起了他人性的复苏。当他去别处找水回来时，发现几个日本鬼子正狞笑着围住了杨芹撕扯，此时，瘦烟鬼只剩下一颗子弹，他出于长辈的爱和民族的自尊，他向杨芹毅然射出了致命的一枪，让她干干净净地死去。这决断的一枪，表现了瘦烟鬼人性和民族尊严感的觉醒，从而完成了他由土匪到人的突变。瘦烟鬼射出这一枪后，他大义凛然，从容走出，脱口喊道："老子，中国人！"这危难中迸发出的民族气节，使他的人格得到了庄严的升华，而成为一个大写的人，从而把抗日的主题深化了。

主题的深刻性固然是现代影视剧作家追求的目标，但是影视是一种最具群众性的艺术，人们不仅希望通过影视认识生活，而且还希望通过影视怡情悦性，调剂生活。假若一部影视片有高雅的情趣性，又有喜闻乐见的艺术形式，即使它的主题不那么深刻，甚至很一般，也同样为人们所喜爱。因此，对于娱乐片之类，则不必作如是要求，这是我们应该特别注意的。

四、主题的独特性

艺术需要不断地创新，当然，它包括题材的创新，但是真正高明的艺术家往往并不将主要精力放在抢占新题材上，而是在被别人反复表现过的题材上创作出富有新意的作品来。现代影视剧作更应该如此。要创作出富有新意的作品，影视剧作家就得独立地去观察、分析、认识生活，从生活中去发现独特的主题。只有你倾注心血获得的独特的主题，才会激发起你一吐为快的创作热情，才会写出具有你自己的个性色彩的剧作来。凡优秀的现代影视剧作，都有一个独特的、富有新意的主题。就以苏联卫国战争题材的电影创作为例吧！卫国战争刚刚结束，诸如《卓娅》《普通一兵》《青年近卫军》等影片，主要表现军民与敌人浴血奋战、可歌可泣的英雄事迹。20 世纪 50-60 年代，以《雁南飞》《士兵之歌》《一个人的遭遇》为代表的影片，着重谴责战争、呼吁和平，诘责战争给普通人精神上留下的不可愈合的创伤。到了 70-80 年代，很多影片从热爱和平的角度，用生还者的目光再现战争年代的生活，把英雄主义与人道主义有机结合起来，着意挖掘人物的心灵美。如《这里的黎明静悄悄》既描写了女战士的英勇斗争、视死如归，突出表现了她们的美好心灵；又描写了和平时期她们每个人的爱情。从而让观众深深感受到：要不是可恶的战争，她们将会生活得多么美满和幸福啊！她们会像普通人一样生儿育女，共享天伦之乐。这不但揭露了战争的残酷性，而且充满了人道主义的情感力量。正如影片《自己去看》的导演克里莫夫所说的："不要让人的良心上长出遗忘的青苔，要使这一切不再重演。"《战地浪漫曲》更是一部以新的角度表现战争的作品。影片开始时战争已经结束，但战争给人物留下的影响则贯穿影片始终。影片没有直接表现柳芭精神面貌变化的过程，但它却能让人感受到这是战争造成的后遗症；影片在表现战争创伤的同时，又表现了强烈的道德主题——人应当以善良的心对待他人，关心他人，甚至为拯救他人而牺牲自己。影片正是从道德探索的角度探讨战争对社会生活的影响，并通过与战争相关的事件来展示人物细致而复杂的内心变化。因此，可以说，这是一部思考战争的影片。首先，这部影片超越了同类题材影片对主题的开掘，赋予它以全新的视角。卫国战争期间，年轻的战士萨沙悄悄地爱着正与营长热恋的被誉为"战地皇后"的女卫生员柳芭。当然，这完全是萨沙的主观幻想，因此给那血与火的战场蒙上了一层如梦如诗般的浪漫色彩。十多年后，当他们再次相遇时，两人都成了饱经风霜的中年人。柳芭的营长丈夫牺牲于战场，只给她留下了个女儿。战后现实的严峻性，不仅使柳芭的生活分外艰难，而且使她的心灵蒙上了厚厚的尘土，使她变得世俗而冷漠。此时的萨沙虽已结婚，但当他了解到柳芭的处境后，沉睡在心底的爱又被唤醒，他决心以自己真挚的情感帮助柳芭振作起来，使她重新焕发出昔日的光彩。值得称道的是，影片对萨沙妻子薇拉的形象塑造。薇拉是一个理智性的女人，她虽然貌不惊人，但她善解人意。当她的爱情受到威胁时，她担心、痛苦，但她没有大吵大闹，而是对萨沙表现更多的温情和体贴，甚至耐心地倾听丈夫在她面前毫无顾忌地剖白自己的心声；对柳芭则报以真诚的同情，甚至打算成全他们的"战斗情谊"。更值得称道的是，在这种情况下，心底尚存善良本性的柳芭，首先从不切实际的爱情梦幻中"醒"了过来，接受了现实为她所作的安排——嫁给了早垂青于她的区执委会主席。萨沙也"醒悟"过来了，终于明白他所爱的只不过是战时他自己编织的一个至纯至善至美的梦而已。影片的结尾对萨沙难以言传的忧伤感和失落感作了极其精妙的处理：萨沙从柳芭的婚礼上跑了出来，怀着几分忧伤、几分失落、几分茫然的心情在空寂、冷清的街道上徘徊着。突然，一所房子墙上的下水铁管里哗啦啦地掉下几块冰凌来，这声音似乎震醒了萨沙，于是他下意识地跑来跑去，东一脚西一脚地踢街两旁墙上的下水铁管，凌冰不断地掉下来发出哗哗的声响。这声响仿佛在宣泄着他内心说不清道不明的郁闷……至此，观众禁不住鼻酸心碎，为影片强烈的艺术魅力所征服。正如有人所说："唯一的秘密可能在于，这部影片不仅仅是讲爱情的。"它超越了一般歌颂美好爱情的主题，而传递了力透人生的百般滋味。

国产影片《野山》动人的艺术魅力也在于主题的独特性。显而易见，影片表现的是改革，但它并非一般的表现，而是着力表现我们这个因袭重负的古老民族其改革的艰巨性。在表现其艰巨性时，它又没有从正面去表现改革中的外部矛盾及其冲突，去罗列主人公在致富道路上遇到的各种富有戏剧性的挫折和经历，而是着力于表现改革浪潮波及到一个偏僻落后的小山村在人们心灵深处及其人际关系上所出现的微妙变化。

当然，独特的主题，要由独特的人物性格来完成。《野山》的主人公禾禾不再是一个具有清醒改革意识，自觉率领乡亲改天斗地的英雄，恰好相反，他被表现为一个少言寡语，甚至还是个有点窝囊的年轻人，他的改革全凭自己那不安分的倔强劲，其目的只是为了变一种"活法"。禾禾的对立面灰灰，也不再被刻画为那种落后顽固、简单粗暴的凶神，而是一个温和敦厚，有时还不乏几分憨厚、幽默的人。正是这样的性格把握，才避免了人物脸谱化的倾向，让观众感到这些形象的亲切可爱。这不但增强了人物性格的真实感和可信度，而且对两对质朴的中国农民之间的婚姻关系的重组更发人深省，耐人寻味。

总之，主题的含蓄性、多义性、深刻性和独特性，是现代影视剧作对主题的要求。它们之间既有区别又有联系。含蓄性的主题不一定具有多义性，但多义性主题则必然是含蓄的。可以说，主题的多义性（或多主题）是主题含蓄性中一种最复杂的表现形式。深刻性的主题，必然是独特的；独特性的主题，也往往是深刻的。主题的深刻性也好，独特性也好，它们常常又是含蓄的。主题以含蓄为贵。可见，含蓄性是现代影视剧作对主题最基本的要求。

第五章　影视剧本塑造人物的方法

第一节　人物性格的差异

人物性格往往要通过人物关系才能体现出来，对于剧中的主人公来说，他周围的每一个人都代表着他性格中的某个侧面，所以在剧中为主人公设置出合理的人物关系对于塑造人物性格、组织戏剧冲突及情节构置都是至关重要的。

戏剧冲突首先表现为欲望支配之下人物性格的冲突，所以人物性格之间不仅要有差异性，而且还要含有完全相互对立的因素。正如世界上没有两片完全相同的树叶一样，世界上也没有两个性格完全相同的人，不同性格的人在一起就容易产生矛盾冲突。所以在塑造人物时重视人物性格的差异，探究其性格形成的内在原因，并赋予其典型性格特征就显得尤为重要。

一、人物溯源

普希金在评论拜伦的作品时说："拜伦在他的戏剧中'只创造了一种性格'，这就是他自己的性格。他把自己的特性赋予了主人公，对某个人物他赋予了自由的骄傲，对另一个主人公赋予了憎恨等。其实拜伦剧作中的主人公在最好的情况下就是诗人自己的性格体现。其实不仅是拜伦，每个创作者都会在自己笔下的人物中留下自己的影子，无论这个人物的外表或品行与自己相距多远。创作者在这里扮演着全能演员的角色，他用自己的心灵去揣摩每个人的心思，并迫使自己扮演这样的角色。当他写一个坏人的时候，他会通过想象把自己品性中的邪恶释放出来，加以放大；当他在写一个女人的时候，他会尽量地用想象把自己变得柔弱和温情，而这样的想象总是建立在个人性格和生活体验之基础上的。"

剧作家在写每个人物时总会自觉或不自觉地把自己的生活体验和思想融入作品，这也是艺术作品的生命力所在。创作者面对自己笔下人物的时候，会试图与之进行对话，希望与之产生心灵的沟通，他在多大程度上深入人物的内心深处，取决于他对人性的理解程度。他对人性的理解越深刻，笔下的人物也越有典型性。

在创作过程中，创作者的思想也会受到客体的局限，一方面并不是每个人物都能充分承载作者本人的个性及思想；另一方面，由于个人知识、性格及生活阅历的局限，创作者不可能把握好所有的人物。一般情况下，创作者更能够把握那些性格及思想与自己接近的人物。

二、人物典型性格的塑造

对人物形象的设计，既包括人物角色的基本特征，如性格特征、心理状态、身份地位、神情外貌、言行举止等，又包括人物角色所处的时代与情境，两方面是辩证统一、密不可分的。人物必然处于特定的时代之中，也总是处于各种不同的情境之中，时代与情境也塑造着人物形象。

（一）性格和心理

冯梦龙在《醒世恒言》中写道："江山易改，本性难移。"而瑞士心理学家卡尔·古斯塔夫·荣格在《荣格的智慧：荣格性格哲学解读》中则指出"性格决定命运"，所以，创作者在塑造人物形象时首先要着眼于其性格。

以电视连续剧《大明宫词》为例，编剧郑重在塑造人物时首先定位的是其性格。他说："每一个人物都事先定好一个基调，正如画的底色。人物在这个基调上起伏变化，但万变不离其宗。比如太平公主，爱而不得，终生寻找——复仇、爱和死亡。而四位皇子也根据其性格进行定位，一个是同性恋'弘'，一个是偏执狂'贤'，一个是道学者'旦'，一个是窝囊废'显'。其实历史上有许多人，人是一代代延续的，灵魂却很相似。我们把每个人的性格都铺陈发展到极致，即使写反面人物也有他自圆其说的世界观和作恶的充足理由，这样人物就完备了内在逻辑，写起来就自然而然了。"

人物的心理活动也是其性格的体现，影响着其言行举止，而人物的一举一动也必有其心理动机。曹禺之女、著名编剧万方曾说："我不想在作品中评判什么，这一点算是遗传了我父亲；他对每个人都怀有悲悯之心，哪怕是《雷雨》里的周朴园。每个人做事都有自己的理由，写作者只要找出这些理由，而不要恣意评判，生活本就无法评判。"

对于人物心理的视觉化展现，我们可以直接通过镜头画面来呈现其联想、回忆、幻想、梦境等心理活动状态，也可以通过运用抒情蒙太奇乃至人物独白来完成。

人物性格是复杂的，人物心理也是复杂的。美国剧作理论家罗伯特·麦基就曾探讨过好莱坞编剧和中国编剧对人物处理的方式。以动作片中的人物为例来说，在中国不论是女神还是恶棍，都有一种道德上的纯洁性，一个如此纯粹的人会很难让观众感同身受，因为如此纯粹的人很难让观众对他产生"移情"的效果，没有办法连接起来，观众可能会很崇拜、欣赏他，但是绝对不会通过移情作用来认同他。但是好莱坞的人物角色通常都有复杂性，超人也好，蝙蝠侠也好，都是双重人格，他们也是普通人，观众能够从他们身上找到共鸣。这可能就是为什么在观众的印象中，明知道好莱坞大片是假的，但是看起来也觉得很真实，而中国的真人真事拍摄出来，明明是真实的，但是仍有虚假的感觉。

（二）时代与情境

常言道："环境塑造性格。"对人物角色的设计离不开对其所处环境的描绘。正如法国启蒙思想家狄德罗在《论戏剧艺术》一书中说："人物的性格要根据他们的处境来决定。"具体而言，则要考虑两个方面，即人物所处的时代和人物所处的情境。

首先，对人物形象的塑造不能超越其所处的时代背景。

比如在电影《赤壁》中，人物角色的塑造就脱离了他们所处的时代和情境。著名编剧芦苇认为，《赤壁》最本质的问题就在于导演对三国时代的精神气质把握不够，他认为《赤壁》剧情太疲软，人物塑造苍白。三国是个风雨飘摇、生死攸关的时代，但是剧中人物却给人以过家家的感觉，比如当曹营八十万大军逼近时，东吴主要军事领袖周瑜却还在给母马接生，此类情节就完全脱离了那个时代的精神。

而在徐克导演的系列电影《黄飞鸿》中，对人物形象的时代性就处理得很好。把对主人公黄飞鸿的塑造放到了清末中国与西方的政治冲突与文化冲突的背景之下，置于当时新与旧、传统与现代的时代矛盾之中。结合这一背景，作品的主题思想也就不局限于正与邪、侠义与罪恶的冲突，而是将人物放到时代大潮中去开拓新的审美意义。片中，黄飞鸿深受中国传统文化的熏陶，却也目睹了古老中国的积弱不振；在汹涌来袭的西方文明和思潮面前，他有困惑、有纠结，也有自卑、有抵触；他提倡以新文明来救中国，却也固守传统的家国情怀。

其次，对人物形象的塑造不能脱离其所处的具体情境。

法国小说家左拉在《论小说》一书中说："要使真实的人物在真实的环境中活动。"比如在影片《战略特勤组》中，就设置了这样一个情境：前美军特种部队炸弹专家史蒂芬宣称在美国的三个城市中分别安放了三枚微型炸弹，以此威胁美国政府放弃"侵略政策"。美国本土危在旦夕。FBI 反恐部门女探员海伦负责调查此案，而军方也介入其中，并授命谈判专家亨利来对史蒂芬进行审讯逼供。三个人物在这场生死攸关、利益纠葛的谈判中各据立场、针锋相对。亨利肩负拯救之任，其逼供手段极端残忍严酷，而政府高层的纵容更使其有恃无恐。海伦反感如此惨无人道的非法手段，但要解决核弹危机，拯救无辜群众，又别无他法。而疯狂的"恐怖分子"史蒂芬要求美国政府满足其要求，也自有一番道理。其实，史蒂芬未必疯狂，亨利未必残忍，海伦也未必就是"妇人之仁"，但三个人物都处在"核弹危机"的具体情境中"不得已而为之"。

（三）身份与地位

人物的身份与其所处的地位，都会对其性格的形成产生影响，会形成相应的心理状态并体现在其言行举止之中。而人物身份与地位的设计同样要结合其所处的时代与情境。

例如，在系列影片《黄飞鸿》中，黄飞鸿的四个弟子——林世荣、梁宽、牙擦苏、鬼脚七都是底层出身，但是因其本身的身份职业与社会地位的不同，性格特征与处世作风也就迥异。

比如林世荣，以杀猪卖肉为生，原隶属于刘永福统率的"黑旗军"，后来成为佛山民团的骨干成员。因而他最疾恶如仇，好打抱不平又行事莽撞。梁宽是乡下农民出身，在清末的中外压榨下破产，只得进城谋生。他的身上既有农民的狡黠与圆滑，又有贫苦人的耿直与善良。而牙擦苏是南洋华工的后代，从海外回乡，见多识广。他受过西方文明的洗礼，思想相对开放，但海外漂泊无依的经历又使他显得自卑又怯懦。鬼脚七原是京城的贫苦车夫，又混迹在黑恶帮派里充当打手，显得亦正亦邪。混迹黑社会的经历，使他性情乖戾，处事易走极端，但是贫苦人的出身，又使他保有善良的本性，重情重义。

（四）神貌与言行

"神貌"是指人物角色的神情状态和外形容貌。人物的神情状态往往可以传递人物的心理状态，展现出人物的性格特征。而对人物外貌的描写，一般在剧本中应尽可能简略，着重描述的是人物身上的内在精神气质。

"言行"是指人物的语言和动作，是剧本中人物描写的重点。其实，人物的动作可以分为外在动作、内在动作、语言动作；我们通常所说的"动作"都是外在动作，语言动作是指人物的语言，而内在动作则是指人物的心理。

言行在塑造人物性格特征时十分重要，所谓"唇枪舌剑""伶牙俐齿""人言可畏"，都是说明语言的作用。说好人物的性格语言，便能言如其人，呼之欲出，人物语言的性格化，不但能通过语言折射出人物的身份、文化素养、生活经历、社会地位，而且观众也能通过语言的外延，去引申思考社会背景。所以语言功能绝不仅局限在语言本身的指向上，而且还能外化出让人思索的理念来。

每个人都会使用本民族的语言进行交流，然而不同的人使用同一种语言说话时，却能反映出各自的不同性格。例如有的人说话慢条斯理，有的人说话颠三倒四，有的人说话粗声大气，有的人说话细声细语，有的人说话不会拐弯，有的人说话结结巴巴，有的人说话幽默风趣。

人的性格同他的出身、地位、学识、经历和他所生活的地域环境都有关系，形成性格的因素是多方面的（其中包括遗传基因）。一个人的个性是由多个方面综合而成的。这集中表现在一个人对事物的稳定的态度与稳定的行为方式上，这就是语言个性特征和性格特征的关系。

比如，某个人是急性子，某个人是慢性子，表现在语言形态上是有明显差异的。比如谁家的孩子丢了，有人会着急得哭号，有人会急得喊叫，而智者会提出先报案再分头去几个方向寻找的建议。又如同对待家中失火的不同态度，反映出人物的不同性格一样。有人急着喊救火，有人喊着快把值钱的东西抢出来，甚至还会有幸灾乐祸说风凉话的人呢！也有人慢吞吞等着火烧，看着火烧说："反正我有财产保险啦，没关系，有人赔的。"

第二节　人物关系的搭置

不同性格的人物只有处在一定的社会关系中才可能发生矛盾，所以当人物变得鲜活起来以后，创作者必然会考虑怎样把这些人物合理地牵扯到一起，让他们发生冲突，演绎各种悲欢离合。

一、人物关系搭置的原则

在创作中考虑人物关系需要先把握住剧中的主要人物、次要人物和群像人物。主要人物是剧作者对生活的形象发现，是以深厚、坚实的生活积累为基础的，该人物必然处在剧本所描绘的各种现实矛盾的焦点上，是艺术提炼生活的结晶，体现为社会因素与美学因素的统一。次要人物不可缺少的艺术意义在于，在整个剧作的形象系列里，他们并不是消极地作为构成主人公生活环境的点缀，而是积极地参与到情节的运动中去，或者从多方面烘托出主人公生活环境的时代特征，或者从某一侧面开掘下去，揭示出某种生活的本质意义来。而出于特定的生活题材的启示，剧作者有时需要用群像式的人物设置和剧作构思来刻画艺术形象，以扇面式展开的生活真实提示社会矛盾，呈现出现实脉搏的跳动。

所以在人物关系的搭置中，要处理好以下的关系。

（一）主要人物与次要人物的关系

在设置人物时，要考虑到人物间性格的差异性和对立性。如果有两个人物性格很类似，缺乏发生冲突的可能性，那么最好删减其中的一个。

比如在电视剧《铁齿铜牙纪晓岚》中，编剧本想在乾隆和纪晓岚、和珅中间塑造出一个福康安，以区分之前《宰相刘罗锅》中的三角关系，形成一个四角关系。但是事实上福康安却因为性格的差异性和对立性不足，在戏中找不到自己的位置，所以这个人物会经常莫名其妙地消失，尤其在后半部，几乎看不到他的影子。

（二）围绕主要人物来设置次要人物

在创作中，很大程度上，次要人物是为主要人物服务的，每个与主要人物发生关系的次要人物都是为了刻画其性格的某些方面的。一般情况下，在创作时都是先出现主人公，然后再去想他周围会有怎样的人，甚至可以说某种程度上次要人物是从主要人物身上衍生出来的。

（三）建立合理的人物关系

从写戏的角度来说，人物关系越复杂越容易出戏，但是有一个必须遵循的前提就是不能违背生活本身的逻辑，否则就会失去其真实性。比如曾经播出的一部电视剧中，男主人公后来发现他深爱的女孩竟然是自己的亲表妹，而他又被自己的亲嫂子深深地爱着。最后他爱的表妹死了，他的嫂子也因为他的缘故与他哥哥离了婚。这样的人物关系看上去很复杂，但是却显得很不自然，也很不真实。

二、常见搭置方式

通常我们将人物配置的方式按照主要人物的数量来进行搭置，有独秀式、双子式、对立式、三角式、群戏式五种。

（一）独秀式

独秀式是指影视剧中只有一个主要人物。这个主要人物在剧情发展中"一枝独秀"，居于绝对中心地位。人物关系上呈现众星拱月之势。次要人物可以闪耀自身的光芒，但是不能喧宾夺主，遮盖主角。

人物传记类影视剧往往采用独秀式的人物搭置方法。比如电视连续剧《李小龙传奇》，就是以李小龙这一主要人物为绝对核心，以其钻研和弘扬中国武术的行为为主线，运用50集的篇幅来演绎其短暂人生的传奇经历。

（二）双子式

双子式是指影视剧中存在两个主要人物，这两个主要人物在剧情发展中"相映成趣"，共同居于中心地位，甚至形成两条并行的情节线索。

双子式中的两个主要人物之间的关系是多种多样的。最常见的是情侣关系，如夫妻或恋人。比如陈可辛执导的《甜蜜蜜》，讲述了男主人公黎小军与女主人公李翘之间绵延十年之久的情感故事。两人同一年乘坐同一班火车从内地来到香港，各自展开生活。在十年间，两人相遇、相识、相恋，却始终不能走到一起，本以为此情难继，却在命运的安排下再次重逢。

爱情故事中多用双子式的人物搭置方法。此外，双子式也可以是父子、父女、朋友、兄弟、伙伴、姐妹关系。

（三）对立式

对立式就是指在影视剧中塑造两个相互之间明显对立的主要人物形象，两个人物在戏份上平分秋色、不相伯仲，都应该在剧中有出色的表现。比如美国影片《盗火线》中，塑造了警官汉纳和劫匪麦考利两个有血有肉的主要人物形象。警官汉纳意志坚强、能力超群，但是个人生活极为不顺，他的烦恼和痛苦使观众心生同情。而劫匪麦考利举止文雅、风度翩翩、重情重义，极富男性魅力，丝毫不像凶残的暴徒。这两个人物之间存在着天然的对立关系，共同推动剧情的发展。

在许多影视剧中，主要矛盾冲突的双方有明显的正义与非正义之分，往往对立人物也可划分为正面人物和负面人物。

（四）三角式

三角式是指影视剧中存在三个主要人物，这三个主要人物在剧情发展中相互制衡，"鼎足而立"，共同居于中心地位。例如电视连续剧《宰相刘罗锅》《铁齿铜牙纪晓岚》等，三个主要人物各自为政、冲突不断，能够极大地丰富影片情节的戏剧性。

（五）群戏式

群戏式是指影视剧中的主要人物角色超过三个，这些主要人物在剧情发展中"八仙过海"，往往形成多线叙事的格局。

一般来说，主要人物每增加一个，剧中的矛盾冲突就会复杂一重，在剧作上也就需要更多的表现空间，所以主要人物的设置要遵循逻辑，不能一味求多，否则容易造成作品结构松散杂乱、剧情矫揉造作。而群戏式创作的最大难点在于让每个主要人物都有戏，都能够立得起来。

比如国产主旋律电影《建国大业》《建党大业》等，电视连续剧《奋斗》《与青春有关的日子》《欢乐颂》等，都采用群戏式的人物搭置方法。

第三节　压力设置

在影视剧中，往往需要把人物放置于压力之下，这样才能看出人物性格的某些方面，这也是戏剧冲突产生的必要条件。

往往可以从以下几方面进行压力的设置。

一、物质环境

物质环境主要是指人物的居住条件及周围的生存环境。在影视剧中，它经常是构建戏剧冲突的重要元素。比如电视剧《贫嘴张大民的幸福生活》，如果不把主人公放置在北京大杂院那样的生存环境中，或者张大民一家不是生活在那样狭小的空间里，电视剧中所有的矛盾冲突都不会发生。所以，创作者在塑造人物的时候，必须考虑为人物设置生存环境。

二、社会地位

社会地位是指人物在社会中所处的政治地位和经济地位，主要包括人物的职业、职务及各种社会关系。

在影视剧中，主人公的职业设定并不是随心所欲的，有时候职业的设定对于塑造人物性格及展开剧情有着至关重要的作用。在现实生活中，职业对人的生活及性格都有很大影响，有些职业会使人享受平淡而乏味的生活，如教师、医生、公务员等，而有些职业则可能经常把人的生活推入惊涛骇浪之中，如警察、律师、商人等。从戏剧角度来讲，很显然在从事后面这些职业的人中间更容易发生戏剧性的冲突。

三、生活境遇

生活境遇是指某些偶然性的因素或事件造成的人物的生活状态，从剧作的角度来说，人物处于困境之中更有利于制造戏剧冲突，而这种困境经常是由恶劣的生活境遇所引起的。一些偶然性的事件如骨肉分离、疾病、死亡等都会使人物的生活境遇发生变化，命运也会因此而改变。

第四节　人物弧光

好的故事不但揭示人物真相，而且还在讲述过程中表现人物本性的发展轨迹或变化，这就是人物弧光。

人物弧光作为编剧塑造人物的一种创作技巧，一直深受好莱坞的欢迎。因为在人物弧光的背后，往往代表着一个人物性格的多面与复杂，显现着人物与环境、人物与他人、人物与自己的种种冲突。如果一部两小时的电影或 20 集的电视剧中，主人公从头到尾没有丝毫变化，那么这个人物多半是乏味和失败的。只有那些有性格发展的角色，才显得立体多维，贴近现实生活。特别是在成长、励志、赎罪题材的影视作品中，人物弧光更是不可缺少的。

一、改变性

改变包括两个方面：好的方向的发展和坏的方向的变化。

人物的发展就是指人物在转变态势上呈现出上升或者前进的趋向，终极方向一定是"正面信息"。比如：一个人物之前看问题很偏激，但是随着经验的累积和环境的影响，他看待问题全面了，那么可以说这个人物有了发展；但是如果这个人物之前看待问题就已经比较全面了，同样随着经验的累积和环境的影响，结果他看待问题不仅全面而且更加通透深刻了，那么这个人物也发展了。所以，"发展"可以是好上加好。

以哈姆雷特这一人物形象为例。

故事开始时，从大学回家参加父亲的葬礼，哈姆雷特心情极度悲伤和迷茫，希望自己死去。但是，他的真实性格在他选择采取这个行动而不是那个行动的过程中得到展示：哈姆雷特父亲的"鬼魂"声称，他是被哈姆雷特的叔叔——当今国王克劳狄斯谋杀的。哈姆雷特的选择揭示了他极度睿智谨慎的天性，他极力克制自己不成熟的冲动和鲁莽。他决心复仇，但必须等到他能够证明国王的罪恶之后，这一深层的天性和人物的外部面貌发生冲突，即使不是完全相反也是相互对照的。我们感觉到，他并不是表面上表现出来的样子。他不仅悲伤、敏感和谨慎，在他人格面具之下还隐藏着其他的品质。

在揭露了人物的本性之后，故事便开始给他施加越来越大的压力，令他作出越来越困难的选择：哈姆雷特追寻谋害父亲的凶手，却发现凶手正跪地祈祷。哈姆雷特可以轻易杀了国王，但是他意识到，如果国王在祈祷中死去，他的灵魂就可以升入天堂。所以，哈姆雷特强迫自己等到国王那"注定要永堕地狱的灵魂幽深黑暗不见天日"时，再把他杀死。

待到故事高潮来临，这些选择已经深刻地改变了人物的本性：哈姆雷特步入了一个平和的成熟境界，他那敏锐的感悟力已经成熟，变为智慧。

同时，人物弧光并不局限于人物向着好的方向发展，也可以由好变坏。如《教父》里的迈克，开始时，他还是一个讲道德、有规矩、品格纯良的人，但在故事的结尾，他既失去了亲人，也失去了原有的品格，变得卑鄙无耻、冷酷无情。他甚至杀害了自己的手足，最终成为新一代的"教父"。

二、动态性

人物弧光最具价值的地方就在于它让人物性格处在动态中，而不是静止孤立的。受到外界环境和内在人格的影响，人的价值观、性格、对事物的认知态度、思想不会一成不变。从偏激到公允，从犹豫到坚定，从逃避到面对，从妥协到抗争，从懦弱到勇敢，从自卑到自信，从幼稚到成熟等，这些都是能够在现实生活中真切发生的。

比如在电影《这个杀手不太冷》中，在影片开始时，呈现在观众面前的是一个有着利落身手和冷酷形象的杀手，他喝着同一牌子的牛奶，按时锻炼身体，照料他的万年青，坐着睡觉，生活克己，单调冷漠。但是随着小女孩介入他的生活，里昂的世界里开始有了笑声，有了乐趣，有了牵挂，有了爱。

三、渐进性

人物弧光之所以叫"人物弧光"，首先是因为人的生活有起有伏，有高潮有低谷，没有谁的变化发展是一条直线，也没有人会遵循一条直线生活，所以会用弧形来比喻弧光。其次，弧，表示会有起点和终点，人的发展变化会形成一条轨迹。没有人的变化是一蹴而就的。所以在塑造人物弧光时，最常遇到的错误是，剧本中人物的发展变化和成长不是渐进的，而是突变的。

比如，"有人批评了他们或者是他们认识到了错误，于是他们立即改正过来。再不然就是他们受到一次震动，在一夜之间彻底转变了"。这种情况可能出现，但是，更普遍的情况是"人们一点一点地改变，从暴躁到耐心，从胆小到勇敢，从憎恶到相爱，是渐进的过程"。艺术来源于生活，在现实生活中，身边熟悉的亲人或者朋友，他们的改变也并非在一夜之间完成。所以在剧作中，那些充满人性张力的角色，在追求各自目标的旅途中，他们的遭遇与经历会使其成长与改变，但那会是一个爬楼梯的过程，是一个经历波峰和波谷的过程，是一个从量变到质变的过程。

第六章 影视剧作的结构

影视剧作的结构，是指影视剧作者依据他对生活的认识，按照塑造形象和表达主题的需要，运用影视思维合理组织人物与周围环境的关系，恰当安排情节的轻重先后，使之符合生活的逻辑，达到艺术上的完整和统一。尽管它是形式方面的问题，但剧作结构的高下，常常影响一部影视剧作的命运。随着影视艺术的发展和人们审美观念的变化，影视的剧本结构正在走向多元化。因此，不能忽视对影视剧本结构的研究。人们从不同的角度，可以把剧作结构划分为各种类别。

第一节 戏剧式结构

美国戏剧、电影理论家劳逊指出："戏剧按照冲突律来结构剧本，一般说来也适用于电影剧本的结构，但电影在应用这一定律时必须注意一些重要的特殊条件。"（劳逊：《戏剧与电影的剧作理论与技巧》，中国电影出版社1989年版，第449页。）电影的戏剧式结构与戏剧结构既有联系有区别。其联系在于它们都可以按照冲突律来结构剧本。所谓冲突律，乃是指戏剧要以戏剧冲突作为情节发展的推动力，并在戏剧冲突的基础上组织和安排结构。所谓戏剧冲突，即"社会性冲突——人与人之间、个人与集体之间、集体与集体之间、个人或集体与社会或自然力量之间的冲突；在冲突中自觉意志被运用来实现某些特定的、可以理解的目标，它所具有的强度应足以导使冲突到达危机的顶点"。（同上书，第213页。）其区别在于电影有其"重要的特殊条件"。到底有哪些"重要的特殊条件"呢？劳逊着重指出了三点："第一，电影中冲突的外延无论在时间或空间上都要大得多。"电影在时空转换上享有比戏剧大得多的自由，它可以突破舞台的时间限制，把它所要表现的冲突外延到广阔的时空中去。

"第二，电影冲突沿着两条平行的但又各自独立的动作线发展。"电影可运用蒙太奇语言，把不同景别的镜头组接起来，表现戏剧在舞台上所不可能表现的东西，如平行或交叉蒙太奇，可以表现同一时间发生在不同地点的两件或两件以上的事。"第三，电影能迫近人物，并集中注意力，使冲突更尖锐化。"（同上书，第458页。）戏剧舞台同观众总保持着固定的距离，演员的许多细微动作和表情，坐在稍后些的观众就难以看清，这就得演员用对话来弥补；而影视镜头则可以逼近演员，利用特写、近景等镜头来表现。这种运用视觉形象的感染力来取代冗长的舞台对话的方法，更能集中观众的注意力，使冲突表现得更为紧张而激烈。由此可见，所谓戏剧式结构，就是运用影视"重要的特殊条件"，即影视特有的表现手段来组织和安排戏剧冲突的剧作结构样式。那么，它到底有哪些基本特征呢？

（1）情节因素的完整性。戏剧式结构的剧作，一般都以戏剧冲突推动情节的发展，造成一种环环相扣、步步紧逼的态势，迫使冲突尖锐化。它不但要求整部剧作有一条包括开端、发展、高潮、结局的结构要素在内的情节线，而且要求第一段（场）戏中也尽量做到有其开端、发展、高潮、结局，造成一个个"小型的霹雳"（席勒语），以促使全剧大高潮的到来。如影片《祝福》主要由出逃、被卖、重返鲁家、捐门槛到砍门槛等情节段落构成。就整体而言，出逃为其开端；被卖、重返鲁家，直到捐门槛为其发展；砍门槛为其高工，最后的死亡为其结局。就局部而言，以"被卖"为例，其开端是祥林嫂在河边淘米时被卫老二发现，她仓皇躲避；其发展是阿香把这事告诉鲁四老爷的同时，祥林嫂已被卫老二和婆婆抢上了船；其高潮是祥林嫂被抢到贺家，她奋力抗争，舍命撞香案，形成"小型的霹雳"；其后，祥林嫂见贺老六为人厚道，只好认命顺从。她在贺家生了儿子，夫妇勤劳，本也"过得去"，不料好景不长，在夫丧子亡房子抵了债的情况下，她又回鲁家当女佣。从此，鲁四老爷认为她是"不洁"的女人，大年不让她沾祭品的边，这对她无疑又是一次莫大的精神打击。她用捐门槛来"赎罪"，自以为可以得到"解脱"，可是鲁四老爷仍不许她端祭品，将她最后一线"生的希望"也给无情地扑灭了，她绝望中奋起"砍门槛"，使全剧情节达到了高潮。由此可见，戏剧式结构的情节就是如此既紧张激烈又曲折有致地向高潮推进。因此，其情节必然如戏剧那样具有其完整性。

（2）段落布局的严整性。戏剧式结构既讲究对情节进行紧张而曲折的安排和处理，它就要求按照因果关系，把段落与段落之间，层层递进地、合乎逻辑地联结起来，使之构成一个相互依存的严谨的整体"任何部分一经挪动或删削，就会使整体松动脱节"（亚里士多德语）。如《祝福》中的祥林嫂，要不是闻知自己将要被卖，她不会出逃；要不是被婆家抢去卖与贺老六，她不会舍命撞香案；要不是夫丧子亡房子抵了债，她不会再到鲁家当女佣；要不是鲁四老爷不让她端祭品，她不会捐门槛，更不会砍门槛。美国影片《魂断蓝桥》也是这样：要不是玛拉与罗依之间存在着"等级差距"，他们就用不着来回折腾求得批准，以致耽搁了教堂规定举行婚礼仪式的时间；要不是芭蕾舞团那么不近情理，玛拉就不会失业；要不是玛拉失业和罗依的死讯，玛拉也就不会于绝望中沦落为妓女；也就不会加深她与罗依之间的"等级差距"，也就不会导致她向罗依母亲吐露真情的高潮。前一个段落是后一个段落的"因"，后一段落是前一个段落的"果"，一环扣一环，使得段落布局异常严谨严密。

（3）叙述进程的顺时性。戏剧式结构的剧作，为了造成情节步步紧逼，达到吸引观众的效果，必然要求严格按照时空顺序，组织和安排故事情节。即使在十分需要的情况下运用倒叙、插叙，甚至闪回的手法，也只能是对主要情节作必要的补充，绝不允许从根本上错乱情节发展的时空顺序。虽然《魂断蓝桥》的序幕和尾声，是罗依在第二次世界大战时，站在滑铁卢桥上的回忆，但主体部分仍然按时空顺序关系叙述他在前一次世界大战中和玛拉从相识、相爱、离别、再见直到最后永诀的过程。影片《原野》中，仇虎在亲吻金子和举刀逼近沉睡的大星时，银幕上虽出现大星父亲阴险凶恶的脸，仇虎的父亲被活埋，妹妹被卖到妓院等画面，但从整部剧作来看，这只是对前史所作的补充交代，以显现仇虎的复仇心理，主要情节线索的时空顺序并未错乱。

在电影发展史上，戏剧式结构的作品占有非常重要的地位，直到今天的电影生产中，仍然占很重的比例，仍然受到广大观众的欢迎。它的长处在于：情节冲突紧张而激越，人物性格鲜明而集中，情感表达单纯而强烈，符合通俗化大众化艺术的特点，适合广大观众的审美心理，审美趣味和审美习惯的要求。其短处在于：矛盾冲突线索单纯集中，结构严谨封闭，主题比较单薄，内涵不够丰满，难于反映复杂而丰富的社会生活，容易露出人工斧凿的痕迹。随着现代影视观念的变化，戏剧式结构也在不断发展，诸如戏剧冲突日趋生活化，封闭的叙事方式逐渐被突破，运用技巧注意隐而不露，等等。

第二节　散文式结构

散文式结构，顾名思义，它的特征与散文结构的特征密切相关。散文最突出的特征是"形散神聚"，具体表现为二：①散文选材广泛，表现自由。大至宇宙万象，小至一草一木，乃至人生的一段经历，一星冥想，都可以化为散文的笔墨。作者犹如骑着思想的野马，"思接千载，视通万里"，不拘格套，挥洒成章。②散文既不像小说那样通过故事情节塑造人物，也不像戏剧那样讲究矛盾冲突，它写事写人只需撷取看似零散的几个侧面，于小中见大，平中见奇，散中见整，使之"形散而神聚"。正是散文的这种特征，影响并规定了散文式结构的特征。

（1）情节的散淡性。散文式结构不像戏剧式结构那样把生活中的矛盾集中强化，也不把所有的人物围绕在一个中心事件的周。苏联著名导演罗姆说："散文式电影不局限于一个主要的抵触，主要的冲突。而是把同等重要意义的许多现实与问题综合成一个总体去表现生活的复杂性，戏剧性不是浓缩在一起，而是被引入河道，分散成许多小溪和沟渠。"（转引自《类型影片鉴赏》，成都电讯工程学院出版社 1988 年版，第 64 页。）影片《城南旧事》中三个故事是并列的，影片《陈毅市长》中十个故事也是并列的，它们都被"分散"成了条条"小溪和沟渠"，因而不可能形成"一个主要的抵触"和"主导的冲突"。当然，这类影片并非没有情节，它也需要一定的情节，不过，它所依赖的主要不是情节，而是情绪。它赖以塑造形象、体现主题、吸引观众的手段，不是情节的生动，而是情绪的积累，不需要戏剧式那套结构样式，需要的是有助于情绪积累的结构样式，即场面的叠加。这样一来，线性的情节结构自然让位给了块状的场面结构。"冲突是悄悄地深藏不露地进行"（萨赫诺夫斯基语），戏剧式结构那种高潮和结构局面也就成为多余的了。因此，这类影片的结构，总是着眼于细节刻画，以平稳均衡的画面，从从容容地去展示散点的日常生活事件。导演吴贻弓把《城南旧事》的结构比成"缓缓的小溪，潺潺细流，怨而不怒；如似一片叶子飘落在水面上，随着流水汩汩往下淌，碰到突出的树桩或堆积的小草，叶子被挡住了。但水流又把它带向前去，又碰到一个小小的旋涡，叶子在水面上打起转来，终于淌下去，顺水淌下去……"这个比喻正好表明了散文式结构的特点。当然，这类影片也有高潮，不过，它不是情节发展的高潮，而是情绪积累所造成的高潮，如《城南旧事》结尾处，在《送别》（影片中第七次出现）歌的变奏中，由小英子的大近景化成香山火红的枫叶，一组快速运动的红叶特写叠化镜头，就构成了影片的情绪高潮，直到大片的红叶遮住了小英子远去的马车。影片到此虽然结束了，但是观众的心仍被那离情别绪激动得不能自已。这就是美的意境所产生的特殊的艺术魅力。

（2）段落布局的松散性。如前所述，戏剧式结构非常讲究段落之间严密的因果关系，其中的一部分行动必然是另一部分行动的因或果，要求形成尖锐而激越、集中而凝练的戏剧冲突。散文式结构则没有这种要求，它写人写事只需抓住最能传神达意的几个侧面加以勾勒，在结构上不讲究段落之间的必然联系，只要求安排合理，过渡自然，能让剧情连续下去即可。有的影片仅以剧中人主观视点来穿针引线，如《城南旧事》；有的影片则似生活的原汤原汁，呈现出一种散点式的结构，如《似水流年》；有的影片甚至完全看不出有什么来贯穿事件，如《陈毅市长》，只零零散散地写了他十个故事，故事与故事之间有的有那么点"因由"的过渡，有的连那么点"因由"也没有。如果将其中某一个故事调动一下位置，或者将其抽掉，似乎对整体也不会发生太大的影响，绝不会像戏剧式结构那样"任何一处遭到割裂"会达到"流血的程度"（劳逊语）。这是散文式结构"贵散"的一面。但是它又有"忌散"的一面，如《陈毅市长》十个故事间虽无外部的联系物，却有着作者以其对陈老总深沉而炽热的爱作为内聚力，把这十个并不连贯的故事联成一个艺术整体，从而产生扣人心弦的艺术效果。《似水流年》《城南旧事》则是在"淡淡的哀愁，沉沉的乡思"意境追求中所体现出的民族感情把各种生活事件串联了起来，使这两部影片都获得了不同凡响的艺术效果。

（3）叙述的顺时性。这一点似乎和戏剧式结构相似，不过，戏剧式结构运用顺时性叙述，完全是为了有利于戏剧冲突的连贯性，便于情节步步逼近，造成对观众的吸引力；散文式结构采用顺时性叙述则是为了强调纪实性，让观众看到现实生活的自然流程，有利于加强生活的实感。影片《陈毅市长》中未用过闪回镜头；《城南旧事》尽管有好几处写秀贞回忆她的情人思康，但主要是依靠秀贞讲述。且看其中的一段："秀贞自言自语地：'那年，就这时候，他来的……'‖秀贞回忆道：'一卷铺盖，一口皮箱，他穿一件灰大褂（拉出小英侧背），大襟上别着一支笔。我正在屋里擦窗户玻璃……'‖小屋的窗户，窗格上的许多窗纸已经破了，（摇）另一扇窗户，窗上玻璃闪着光……‖秀贞（画外）：'……擦着擦着，就听我爹说，正院屋子都住满了，您就在这跨院里将就住吧'……‖跨院圆洞门。（拉）‖秀贞（画外）：'说着说着就进来人了。我爹问他：'在哪家学堂？'他说：'在北大。'我爹说：'这道儿不近哪，沙滩去了！可是个好学堂啊，'（摇向小屋）他笑了，那一笑真甜！我就站在窗户那儿看着（推近窗户）。他过来啦，正巧走到窗户跟前，他忽然那么一抬头……'‖秀贞沉浸在美好的回忆里，慢慢抬起头来对英子（侧背）。'缘分啊，你明白吗？缘分！'"伴随着秀贞的讲述，影片用了一组空镜头来代替回忆。镜头从门外推进院子，又沿着墙根推到门窗，让人好像看到秀贞的情人思康是怎样走进来的以及躲在窗后窥视的秀贞内心里涌现的又是怎样一种感情。这样的处理，当然就和一般的闪回镜头大不相同了。

与戏剧式结构比，散文式结构的长处在于：第一，具有表现生活真实的最大可能性。这种结构的影片不以戏剧冲突为剧作基础，不按照戏剧冲突律来组织情节，设置悬念，制造高潮。相反，它主张用情节淡化来取代人为的强化；主张用开放式取代有头有尾、头尾呼应的封闭式；主张多侧面、多层次、多场景、多穿插、多声部的叙述表现法来取代程式化的情节发展过程。正因为如此，它可以充分利用影视时空转换的自由，着力生活细节描写，按照生活的自然流程表现生活，使它具有其他类型结构影片不可取代的真实性和艺术说服力。第二，具有调动想象力的最大可能性。这种结构的影片取材不受限制，表现不拘一格，在貌似松散的结构中寓有强烈而真挚的情感，在质朴淡雅的神韵中蕴含着隽永的意境。观众欣赏这种情节淡、节奏慢、意境深、情感浓的影片，可以化被动为主动，最大限度地调动其想象力，使之从有限的画面中，生发出丰富的联想、想象，甚至幻想，去领略其中无限的意蕴，从而获得最大限度的美感享受。

然而，这种结构的影片（至少在目前）尚未被我国广大观众所认识和接受，从上座率来看，大有被冷落之势。当然，这一方面有待于广大观众欣赏水平的提高和欣赏习惯的改变；另一方面，剧作家在创作这类剧作时，也要考虑到我国观众的情况作适当的艺术调整。

第三节　小说式结构

劳逊说："电影完全不像戏剧；相反，它很像小说。"（《戏剧与电影的剧作理论与技巧》，第 459 页。）电影和小说有极其相同的特点：在时空转换上，它们都享有极大的自由。凡小说家的笔力所能涉及的时空，电影镜头几乎都能拍摄到，这就使得电影和小说的关系极其亲近。尽管在人物内心世界的刻画方面，对电影来说，在默片时期几乎是个"禁区"，但随着有声电影的诞生，尤其是在"意识银幕化"的开拓创新上，电影借助蒙太奇技巧的发展，"禁区"终被突破，电影几乎和小说同样享有了内心刻画的功能，为小说式电影开辟了更为广阔的前景。同时，由于小说本来就兼有戏剧的情节因素和散文的叙述因素，小说式结构几乎兼有了戏剧式和散文式的某些优势，因此，有人说小说式是介于戏剧式和散文式之间的结构样式。小说式结构的特征是：

（1）从情节结构来看，它近似戏剧式，也需要有一个完整的情节。但是它对情节的要求同戏剧式又很不相同。戏剧式注重情节，主要在于通过情节塑造形象，体现主题和吸引观众。因此，它要求组织高度集中和完整的情节结构，要求在剧作中前边出现的人、事、物，后边一定要有所照应和交代，否则，就破坏了情节结构的集中性和完整性，就是多余的"闲笔"。小说式影片要求剧作家把重点放在刻画人物性格上，情节要为塑造人物性格服务，不必脱离人物性格的塑造去追求情节结构的所谓完整性。因此，小说式结构在表现生活场景方面，除了主要生活场景之外，还需要表现众多的次要的生活场景和插曲；在表现矛盾冲突方面，除了主要矛盾冲突之外，还需要表现众多的次要矛盾冲突，让人物去面对生活中可能遇到的各种矛盾和情境，以便更细致深刻地展示出人物的内心世界，塑造出如同生活一样丰富和复杂的人物形象。正因为如此，戏剧式结构所认为的"闲笔"，只要能服务于人物性格的塑造，达到丰富作品内涵的目的，在小说式结构中不但是允许的，而且是完全必要的。影片《沙鸥》中，沙鸥和于教练之间的冲突线以及沙鸥和沈大威之间的爱情线，如果按戏剧式结构处理，那势必要构成尖锐的冲突，并要贯穿作品的始终。但是《沙鸥》的剧作者没有这样作，前一冲突只出现于沙鸥的回忆中，后一爱情线在沈大威牺牲后就中断了。因为作品所追求的并不是这些情节本身的完整性，而是要通过它们揭示沙鸥的性格。因此，作品对沈大威的牺牲写得极为简洁，但对失去沈大威的沙鸥的悲痛心情则不惜篇幅地加以渲染。

（2）从场面结构来看，它近似散文式，也需要有场面的积累。但是它对场面积累的要求同散文式又很不相同。散文式的场面积累，不在于交代情节，也不在于刻画人物性格，而在于创造意境以渲染一种"典型的情绪"。如《城南旧事》中，那蜿蜒颓败的古长城，寒风中摇曳的荒草，苍茫暮色中卢沟桥上负重的驼队剪影等，构成的一种隽永深长的意境美，传达出作者"淡淡的哀愁，沉沉的乡思"的情绪。再如影片《黄土地》中迎亲、腰鼓、求雨等几个大场面，更能给人对民族历史和文化以重新审视的强烈的情绪冲击力。而小说式结构着力于场面积累，在于多方面地展示人物的性格，表现人物感情的细腻变化。如北影厂拍摄的《许茂和他的女儿们》（八一厂拍摄的则是戏剧式的）中有这样几个场面：四姑娘和九姑娘关于人为什么要结婚的对话场面，表现了四姑娘对幸福美满家庭生活的向往；四姑娘赶场路过三姐的家门，见三姐在收拾瘟鸡，她抱起三姐的一个娃，悄悄塞给他一张钞票，这既表现了她温柔的母性，又让人看到了她心地善良；四姑娘在连云场碰到金东水及其孩子们的场面，她的一举一动、一言一行所流露出的喜悦之情，都表明了她对金东水和他的孩子们的深切的爱。影片最后，四姑娘在送别工作组时所说的一席话，更表现了她执着追求美好生活的坚定信念。影片正是从这些场面的积累中，把四姑娘性格的方方面面和丰富的内在感情都真切而细腻地表现出来了，将她展现在观众面前。

（3）从时空结构来看，它比戏剧式和散文式享有充分的自由。戏剧式为了让情节具有吸引力，散文式为了达到纪实性的要求，一般都采用顺叙式结构。而小说式结构既可以采用顺序，也可以采用倒叙，还可以采用时空交错法。如影片《天云山传奇》的"叙述方法不是按时间顺序来结构的，是按三个女性的第一人称的叙述来结构的"（谢晋语）。主要是以宋薇的内心独白来贯穿，以宋薇的回忆和她的现实生活为主线，穿插周瑜贞的回忆和冯晴岚的来信，把20世纪50~70年代所发生的事情自然地联结成为一个有机的整体。这种叙述方式于戏剧式和散文式是不宜采用的。

与戏剧式或散文式比，小说式结构尽管在情节方面不如戏剧式那样富有吸引力，主题的意蕴不如散文式那样含蓄、丰富、富有哲理性，但是在表现社会生活的广阔性，人物性格的丰富性和复杂性，主题思想的深刻性上，那是戏剧式和散文式难以企及的。

总之，上述的三种影视结构样式，作为方法，它们各有其短长，其本身并无高下之分，关键在于运用。运用得好，都能发挥其所长，达到最佳的艺术效果，它们各自都拥有一批具有长久艺术魅力的杰作则是其最好的证明。何况，它们也正在相互渗透和取长补短中，为把自己的结构样式调整到最佳水准而努力。事实证明，艺术上"独尊一术"的做法是不可取的。

此外，还有一种特殊的心理结构方法。下面也以专节的形式加以介绍。

第四节　心理结构

所谓心理结构，是指那些依据人物的意识活动进行结构的一种影视剧作样式。其特点在于：其一，着力表现人物的内心活动和对人物内在情感的剖析，以达到刻画人物心理活动的目的；其二，追求叙述上的主观性和心理性，并依据人物心境的变化，用回忆、倒叙的"闪回"形式，把过去、现在和未来相互穿插交织起来进行布局和剪裁，以加深其感人的力量。不过，需要特别指出的是，如此结构的影视片有两种：一种以表现人物的理性心理活动为主；一种以表现人物非理性心理活动为主。前者，如我国拍摄的《小花》《生活的颤音》《苦恼人的笑》《天云山传奇》和《樱》等一批影片；后者，如现代西方意识流影片《广岛之恋》《去年在马里昂巴德》《八部半》《野草莓》等。

一、西方"意识流"电影

"意识流"电影是受西方意识流小说的影响而兴起的，是一种以直接表现非理性"意识流动"为内容的电影。所谓"非理性的意识"，是指一种不清醒状态的潜意识或下意识的活动，如梦境、幻觉等。因此，意识流电影即是一连串片段的彼此毫无逻辑联系的内心潜流所构成的影片。于是映现在观众眼前的是一幅被主人公"主观化"的那种颠倒、错乱了的世界形象。如著名的"意识流"电影《野草莓》，全片仅写一个教授一天平常的生活。一开始就是他做了一个离奇的梦：他在街上散步，看怀表，表上的指针不知怎的就没有了；他看见一个男人，帽子下面却没有脸，整个形体好像是灰尘或碎木片做的，突然一下坍塌了；他看见送葬的队列，一个车轮朝他滚来，棺木摔出来了，一只手从棺里伸出，把他拉回棺材；死尸站起来，原来是他自己。正因为意识流电影着意于表现人物潜意识、下意识的"原始的混沌"状态，所以它对那些失去理性的、不正常的畸形心理特别偏爱，以致热衷于人物变态心理的刻画。这方面堪称为代表作的是《去年在马里昂巴德》（1963 年），这部影片的故事发生在一座建筑风格豪华奇特的国际性疗养院性质的大旅馆里，无数的塑像和似乎没有尽头的走廊给人以强烈的神秘感。这里面住着一些无名无姓的、极有教养的上流人士。影片中的三个主要人物，分别以 A（女人）、X（陌生男人）、M（也许是丈夫）为代号。代号 X 的陌生男人突然闯进代号 A 的女人的生活里来，他对她说：去年他们曾在这里相识、相爱，而且约定今年在此约会。他现在就是来践约的，要求她离开"丈夫"同他私奔。A 女人起先以为他是"开玩笑"。但经 X 不断向她描述往事，一再申述确有其事，后来她逐渐怀疑自己的记忆力。此时，男子非常认真，再三向她提出如珍珠、手镯、照片等，似乎很确凿的证据，使她把那男子描绘的情景和她脑里产生的幻觉混淆起来，难分真假，终于一步步相信了这个神秘、奇怪的陌生人，跟他一起私奔到"那不可知的地方，那遥远的所在，那里有爱情、诗意和自由，也许还有……死亡"。正如这部电影的编剧阿仑·罗勃·格里叶在《思维的规律和剧作的规律》一文中所说："它基本上是两个人——一个男人和一个女人——之间一次交谈的记录，一个提出种种暗示，一个拒不承认，最后以和合一致作结，仿佛过去确有其事似的。"（《电影艺术译丛》）"仿佛过去确有其事"，是"不确定"的意思。在这部影片里，一切都是不确定的：人物无名无姓，他们只是下意识的影子，是不确定的；他们在梦境般的回忆中展现其行为，也是不确定的；影片的最后，也不能确定地告诉观众是否确有其事。如此种种，无疑向观众说明：现实是不确定的，而且现实也是不可认识的，他们最后的归宿也是不可知的。这不正是那不受意志和理智支配所产生的一种幻觉吗？

意识流电影主要是通过人的非理性的潜意识（下意识）去表现世界，其结构必然以潜意识（下意识）为基础。因此结构上的特点为：（1）抛弃了传统的叙述顺序，以非理性的心理流程代替传统的叙事逻辑顺序；（2）打破了传统的时、空顺序，以大量的闪回和倒叙把过去、现在、未来相互交叉、渗透、叠合在一起，使之难分回忆与幻想、真相与错觉。因此，"回忆（包括联想或幻觉或梦境）＋现实"便是"意识流"影片的结构公式。也就是说，它不是一般人的回忆和现实的结合，而是潜意识不间断地侵入人物的现实生活所形成的一种影片的剧作结构。正如梭罗门所说："现代主义对电影叙事所持的态度是反映了现代的人生观：人生无结构可言，所以表现某些有趣的现代人生活中的现代精神的影片也是无结构的。"

二、中国心理电影

新中国成立以来，我国一些影视艺术工作者从西方意识流电影中借鉴和改造了通过人的意识活动（包括回忆或幻觉或梦境）和时空上的穿插，形成了一种比较倾向于心理因素结构的影片。如影片《樱》，其故事可分为三段：第一段，抗日战争刚结束，高崎洋子托孤，陈嫂收养光子并抚养了 10 年，后高崎洋子来信把光子接回日本；第二段，1975 年，30 岁的光子身为日本专家来中国帮助建设，与养母陈嫂和中国哥哥建华相逢却不能相认；第三段，又过了三年，即 1978 年，光子再度来中国，终于和养母、哥哥团聚。影片的结构则是以光子第二次来中国为现实动作（即上述的第三段），写建华去机场接光子的途中，回忆起三年前与光子不能相认的情景（即上述的第二段），以及当时他们在不能相认的痛苦心情中各自对童年生活情景的回忆（即上述的第一段）可见，《樱》的结构是"回忆里套回忆"。更典型、更复杂的影片则是《天云山传奇》，它既没有采用传统的以时间为序的客观叙述法，也没有用外部冲突去加强动作性和戏剧性。而是采用时空交错式的主观叙述法，即以宋薇的回忆为核心，把 1978 年宋薇为罗群改正错误这一现实动作和二十余年前反右运动前后这段过去的生活，一纵一横地交织成影片的结构。影片的结构是三个女性（宋薇、周瑜贞和冯晴岚）的回忆所构成的一条对历史回顾的经线，和当前改正错案这条纬线交织而成的。而纬线（现实）不过是经线（回忆）的技巧性的结构因素。但是，周瑜贞的回忆，在结构上只起到引起宋薇对往事的追忆和思考的作用；冯晴岚的回述实际上起着补叙反右以后罗群和她在一起的那段生活的作用，而这段生活是宋薇所不知道的。因此，周瑜贞和冯晴岚的回述都是为把宋薇推向思考过去和反省自己的关节点上去。这样，三个女性的回述，巧妙地构成了影片完整的心理结构样式。

这样的心理结构样式，对于渲染人物的内心情感，剖析人物性格内涵，起着独特的艺术功效的作用。请看，把三个女性带着浓厚主观感情色彩的三段回忆连缀起来，这既是罗群的完整经历和精神面貌的表现，又能充分展现她们各自的心理和性格特征：周瑜贞怀着对罗群的钦佩心情，以青年特有的睿智和棱角，向宋薇、向吴遥、向错误的历史，展开了严厉的批评；宋薇则怀着忏悔的心情回忆过去，回忆罗群，反省自己痛苦的人生历程；冯晴岚却怀着幸福和满足的心情回忆与罗群共同生活的那些岁月，感到精神无比充实。三个女性的回述，特别是周喻贞和冯晴岚的回述，不但让她们自己的理想、情操和个性得到了显现，而且把历史和现实的对照尖锐地呈现在宋薇的面前，有力地撞击了她的心灵，触及了她的隐痛，促使她既去剖析自己，也去剖析历史，使宋薇的精神世界在影片中得到了具有哲理深度的展示。

这样的心理结构样式，不仅长于渲染人物的内在感情，而且可以省略掉与刻画人物无关的、过程性的描写，在结构上显得十分凝练和紧凑。如在冯晴岚写信的连续镜头中，"切入"两个宋薇读信的镜头，把两个不同时空一下连接起来了。这不但省略了许多过程性的描写和交代，而且让她们同时去回忆往事，共同思考人生，加深其感人力量。

这样的心理结构样式，由于依据意识活动的跳跃改变场景，场景转换频繁，场景增多。这种多场景的格局，处理得当能使人物的思想情绪处于多样变化的背景之中，有利于充分刻画和展示人物的性格。

这种心理结构样式，不但可采用"内心独白"即主观叙述的方式，着意于对作品中主人公感情的渲染和抒发，使整个影片带有浓厚的主人公的心理色彩；而且还可采用与小说相似的直接披露人物内心世界的手法，体现人物此时此刻复杂矛盾的内心感情。

总之，从上述两部影片来看，前者如两个重叠的圆圈，回忆里套回忆；后者犹如织布，一经（过去）一纬（现实）交织而成。但它们有着两个共同点：（1）依据人物的心理活动组织结构；（2）运用时空交错法把过去和现在穿插成一个整体。

三、中国心理电影和西方意识流电影的比较

为了方便比较，现将中国的心理电影《天云山传奇》和西方意识流电影《广岛之恋》的段落层次作简要介绍。

依据《天云山传奇》的"电影完成台本"，划分为如下六个段落。

1.1978年冬天，女青年周瑜贞从天云山回来，向已是地委组织部副部长的宋薇讲述她在天云山见到的一个"怪人"，宋薇从她口中得知，这个"怪人"就是罗群，罗群和他的妻子现在生活很困难。（现实）

2. 周瑜贞的讲述，引起宋薇对21年前往事的追忆：她在天云山认识了新来的政委罗群，罗群的博学多才和对党的事业的忠诚，使宋薇和他相爱。但在反右运动中，前任政委（现任地区特委运动办公室领导）吴遥将罗群打成右派分子，并在"党组织"的撮合下，与宋薇结成夫妻。（回忆）

3. 宋薇欲替罗群改正，遭到吴遥的亲信朱科长的阻拦。吴遥曾表示，这个案子不予复查。（现实）

4. 宋薇接到冯晴岚来信，宋薇从信中得知罗群被错划右派后的种种情况：冯主动提出和罗结婚，罗在忍辱负重的生活中写下天云山考察资料，"十年动乱"期间罗又被加上"反革命"帽子，冯为不交出罗的著作而被折磨成疾。但冯告诉宋，她和罗群一直生活在逆境中，但精神生活却是昂扬和丰富的。（回叙）

5. 宋薇为改正罗群错案召开会议，与吴遥发生冲突。宋薇找第一书记，得到支持。宋薇想去天云山见罗群和冯晴岚，亲自带去罗群改正的好消息，遭到吴遥殴打，宋、吴最后决裂。（现实）

6. 冯晴岚去世。宋薇重回天云山，在冯晴岚坟前反省自己的人生历程。（现实）

根据《广岛之恋》电影剧本拍成的影片，可分为以下七个段落：

1. 第一天早晨凌晨四点，旅馆房间里。法国女演员向日本建筑卿倾诉她来广岛拍摄电影期间，见到关于广岛当年遭受原子弹破坏的种种情况，包括一些资料影片。（现实和回忆交织）

2. 第二天早晨，旅馆房间里。法国女演员告诉日本建筑师，她的影片已拍完，明天要回法国。日本建筑师要求她留下。法国女演员对日本建筑师说，她在纳韦尔曾经疯狂过。她过去和德国士兵相恋的故事在这里初露端倪。（现实）

3. 当天上午，拍摄场地。日本建筑师到电影拍摄现场，要求法国女演员跟他回去，第二次做爱。法国女演员感叹道："不过是萍水相逢的爱情。"（现实）

4. 当天下午，日本建筑师家里。法国女演员向日本建筑师讲述在二次大战期间，在法国巴黎附近的一个纳韦尔镇，她曾和一个德国士兵相爱。（现实和

回忆交织）

5. 当天晚上，美国化的咖啡馆里。法国女演员向日本建筑师讲述，她和德国士兵相爱后，被父母关在地下室里，被剃光了头，遭到人们的辱骂，以及德国士兵被打死，以及在她恢复理智后去巴黎的种种情况。（现实和回忆交织）

6. 当天深夜，法国女演员回到旅馆，独白：不该把过去的事告诉别人。她又漫步街头，日本建筑师走来，要求她留下，她内心矛盾痛苦。（现实）

7. 第二天凌晨，法国女演员和日本建筑师来到"卡萨布兰卡"夜总会，他们分坐在两张桌子上，标志着他们永别的开始。法国女演员回到旅馆房间里，日本建筑师跟随而来，他们在呼唤对方的地名中告别。（现实）

从以上两部影片的段落划分，可以比较出它们的同和异。

1. 从结构形态来看，两者都根据主人公的心理活动、思想感情的变化结构全片。但是，中国的心理电影侧重表现理性的思维活动（尽管宋薇的思维活动也偶然出现如白马奔跑的潜意识或下意识的心理活动），而西方的意识流电影则侧重表现非理性的思维所产生的幻觉、幻想等，其形态为无逻辑和突兀多变。

2. 从叙事方式来看，两者都运用闪回的手法，都采用时空交错的结构方式，而且，都运用主人公的独白或旁白来贯穿全片。但是，由于中国的心理电影侧重表现的是主人公理性的内心活动，因此主人公的心境随着境遇的变化而变化，如第二段，周瑜贞的叙述引起宋薇对往事的回忆，而要为罗群改正错案；第四段，冯晴岚的回叙更坚定了她要为罗群尽快改正错案的决心等。而且，中国心理电影，无论是现实还是回忆部分都是以一段一段的形式出现的，具有相对的完整性。而西方的意识流电影，正如美国著名心理学家威廉·詹姆士在《心理学原理》（1890）中所说："意识……对它自己说来并不是以劈成碎片的样子出现的。像'链条'或'系列'这样一些字眼都不能恰当地描述意识最初使自己呈现出来的样子。它是连接在一起的东西，它流动着。'河'或'流'这样的比喻才能最自然地把它描写出来。以后当我们谈到它的时候，让我称它为思想流、意识流和生活之流吧。"因此，时空突兀多变，现实和回忆不断地切换，几乎毫无逻辑联系地纠结在一起。《广岛之恋》中的第四、第五两段，即法国女演员叙述和德国士兵相爱，和被关在地下室里的情景，就具有上述特点，过去的镜头不断侵入现实的动作中，而过去的那些镜头，似乎是法国女演员想到那里就出现在那里，毫无完整性可言。

3. 从主题、目的来看，两者都是通过对主人公内心活动的剖析，来表达其主题思想的目的。中国心理电影因侧重展示主人公理性的思维活动，所以主题思想一般都较为确定，如《天云山传奇》的主题思想就十分明确。西方意识流电影因侧重表现非理性的思维活动，即人物的复杂的精神世界，所以主题思想常常引起不同理解。关于《广岛之恋》的主题就有好几种说法，有人说，这部影片是描写一对异国男女的爱情；有人说，这是一部宣扬和平、反对核武器战争的影片；也有人说，影片是要人们忘却痛苦的过去……如此众多的说法，似乎都可以从影片中找到它们各自的根据。

第七章 影视剧本创作情节研究

第一节 悬 念

悬念大师希区柯克曾有一个著名的"炸弹论"：一列火车上有两名旅客在闲谈，一切都很平静。突然，一声巨响，桌子下面隐藏的一枚定时炸弹爆炸了。在爆炸的一刹那，观众受到了惊吓。在爆炸之前，我们只是听见了那两个旅客一段索然无味的谈话，没有任何离奇的事情。在爆炸之后，那突如其来的震惊并不能持续很长的时间。那么悬念是如何设置的呢？观众事先看到一个恐怖分子把炸弹放置于桌子下面，并且设定在一点钟引爆，还剩下 15 分钟。于是，两位旅客的闲谈变得特别引人注意，观众忍不住要告诉旅客，赶快逃吧，不然就没命了。前一种叙述方式下，观众只是在爆炸的 15 秒内感到震惊；后者却能给观众留下 15 分钟的紧张时间。

所以，悬念指的是可以保持观众较长时间的一种紧张期待的心理，它是一个心理学名词，这种心理活动是和故事中的人物事件密切相关的紧张心理，是由持续性的疑虑不安而产生的急切期待心理。

影视剧如果没有好的人物和具有吸引力的情节，几乎没有人能够坚持不懈地往下看，剧情是否有吸引力，是否能始终把握住观众的注意力，使戏剧冲突的发展具有扣人心弦的效果，关键就在于悬念的设置。

一、悬念设置类型

悬念的建立与构成是在电影与观众相遇之时实现的。如从宽泛的接受背景去审视，悬念应被理解为一种心理动因，一种观赏主体与叙事客体处于融合状态时强烈的期待心理。

　　我们对悬念类型的研讨，主要是指对悬念的构建、功能、作用以及相互关系的研讨。在不同风格影片中，悬念机制的确立及其表现形式也各不相同。比如，在惊险片、侦破片、警匪片中，常以尖锐的戏剧性矛盾冲突不断带来的"危机"，或"突然转折"带来的异常情势等，作为构建悬念的重要契机，给观赏者的情绪以强烈的刺激，令人紧张、恐惧、激动、惊悸，以引起观赏者的兴趣。而在言情片中，悬念则是由激情引起、由期待维持的。比如希区柯克的作品《轻浮的德行》（1928 年）。《轻浮的德行》讲述了一位离婚的美国女子在法国南部遇到了一位年轻的英国男人，两人迅速坠入爱河并闪电结婚。但当男人把女子带回英国的家里时，面对的却是整个古板家族的质疑和挑战。在该片中，男主约翰向女主洛丽塔求婚时充满了悬念。约翰向洛丽塔求婚，她没有直接回答，而只是说了句："半夜 12 点我会在家里打电话给你。"接下来的镜头是一块手表，这块表是电话局女话务员的，此时，手表的时针指向午夜 12 点。女话务员正在看一本书，这时她的接线桌上亮起了一盏小灯。话务员将一个插头塞进去接通电话，准备重新看书，却不由自主地拿起听筒放到自己的耳朵旁。把书放下，她开始兴致勃勃地偷听电话里的谈话。这对男女在电话中谈论结婚的事，但并没有直接表现出来。在接线员身上担负着这样一个悬念：打电话的那个女的会同意嫁给接电话的那个男人吗？直到那个女的说"是"。接线员才松了口气。她的"期待感"结束了，和恐惧、惊悸无关，这里的悬念是由激情引起、由期待维持的。

　　所以运用悬念的得失，常常成为一部影视作品成败的关键。而悬念在影视作品中的运用是相当宽泛的，事业的成败、工作的得失、爱情的悲欢、生活的顺逆、亲人的聚散、家庭的安危、生命的存亡等均可构成悬念的契机。一般来说，如果好人陷入困境、遭受灾难，受到恶人的诋毁、攻击、中伤、威胁、陷害，就会唤起观众的同情，为其前途、安全和命运担忧，这样悬念便产生了。

　　许多类型片的故事情节，大都要靠悬念来维持和支撑。作为构成剧作情节的元素来说，悬念是一个统一体，但其内部机制又是多样的。

（一）观众知道的信息量大于剧中人

　　让观众知道剧中当事人不知道的事情，比如他将要遇到危险，甚至已经大祸临头，但对于此种危机与险情，当事人却被蒙在鼓里，一无所知，更无思想、行动上的准备和防范措施，这样，观众就会为剧中当事人的安全和命运担心，产生紧张、恐惧、焦虑的心情，期待他能解除危机，摆脱困境，从危难中脱身，获得安全。

在经典爱情悲剧《罗密欧与朱丽叶》中，蒙达犹家族中有个英俊少年罗密欧，而卡普雷特家族中有个可爱少女朱丽叶，他们在一次偶然的机会中相遇并相互产生好感，但是两个家族却有着尖锐的世仇。当两人相爱的时候，观众就会特别着急，为二人的爱情揪心，仇人家的孩子怎么能相爱呢？但是剧中人却并不知晓，仍然沉浸在爱情的甜蜜中，悬念就此产生了，他们什么时候才会知道事情的真相，知晓真相后二人又会怎样？悬念这把钩子就一直牵引着我们去关注剧情的发展。

在侦探片中，此种方法也能发挥出重要功效，比如影片《电话谋杀案》，该片讲述的只不过是一个极为普通的情杀兼图财害命的故事，但是经过悬念大师希区柯克的演绎和处理之后，则成了一部悬念丛生、惊心动魄且极具观赏性的影片。

该片主人公网球运动员汤尼因经济拮据，又发现有钱的妻子移情别恋，害怕她弃自己而去，于是萌发了杀妻谋财的念头。经过周密策划，汤尼雇用杀手来执行他的计划，并就执行过程中的细节给杀手作了详细的交代。这一切观众都了解得一清二楚，而妻子却被蒙在鼓里，丝毫没有察觉，更无戒备。这时，观众必然要为妻子的安全和命运担心，期待她能避开这场灾难，能摆脱死神的袭击，化险为夷，转危为安。

阴谋按照事先的策划在悄悄地进行。杀手按照约定的 11 点，提前 8 分钟赶到妻子的住处，并在事先约好的第五级楼梯的地毯下拿到了为他准备好的钥匙。他用钥匙打开房门，走到窗前，看了一下手表，距离 11 点尚有 3 分钟，于是他躲到窗帘背后，等待电话铃声响起。

这时在俱乐部里和朋友聚会的汤尼看了看手表，时针指向 10 点 40 分，距离约定时间尚有 20 分钟，故而又与朋友交谈起来。杀手从窗帘背后出来，看了下手表，显然时间已过，他又望了下电话，电话仍然不响，杀手开始着急，以为计划有变，于是向屋门走去。

这时坐在俱乐部里的汤尼又看了看手表，表上的时针仍然指在 10 点 40 分，显然表停了。他周密安排的杀妻计划出现了一个小小的差错，他向周围的人询问时间，大家纷纷告诉他，有的说 11 点 3 分，有的说 11 点 1 分。这里，导演有意将时间做了延宕和拖延。因为时间元素对构建悬念、增强悬念的紧张度是极为重要的。

当他得知和杀手约定的时间已过时，他立即起身去电话间给妻子打电话。他走到电话间，里面正有人用电话，时间本来已经晚了，而又有人在占用电话，因此令人更加着急。这里，观众反而会认同罪犯，期望他能快点打通电话，此处悬念给观众的心理压力太大了。

当屋里的杀手刚刚拉开屋门，正欲走出时，桌上的电话铃声突然响了起来。杀手握着门把手回头看了一眼桌上的电话，犹豫不决。至此，镜头戛然剪断。杀手是走掉了，还是返身回屋，观众不得而知。这里导演又安排了一个叠加悬念，令观众疑窦丛生。

此时，妻子屋中的电灯亮了，妻子从里屋走到外屋来接电话。她走到桌前，和平常接电话的习惯一样，背对窗户拿起话筒。这是她丈夫早已预料到的细节，这个位置为杀手勒死妻子创造了有利条件。妻子在接电话，杀手从窗帘后潜出，用丝巾勒住了妻子的脖子，这一切都和事先设计的一样，毫无差错。

杀手把妻子推倒在桌上，她拼命挣扎，杀手用力勒紧丝巾，此时气氛异常紧张，观众几乎透不过气来。眼看阴谋就要得逞，意外情况出现了，妻子在垂死挣扎时，在桌上摸到一把剪刀（事先已作交代，是她丈夫为她剪报纸时拿到桌上的），她手握剪刀用力向杀手的后背刺去，杀手猝不及防，反而送掉了性命。情势逆转，局面大变，悬念消解，角色互换，杀人者被杀，被杀者变成了杀人者。既出乎剧中人的意料，也出乎观众的意料。

至此，观众对妻子的担心尽释，但新悬念又起：丈夫将如何应付这一突变，收拾残局，又将如何将杀妻的阴谋继续下去。本来天衣无缝的杀妻计划，竟然出现了纰漏，仿佛计算机的预编程序出了问题，导致后面接二连三地出现程序错乱。可以说悬念迭起，情节越来越吸引观众。

导演把气氛收紧，放松，再收紧，使剧情越来越精彩。因为观众已经清楚丈夫整个周密的杀妻计划，所以就为剧中人的命运担心，期待她能够摆脱困境，从而产生悬念。

（二）观众知道的信息量小于剧中人

这种悬念的设置是对观众保密，即让观众和剧中当事人一样都不知道谋划的内容，都被蒙在鼓里，以此引起观众的好奇和猜测。在我国传统戏曲和章回小说中，常常运用这类悬念机制来推动情节的发展，吊起观众或读者的胃口，以吸引他们继续看下去。

例如，甲为乙献计陷害丙，甲只是对乙说"你且附耳过来"，于是乙走到甲的面前，甲凑在乙的耳边小声嘀咕几句，或者小声说"你只要……"乙便点头称是，表示心领神会。究竟甲献的是何计策，只有剧中的甲与乙知道，观众与剧中的其他当事人都不知道。

但是，这类悬念引发的效果一般来说不够强烈，因为观众只是想急切知道或猜测甲献的到底是何计谋，而对丙的安全和命运的担心程度则相对减弱，期待感不强，虽能引发悬念效应，但张力不够，刺激不大。比如影片《全民目击》（2013），《电影世界》杂志曾这样评价该片："与一堆挂着悬疑旗号的国产烂片相比，《全民目击》从底子上已经领先了不止一个身段。用法庭戏的方式讲述一桩引发全社会关注的杀人悬案，题材上在国内已经有所突破，并辅之以扎实的悬念编排和剧情反转。"该片的悬念设置就在于给观众设下埋伏，垒起密室，让观众始终猜不到事实的真相，剧情一再反转，最后揭晓谜底，观众恍然大悟。

《全民目击》讲述的故事是：富豪林泰婚期将至，但是准新娘却惨死于地下停车场，林泰的女儿林萌萌成了最大嫌疑人。为洗清女儿的嫌疑，林泰不惜重金聘请国内顶级律师为女儿辩护，但是公诉方却是和自己有多年仇怨，想要将自己置于死地的检察官童涛。随着法庭质证的深入，案件的真相却越来越扑朔迷离，真正的凶手到底是谁，有怎样的阴谋，观众不得而知，真相始终隐遁在迷雾之中。

在整部电影中，获知真相最少的一方是观众，而剧中人物林泰才是整个事件的操纵者。最后谜底揭晓，真相大白的时候，观众获得的是恍然大悟的感觉，是知晓真相后的满足，与此同时还有林泰这个慈父形象赫然树立带来的温情。

《全民目击》中的悬念设置方法在国内影视剧中是很普遍的，它最后带来的效果是短暂的，是一种谜底突然揭晓后带来的满足感。因为在谜底揭晓前观众将更多的精力放在了梳理剧情、猜知真相上面。

（三）观众知道的信息量等于剧中人

这种悬念的设置和上述两种情况均不相同。它的设置是由客观情势的危险性和规定情境的尖锐性完成的。剧中的谋划者和观众都知道剧中当事人已陷入险境，安全受到威胁，连当事人自己也知道这一情况。但其后果如何，剧中人和观众则全然不知。而由此造成的恐惧感与紧张感却异常强烈，扣人心弦，刺激神经，故能把观众牢牢地吸引住。

比如美国影片《猎鹿人》（1978年），该片以越南战争为背景，讲述了三个过去经常一起打猎的好友在战场被俘后的不同命运，刻画了战争对人的肉体和精神的双重摧残。在越南战争时，宾夕法尼亚州三个年轻的钢铁工人迈克尔、史蒂文和尼克即将奔赴前线。在离开前夕，史蒂文与已怀孕的安吉拉结了婚，他们的婚礼也是这三个年轻人的告别聚会。婚礼结束后，三个人一同去打猎，迈克尔以神奇的枪法击中了一头雄鹿，但他仍神情抑郁，因为在他心中这就等于在拿生命做赌注。在战场上，他们三人没过多久就成了越南士兵的俘虏，越南士兵逼迫他们用左轮手枪玩"俄罗斯轮盘"，尼克被吓得半死，迈克尔却很镇定，他乘机抢了越南士兵的枪，与同伴一同逃出了俘虏营，但逃出来后大家又失散了。迈克尔和史蒂文回到了美国，史蒂文落下残疾，住在疗养院不愿回家，迈克尔虽然无恙，但精神上已不复当年，他与尼克的女朋友琳达同居。当迈克尔得知尼克还活着，并且住在西贡时，他来到了越南并找到了尼克。此时的尼克已麻木不仁，他在迈克尔面前玩"俄罗斯轮盘"，而这一次他饮弹而亡。

片中导演多次安排剧中人玩左轮手枪。三个同时参军的好友被俘，看守他们的越南士兵迫使他们和另一些战俘玩一场"俄罗斯轮盘"。方法是用左轮手枪装一颗子弹，然后转动轮子，推进枪身，在任何人无法知晓这发子弹是否顶上膛的情况下，当事人将枪口对准自己的太阳穴；然后参与赌博的人纷纷下赌注，为其生死赌输赢。赌注下完后，庄主即谋划人下令让当事人扣动扳机，是否碰上枪膛内的子弹则全凭运气。剧中的谋划者、当事人、赌徒以及银幕外的观众尽皆不知。客观情势和规定情境则异常紧张和刺激，此时观众对后果的期待心理被提升至饱和状态。后来，他们三人逃离了俘虏营，尼克沦落西贡街头，为生计所迫，他自愿充当职业轮盘赌场里的赌具，最终饮弹而亡，酿成了一场人生的悲剧。

这种异常紧张而又富有刺激性的场面是靠悬念机制维系的。在赌博进行过程中，枪膛内的子弹能否打响，当事人是死是活，对剧中的谋划者、持枪的当事人、周围的赌徒以及银幕前的观众而言，全都是未知数。每个人都处于紧张的期待情境中，持枪的当事人处于神经高度紧张的状态，因为他的手指扣动扳机后，响与不响，和他的生死相关；谋划者和赌徒对当事人的生死并不关心，他们期待的是赌局的输赢；而银幕前的观众则以紧张的心情等待枪响与不响的严重后果，又期盼当事人能渡过难关，转危为安。悬念的效应也由此而发挥到极致。

以上所研讨的几种悬念设置类型，仅是影视作品中最常见的、从叙述者的视点提出并加以论证的。但悬念的类型并不仅限于以上几种，它的构成与变化是多种多样的，否则就会形成固化的模式和套路。有才能的创作者总会在旧有的模式中寻求突破，开拓出新的内涵和境界。

悬念类型虽各不相同，但比较来说，以上述第一种对观众的心理影响最重，刺激最大，观众的反应也最为强烈；其余两种则略为逊色，刺激不大，反应较弱，观众的心理负担较轻。当然这只是相对而言，具体效果还要看对悬念类型的处理与运用是否得当。即使是老掉牙的故事和模式，只要能翻出新意，不重复别人，仍然能满足观众的审美快感，从而受到观众的欢迎。

毋庸置疑，悬念对观众接受心理的影响是显而易见的。观众到影院观影的心理准备可以说非常简单，不外乎寻求娱乐和刺激，获得审美的享受和精神的愉悦。但观众一旦进入剧情，关心起剧中人物的命运，有了参与意识之后，其心理状态就会变得极为复杂，而悬念对观众产生的心理效应则更为强烈。最为明显的是面对悬念的危机感，它可以促成观众的紧张、焦虑、恐惧、担心、猜测和期待，引起情绪上的剧烈变化，从而吸引观众的注意，增强观众的观赏兴趣和欲望。在饱经心理刺激之后，得到一种审美心理上的满足。

二、悬念与推理

在影视剧创作中，长期以来情节剧占有一定的优势和比重。在情节剧中，尤以类型片（如侦破片、警匪片、惊险片等）为广大观众所熟知，而且具有相当高的票房价值和收视率。在这些类型片中，情节的发展和推动多依靠悬念和推理来维持和支撑，由此形成了两种独特的样式：悬念片与推理片。

一些较为深入的对悬念与推理这两个元素的比较和分析，有利于我们更好地把握和运用它们。

一般来说，人们对悬念与推理的认知，往往容易在观念上产生混淆，甚至把二者当作一回事。这是因为悬念与推理都指向一个悬而未决的问题，令观众疑窦丛生，在心理效应上使观众对人物命运的前景和事件发生发展的原因、进程与结果产生关切心情和期待感。如希区柯克的悬念片《电话谋杀案》《精神病患者》《西北偏北》等，根据阿加莎·克里斯蒂小说改编的推理片《东方快车谋杀案》《尼罗河上的惨案》等，都能刺激和唤起观众的观赏欲望，促使观众对剧中人物的安全与命运产生强烈的焦虑心情和期待感。

如果我们仔细加以比较和分析，则会发现悬念与推理有其根本的差异和区别。

悬念，是指编剧和导演利用观众对故事发展和人物命运前景的关切心情，在剧中设置悬而未决的矛盾现象，引发观众期待矛盾解决的心理。

推理，在逻辑学上是指思维的一种基本形式，是由一个或几个已知的前提推断出结论的过程。它大多以侦破犯罪案件为内容，但侧重逻辑推理分析。此类作品多按照逻辑推理程序结构故事，最后揭露案情，使之真相大白。罪犯在严密的论证面前，只好服输认罪。

两者的区别在于如下两方面。

第一，悬念是利用设置一些未知的情节来达到叙事的目的。故事的程序是由起因发展到结果，即由因至果。比如前面提到的希区柯克的悬念片《电话谋杀案》，故事的叙事脉络是：丈夫欲谋害妻子，经过他的周密安排，杀手于夜间潜入她的住房，他准时从外面给妻子打电话，妻子必然起身去接电话，此时杀手可从窗帘后潜出，用丝巾将妻子勒死。丈夫设计的杀妻计谋可谓周密至极，这样，观众不得不为女主人公的安全与命运担心，猜测未来发展的结果，期待女主人公能够免遭毒手，获得安全。悬念的张力随之产生，观众以紧张的心情期待最终的结果。

推理则是已知事情的结果，去追寻既成事实的原因。如根据阿加莎·克里斯蒂原著改编的影片《尼罗河上的惨案》，多尔太太被谋杀已成事实，只是侦探要在众多嫌疑人中找出凶手。观众想知道的只是案件发生的原因和过程，以及凶手是谁，所以推理片的故事脉络是由结果回溯到原因。

第二，悬念与推理在故事展开的时态上有显著区别。悬念令观众关心的是情节未来发展的走向和结果如何，在时态上是现在进行时，因为事件仍在继续发生和发展。如在《电话谋杀案》中，当杀手把汤尼的妻子勒倒在办公桌上时，却发生了意料不到的情况，妻子在拼命挣扎时，无意中摸到了剪刀，她把剪刀刺进了杀手的后背，杀手当即死亡，情节的发展出现大转折。一个悬念刚刚消解，一个新的悬念又已形成。观众的兴趣迅速转向丈夫如何应对这种异常局面，期待下面的情节如何发展，后果将会怎样。

而在推理片中，主人公已经死亡、案件已经确立，人物的命运已成定论。观众已不再关心他的命运。只是关心导致事情结果的原因及发展过程，由此找出作案者或凶手，但事情发生的原因与过程都已成为历史。因此推理片在时态上要追踪和闪回过去，表现在时态上多为过去完成式。

第三，悬念片的事件和动作基本上是符合时序的，是按照时间顺序进行的，但是情节的进展又是无序的，常常会节外生枝，被偶然事件、异常行为、意料之外的突发举动打乱。《电话谋杀案》中，杀人者突然为被杀者所杀，而交给凶手的钥匙又没有按照预先约定放回原处，故事情节被突发事件打乱，呈现出无序状态，使人很难预料到事情的发展趋向，令人捉摸不透，由此产生强烈的悬念效果。

相比之下，推理片的动作和情节的演进与发展，则是按照严密的逻辑顺序完成的。但这种逻辑顺序却是逆向排列的，即由结果回溯原因。在悬念片中，观众虽知道当事人有危险，但会不会遇险或被害，则要看事件的进展才能知道结果，也就是说由诸多原因导致结果。在推理片中，观众早已知道当事人遇险或被害的结果，但不知道罪犯或凶手是谁，他又是怎样策划和谋害当事人的，以及阴谋策划和谋害的详细过程，这样只能由结果回溯原因。

第四，在悬念片中，事件正在发生和进行，人物的命运尚未完全显露出来，是个未知数，直到最后才能看出结果，所以观众的思想和情绪投入得较多。

推理片吸引观众注意力的更多的是推理过程中的逻辑趣味，而不是悬念片中悬念带来的心理压力。

悬念与推理虽然都能引发观众的期待感，但期待的指向大不相同。悬念的期待指向当事人面临的困境如何解决、暗伏的危机如何排除；而推理的期待则指向那些隐藏的细节如何被揭露、如何运用逻辑推理的方法。在推理片中，期待的指向通常要借助一位非常聪明的侦探或局外人来完成，如推理片《尼罗河上的惨案》中的侦探波洛就是这样的存在，没有他的智慧和严密的逻辑推理，案情是无法大白于天下的。情节是无法演绎的。在悬念片中，侦探对情节的演绎并不十分重要，如在希区柯克导演的《精神病患者》中，一位侦探刚露面不久即被精神病患者杀害，而情节并未因此中断。

希区柯克对悬念与推理也有他独特的认识与看法，他认为，在推理小说或神秘小说里，悬念是不存在的，神秘往往不包含悬念。希区柯克认为推理只有一种知性上的疑问，所以它只引起一种缺乏激情的好奇，而激情正是悬念所不可缺少的因素。

由此可见，悬念就是观众期待心理的加深和恐惧心理的增强；而推理则是"谜语"式的考验智力的猜测活动。

三、悬念与视听

希区柯克曾在接受特吕弗采访时说："我不在乎主题，我也不在乎表演。可我特别在乎电影一段段拍摄下来的胶片、声音和一切使观众惊叫的技巧元素……不是说教使观众激动，也不是了不起的表演或是观众对新奇的欣赏，观众的情感是由纯电影唤起的。"

在电影中，从观众身上唤起的情感就是焦虑或惊悚，而唤起的方法就是通过视听手段使观众置身其中，经历人物所经历的焦虑或惊悚，这点促使希区柯克的作品具备了高度的亲身经历性，正是它诱发了观众读解影像文本时的电影悬念，增强了观众感受焦虑或惊悚的强度和力度。比如希区柯克的影片《精神病患者》，导演运用视听语言来制造悬念。

《精神病患者》的结构安排很出人意料，开始是女职员玛里恩与情人幽会的场面，接着是她携巨款潜逃，然后是她夜宿汽车旅馆时被杀，最后是精神病患者的行为被揭穿。观众每看完一段情节，就仿佛身不由己地又登上了一级楼梯。其中"玛里恩在浴室被杀"一场戏是全片最摄人心魄的暴力场面。据希区柯克介绍，他为了拍这场戏，为得到 45 秒时长的胶片，整整花了 7 天时间，并把摄影机的方位变换了 60 次。如果从老妇人入画算起，至杀人后老妇人出画，长约 39 秒，共 33 个镜头。平均每个镜头仅有 1 秒钟，其中最短的镜头只有几格。这场戏时间之短、镜头之多、速度之快、节奏之高、拍摄期之长、构思之精密、艺术感觉之准确，都非同寻常，也充分显示了导演精湛的功力。这场戏没有对话，完全是靠动作和镜头语言表述出来的。

这种大景别、短镜头的蒙太奇结构带给观众的视觉冲击力是异常强烈的。它之所以吸引人，让人惊心动魄，完全是由画面影像的张力造成的。在杀人工具和手段的设计上，采用手刃拼刺，显得动势大、节奏高，更加残忍；同时把空间环境选在浴室里，空间狭小，人物正在淋浴，无处躲藏，更增强了恐怖气氛，令人看了更加惊恐、刺激。所以，画面影像的张力也能制造出悬念。

第二节 误 会

一、误会与冲突

误会在影视剧创作中是一种经常用到的技巧，它具有编织故事情节、吸引观众的巨大魅力。

从字面理解，误会就是误信其意，错会其意；误解其事，错会其实；误识其人，错会其情；等等。简要概之，误会就是误解了事情本来的样子。它往往在当事人浑然不知，旁观者又一清二楚或略知一二的情况下发生、发展，造成错综复杂的矛盾，而且愈演愈烈，让观众提心吊胆或者捧腹大笑，因而兴味盎然，直至误会解除。影视剧情节最忌一览无余、平淡无奇。适当运用误会手法，可以使情节曲折有趣、丰富多变。

（一）"误会"能引起冲突

矛盾冲突，是生活中人与人之间关系的一种反映，它包含多种，有人与人之间的冲突、人与社会之间的冲突，当然还包括人物自身的冲突。误会能够引发冲突，可以形成一种悬念，误会一旦产生，观众的悬念也随之而来，并继续随着误会的发展而加深，随着误会的解除而消除。

比如在莎士比亚著名的四大悲剧之一《奥赛罗》中，引起巨大矛盾冲突的就是误会。故事发生在威尼斯公国，奥赛罗是一员战功显赫的勇将。他与元老的女儿苔丝狄梦娜相爱。因为两人年纪相差太多，婚事未被准许。两人只好私下成婚。但是奥赛罗手下有一个阴险的旗官伊阿古，一心想除掉奥赛罗。他想尽办法挑拨奥赛罗与苔丝狄梦娜的感情，说另一名副将凯西奥与苔丝狄梦娜关系不同寻常，并伪造了所谓的定情信物等。奥赛罗信以为真，在愤怒中掐死了自己的妻子。当他得知真相后，悔恨之余拔剑自刎，倒在了苔丝狄梦娜身边。

奥赛罗从怀疑苔丝狄梦娜不贞，到最后杀死她，这个误会实际上是《奥赛罗》最强的戏剧悬念。奥赛罗误会得越深，戏剧冲突就越强。

（二）"误会"能推进冲突

误会能推进或激化矛盾和冲突，冲突有多种表现形式，有时候面对面的交锋或战争是一种。误会的技法是可以起到推波助澜的作用的。粗心大意、多疑猜忌、信息失真、挑拨、骗局、恶作剧都能造成误会，而环境、性格、情绪等往往是误会产生的根源。

莎士比亚的喜剧《第十二夜》就是一个很好的例子。该剧写了一对孪生兄妹西巴斯辛和薇奥拉，在一次海事中遇难失散，双方都误会对方已亡。妹妹薇奥拉被人救起后便女扮男装化名西萨里奥，投到公爵奥西诺的门下当仆人。她暗中深深地爱着奥西诺，曾几次向奥西诺倾诉衷情，可奥西诺误会她是男子一直未能领悟。奥西诺当时正热恋着奥丽维娅。他派薇奥拉前去奥丽维娅家中替自己求婚。不料，奥丽维娅一口拒绝了奥西诺，反倒误把薇奥拉当成男子，对她一见钟情。在这里由于误会不断加深，人物之间的关系越来越错综复杂，情节的戏剧性不断加强。不久，薇奥拉的哥哥西巴斯辛也遇救脱险，四处寻找自己的妹妹。又因身穿男装的妹妹和她的哥哥貌似一人，所以安东尼奥把薇奥拉误认为西巴斯辛，而骂他忘恩负义；安德鲁把西巴斯辛误认为薇奥拉，而挑起决斗；奥丽维娅把西巴斯辛误认为薇奥拉，而举行婚礼；奥西诺把与奥丽维娅结婚的西巴斯辛误认为薇奥拉，而嫉恨责怪……这一连串扑朔迷离、曲折多变、波澜起伏、妙趣横生的戏剧情节，都是由误会推动的。这出戏如若没有这些误会，戏剧情节的生动性和丰富性就将大大减色。

二、误会的设置

成语"阴差阳错"是一种典型的误会，我们的现实生活中也处处存在着各种各样的误会，而"误会"一旦发生，总不免要生出事端、引发矛盾，孵化出千奇百怪、曲曲折折的故事来，这就正好应和了戏剧冲突律和传奇性的需求。

（一）误会必须真实

误会法的运用是否成功，首先取决于误会的产生或发展是否真实。因为误会往往是缺乏调查、偏听偏信、主观臆断而不辨真假引起的。

误会不外乎两种情形：一是误把真的当成假的，二是误把假的当成真的。无论哪一种情形，误会都是人的主观认识不符合客观实际的表现。虽然误会是这样一种违反客观真实的主观性的表现，但在戏剧中误会的产生和发展，切不可由作者主观臆造。误会必须真实。误会的真实性，要求把产生误会的必然性充分地揭示出来。我们知道，误会的产生总是带有极大的偶然性：它可能产生，也可能不产生，它可能在此时此地产生，也可能在彼时彼地产生。生活中必然的东西，往往是通过偶然的现象表现出来的。但是并非一切的偶然性都可以显现其必然性。在戏剧创作中，那种纯属杜撰、毫无逻辑的误会就给人以"假"的感觉，不可能具有可信性和真实性。因此，能否在偶然产生的误会中充分地揭示出它内在的必然性来，是误会真实与否的一个关键。

莎士比亚在悲剧《罗密欧与朱丽叶》中设置了这样一个误会：送信人约翰神父偶然遭遇意外，未能把劳伦斯神父的信准时交到罗密欧的手里；罗密欧又偶然听到朱丽叶已经死去的传言，立即赶往墓地，在朱丽叶的"尸体"旁饮毒而亡。罗密欧的这一误会，显然有很大的偶然性，但它又是必然的。为什么呢？首先，朱丽叶服下长眠四十二小时的药水，制造死亡的假象，反对封建家长对她婚姻的包办，制造出让她父母产生误会的假象，也同样可以使罗密欧产生误会。其次，由于两个封建世家有着新仇旧怨、械斗不断，所以罗密欧和朱丽叶尽管相爱但不能公开成婚，何况罗密欧又遭驱逐。在这对情人离居两地、难以相见、难以传递音信的情况下，误会的产生也非偶然了。再有，误会出在罗密欧身上也有一定的必然性，因为在罗密欧的性格中，还存有青年人对待爱情的冒失、急躁、轻率等缺点。所以，我们对罗密欧产生这一偶然性的误会并不感到虚假失真或不可信。

误会的真实性，还要求误会的产生、发展和解决应符合生活规律，力避人为的痕迹。比如，由于说话人和听话人之间的阴错阳差而造成的误会是戏剧中很常见的一种，若处理不当，这类误会很容易流于矫揉造作的"插科打诨"、卖弄噱头或无聊的"语言游戏"，真实性就一点也没有了，这样设计出来的戏剧效果也会大打折扣。

（二）误会要从人物性格出发

设置误会要从人物的性格出发，要和人物的性格渗透在一起，这样设置出的误会才会好看又真实。比如在莎士比亚的剧作中大量成功的误会，都注意遵循人物性格的内在逻辑，注意之所以在这一个人身上形成误会的独特根源。悲剧《奥赛罗》就是一个范例。奥赛罗对妻子苔丝狄梦娜不贞的误会是怎样在他"这一个"人身上形成的呢？莎士比亚把他塑造成了一个嫉妒的人，奥赛罗表面上是一个不容易嫉妒的人，可是一旦被人煽动以后，就会糊涂到极点。当阴险狡诈的伊阿古出自卑鄙的私利，施展种种伎俩，设下重重圈套，制造假"口供"、假"物证"，极力煽起奥赛罗的嫉妒心时，奥赛罗就上当受骗了。而且他对苔丝狄梦娜的爱始终是真挚的、深沉的。即使在有了误会之后，他仍是这样说："我要杀死你，然后再爱你。"在掐死苔丝狄梦娜之后，他称自己是"一个正直的凶手"，"因为我所干的事都是出于荣誉的观念，不是出于猜嫌的私恨"。奥赛罗有一个融合着深情和嫉妒的性格。他有一段自白，概括地说明了他的误会过程："我在没有目睹之前绝不妄起猜疑；当我感到怀疑的时候，我就要把它证实；果然有了确实的证据，我就一了百了，让爱情和嫉妒同时毁灭。"奥赛罗的误会，就是由他过于深情的爱和嫉妒的性格而产生的。

误会法在编剧中不可不用，也不可滥用。离开生活的真实，离开情节的合理，离开戏剧的矛盾冲突，离开人物的性格，纯粹为误会而误会，无疑是写不出好戏的。

第三节　巧　合

车尔尼雪夫斯基说："偶然性乃是美不可缺少的属性。"偶然性存在于大量客观存在的事物中，影视剧作为对现实生活形象化反映的文学样式之一，必然无法忽视和回避它。现实生活中，每个人都可能碰到某些偶然的事情，这些事情往往可以成为其一生的重大转折点：骤迁于猝然之间或困厄于一刻之变；同某人的邂逅，既可能结成生死之交，亦可能成为一世对头；一见钟情式的恋爱，或许带来终生的幸福，或许铸就千古之遗憾；突如其来的天灾人祸，不期而至的生离死别，诸多千变万化，往往在一时、一地、一念之间的"阴差"与"阳错"中。而影视剧创作中的"巧合"，也就是利用生活中偶然事件来建构故事情节、组织戏剧冲突的方法。在创作中，巧合是一种常用的艺术手法，它可以把本来互不关联的人物、事件以一种独特的方式联系在一起，集中而强烈地反映社会生活中的矛盾和冲突，深化作品的主题，增强作品的故事性、戏剧性，使作品波澜起伏，让读者或观众在惊讶之余得到美的享受。在各类型的戏剧和影视剧中，"巧合"这一情节技法的使用可谓俯拾即是。

古希腊悲剧《俄狄浦斯王》若是没有"巧合"，俄狄浦斯怎么会杀父娶母呢？我国古典戏曲《双熊会》若是没有"巧合"，熊氏兄弟怎么会双双蒙冤入狱呢？俄国戏剧《钦差大臣》若是没有钦差将至时的"巧合"，怎么会引起那一连串可笑可恶的误会呢？我国戏剧《雷雨》若没有"巧合"，又怎么会发生那场惊心动魄的悲剧呢？其实，即便是那些更为接近生活常态的作品，也难免存在一些"巧合"的情节。《茶馆》是一出以朴素的现实主义风格著称于世的话剧，但其中那位被卖与太监为妻的女孩，于几十年之后初归旧地便遇上了仇人刘麻子的情节，不正是"巧合"吗？

巧合可以造成强烈的戏剧冲突。《雷雨》中，若是没有亲生女或自家女佣的"巧合"，周朴园也许还会四平八稳地生活下去，隐藏着的各种矛盾也不会在短短的时间内集中爆发在一间客厅内。足见戏剧重"巧合"的倾向是为它的时空观念所决定的。"巧合"固然不是生活矛盾的本质内因，但它却是一剂强有力的"催化剂"和颇为有效的"聚光镜"，它使戏剧冲突的诸种因素集中凝聚，并以"激变"的方式展开。这种倾向较为突出地反映在"巧合"的运用原则上。早期的好莱坞影片在很大程度上就是运用戏剧"巧合"来编织故事情节的。

例如有着好莱坞经典叙事模式的《魂断蓝桥》，该片讲述了一个处处充满"巧合"的凄美爱情故事：第一次世界大战期间，德军又一次向伦敦发起空袭，上尉罗依在滑铁卢桥遇到了一群惊慌失措的人，正巧女主人公玛拉就在其中。罗依给他们指了防空洞的位置，人们发疯似的乱跑，玛拉却在奔跑时不小心摔倒了，为了捡起掉在马路上能带来好运的幸运符，差点被车撞的玛拉恰巧被罗依救下，二人相识，美丽的爱情产生了。部队放假48小时，罗依向玛拉提出了结婚的请求，玛拉欣然接受。玛拉和罗依在烦琐的结婚手续中四处奔波，但当他们兴高采烈地去教堂举行婚礼时，牧师却说"三点以后不举行婚礼，明天再来"，这个巧合不得不说真的令人捶胸顿足，更令观众们感到急不可耐，同时这与情节的发展也形成了直接的因果关系。影片中正当玛拉和罗依准备第二天再去教堂完成两个人的婚礼时，征召令突如其来，而罗依和玛拉的恋情就这样被搁置起来，没有了进一步的发展。当玛拉在罗依去战场后得知罗依的母亲要来见她时，她为了给罗依母亲留下好印象，不惜拿出她和凯蒂仅剩的一点钱来款待罗依的母亲，本以为幸福已经降临到自己身上的玛拉到咖啡厅后却从报纸上得知罗依的死讯，瞬间玛拉的世界崩塌了。被剧团开除了的玛拉生无可恋，迫于生计，她做了妓女。这天，玛拉在车站拉生意时，正巧碰上了归来的罗依，罗依带玛拉回家了，罗依所有的家人都特别喜欢玛拉，但是她的过往却有人知晓，玛拉精神崩溃了，她给罗依留下一封信，回到了滑铁卢桥上，她决定结束自己的生命……由此可见，这部影片在情节安排、结构布局上，"巧合"的功效尤其独到卓著、不可或缺。

一、巧合的严密性

观众总是乐于寻求一个逻辑严密、有秩序的世界，所以编剧在进行创作时设置巧合就好像在设计并解决一道逻辑严密的数学题，围绕着某一个物件细节，因巧合而展开所有的人物和情节。

比如影片《疯狂的石头》中，那块有品质的"石头"是贯穿整个叙事的重要线索，所有的人物和故事都围绕着这块"石头"展开，所有因"巧合"触碰到这块"石头"的人物都会因它而和更多的人物"相遇"在一起，影片在一开头就把所有的人物介绍出来，似乎在告诉观众，摆出这么多组的人物，他们势必产生交集：包头边开车边和三宝闲聊，说"天上还能掉美元"，恰好谢小萌在缆车上失手丢下的易拉罐砸坏汽车的挡风玻璃。有这样一个巧合，才引申出后来包头的车与秦经理的宝马相撞，引来警察，也使接受交警盘查的道哥等三人能得以脱身。道哥等三个窃贼在飞机场正好偷了国际大盗麦克的箱子，这样的巧合，预示着这两个不同群体的窃贼之间从此便有了剪不断的联系，而影片也正是这样进行处理的，这两群贼从此有了关联，而且是妙趣横生的关联。巧合在这部影片中随处可见，包头与道哥、小军、黑皮三个窃贼居然正好租住同一家旅社的同一层楼，而且还是隔壁。一边房间里是包头和三宝在挂大殿的地图，以便更好地保护宝石；一边是道哥等在隔壁挂黑板，讲解自己的作案策略，这样的安排足以引起观众的笑声。包头发现翡翠被人动了，而恰好三宝出走，这样的巧合必定引起误解，误解随之引发了后面一系列具有喜剧效果的情节和场面。

充分利用各不相干的人物通过各种巧合联系到一起，多米诺骨牌似的连锁反应促进情节发展，这都是编剧精心设计出来的"巧合"，但是在时空、逻辑、情理中，都是身边可能会发生的不经意的小插曲，都是自然发展中的小意外。

二、巧合的关联性

巧合有时候也是一张能将世界联系起来的网，它能将所有人物与事物联系起来。比如获得了第78届奥斯卡最佳影片奖的《撞车》，编剧出身的导演保罗·哈吉斯利用自己炉火纯青的叙事技巧，以多种文化相互碰撞的洛杉矶为背景，向观众讲述了不同种族的人群对彼此的误解、歧视甚至仇视。但是在人们的愤怒、不甘和委屈之中，又适时闪耀着人性深处温暖的光芒，给人以继续前行的勇气和力量。

《撞车》时长113分钟，它所讲述的故事时长36小时，要在113分钟之内把一个发生在36小时之内的人物众多、线索烦琐的故事讲得完满，巧合技巧的使用功不可没。"撞车"是一场事故，它是故事的契机。两位男女警察在出"现场"回来的路上被追尾，从而引起了一系列"巧合"：当女警察与那位有亚裔口音的妇女发生口角时，男警察格拉罕姆则在路边发现了一只鞋，他陷入沉思。电影一个接一个的"巧合"由此开始，并且要在36个小时之内完成。首先是波斯人给女儿买枪时，与嘲笑他是"本·拉登"的白人店主发生了口角，因为争吵使随枪赠送的子弹成为一盒没有弹头的空炮弹，这为后来的情节埋下了伏笔。接下来是地区检察官里克的妻子无意识地怀疑黑人，从而诱发了这两个黑人抢劫他们汽车的行动；为防窃更换门锁时，里克的妻子又无端猜忌墨西哥锁匠丹尼尔，从而引发了与检察官的争吵；巧合的是这位锁匠在后面的故事中又要和买枪的波斯人发生一场冲突，白人警官瑞恩因父亲的疾病而迁怒于克斯汀，对她进行了性骚扰，巧合的是他又在另一场车祸中挽救了她的生命；抢劫检察官汽车的小偷不慎压死了一个中国人并抛尸，巧合的是当他良心发现时，正好有一车偷渡的亚洲人等待他拯救；好心的警察汉森搭载一个黑人青年却又误杀了他，巧合的是这个黑人青年就是电影开头那只鞋子的主人，也是发现鞋子的黑人刑警格拉罕姆苦苦寻找的弟弟。可以说，没有巧合，也就没有《撞车》。

第四节 突 转

"突转"这一基本编剧技巧不仅符合客观事物的发展规律，也是影视剧对现实生活的经验总结。在日常生活中经常会出现这样的现象：在平淡的生活中，我们和某个人相处了很久，甚至会认为很了解对方，但是在一次突如其来的重大转折中，又会发现这个人有意想不到的一面，这就证明了我们以前的认识并不深刻、全面。影视剧往往也需要刻画人物性格、揭示人物心灵、塑造人物形象，但是与文学不同，它无法靠作者进行叙述、解释和提示，只能靠声音、画面，靠人物的行动来完成人物的塑造。

影视剧中的"突转"是剧情急剧变化的阶段，它可以加速人物行动的驱动力，把人物推向命运的严峻关头，使人物最大限度地打开自己的心扉，驱使人物的心理、形体积极行动起来，自然而然地奔向行动的终点。

一、突转的种类

"突转"有以下三种：情节突转、命运突转和感情突转。情节突转是指整个事态、情势发生突变，从而使情节转向相反方向；命运突转是指人物命运发生重大转折，或从顺境转向逆境，或从逆境转向顺境，或从不幸转向更大的不幸；感情突转是指剧中人因外来事件所引起的感情转机，或由爱转恨、由恨转爱，或由悲转喜、由喜转悲，影视剧中以上三种突转范例比比皆是。以上这三种分类很难绝对进行划分，往往三者相互依存，同时出现。高明的剧作家总是把三者紧紧拧在一起，形成巨大的戏剧旋涡，把突转当作开启人物心灵之门的钥匙，细致入微、淋漓尽致地刻画人物的内心世界，产生震撼人心的效果。在创作中，突转的设置往往是为了追求情节的曲折、跌宕，通常致力于叙述事情的发展过程。

比如古希腊悲剧《俄狄浦斯王》，这部作品采用典型的戏剧结构，一点点把惊天秘密透露给观众，经过一番追查，事实俱在，俄狄浦斯竟然是真正的凶手，王后羞愤自尽，俄狄浦斯刺瞎双眼，自我放逐。在最后一刻，剧情爆发，主人公由顺境转向了逆境，由万民景仰的国王变成了自我流放的盲人，瞬间摧毁了作品之前建立起来的王国，这样的逆向思维使观众在极大的震惊中得到了冲击的快感，人物命运与内心情感的冲突性也得到加强。"突转"是把全剧推向高潮的强有力的因素。

二、突转的原则

编剧在创作中运用"突转"时应遵循以下几个基本原则。

第一，对"突转"的设置。"突转"到底应该用于情节发展的哪一个阶段，应该根据每个剧作情节发展的具体情况来定，或前或后，或居于中间，常常有所不同，不能一概而论。

第二，"突转"应力求做到既出乎意料又在情理之中。因为一方面"突转"如果不能超出通常人们的意料，恐会落入平庸无奇之俗套，难以动人心魄，引人入胜；另一方面，"突转"如果不合情合理，则又可能会蹈滑稽荒诞之辙，无法令观众信服，这里要做到合乎情理，最关键的一点就是"突转"应以人物性格为内在依据。如果说人物性格的发展逻辑是"土壤"，那么"突转"便是生长于这片沃土之上的一株奇花。编剧如果脱离了人物性格发展的内在逻辑，为求"突转"而故意兜圈子绕弯子，其结果只能是弄巧成拙，背离艺术真实，其作品必然缺乏生命力。

第三，应当恰当处理"突转"与"铺垫"之间的关系。任何一种类型的影视剧，剧情的发展都呈现为由量变到质变的过程，这其中就存在着"铺垫"，没有"铺垫"，也就难以有"突转"，铺垫是"突转"的前提与基础，"突转"是铺垫合乎逻辑的某种自然发展。

"突转"作为将全剧推向高潮的强有力的因素，它的冲击力越大、辐射面越广越好。这就需要选取有力事件，组织复杂的人物关系。

有力事件是指必须能够引起戏剧情态的陡转，把人物推向成败利害、生死存亡的严峻关头，促使人物产生新的行动，直至走向行动的顶端。引起突转的事件总是违背某一方人物的意愿：或把人物推上顶峰；或把人物摔入深谷；或使人物化险为夷；或在胜利即将到来之际把人物置于死地。

比如电影《推销员之死》主要讲述的是推销员威利·洛曼因年老体衰被老板辞退，深受打击；两个儿子一事无成，也使他十分懊悔。最后，为了使家庭获得一笔人寿保险费，他不得已而选择深夜驾车外出，自己撞车身亡的故事。

这部电影中促成"突转"的让主人公突然由大喜转为大悲的有力事件比比皆是，最重要的有以下几个：首先，比夫（威利的长子）上学期间，全家人都对他寄予了很高的期望，几乎全家人都认为他能上大学，甚至他穿的球鞋都印有"弗吉尼亚大学"的字样。但是他中学都没能毕业，还染上了偷东西的毛病。第二个"突转"是威利工作的突变。年老体衰的威利早已不适合每天开着车子跑码头搞推销了，巨大的工作和生活压力让他好几次险些出车祸，他准备让老板看在他是元老的面子上给他换一份轻松点的工作，可事情最终的结果却出乎所有人的意料，老板不仅没有答应威利的调动请求，反而把他开除了。接下来是第三个"突转"，比夫在外面晃荡了十几年后，回到家中，耳闻目睹了父亲的衰老，家庭的艰辛，终于决定与弟弟哈皮一起做体育用品生意。父子三人终于又难得地聚到了一起，开始畅想美好的未来，威利甚至已经断言他的两个儿子肯定能征服全世界！但是，他们一点本钱也没有，他们决定向比夫的前老板奥利弗借钱，全家人自信满满地前去，结果情节的"突转"再次出现。比夫的借钱请求遭到彻底拒绝，尤其令威利失望的是，比夫偏偏在这时老毛病复发——他竟顺手牵羊从奥利弗的办公室偷了一支自来水笔出来。父子三人在餐馆的见面本该是个皆大欢喜的庆功晚宴，结果却是大吵大闹之后不欢而散。比夫与哈皮追着两位妓女走了，留下失望孤独到极点的威利独自一人面对这一切。这一天之内的几个打击（自己的失业、儿子的失败、晚餐的不欢而散）终于彻底击垮了这个风烛残年的老人。他最终选择了自杀，用自己的生命为儿子换回了两万元的保险赔偿金，该剧最终以悲剧结束。

"突转"还能组织复杂的人物关系，不仅指人物之间外化的社会关系，更重要的是指人物之间内涵的性格冲突。突然发生的事件造成情势的突转，促使所有的人物关系变得更加复杂，他们在复杂的关系网中相互碰撞、互相牵制，以他们饱含激情的行动撞击出巨大的艺术感染力。

比如曾获第 61 届柏林电影节最佳影片的伊朗电影《一次别离》，这部影片讲述的只是纳德和西敏离婚的普通家庭故事，但是能获大奖的成功之处就是编剧在平淡的故事叙述中蕴含张力，这种张力和转折正是"突转"的艺术，它运用"突转"组织了复杂的人物关系，影片在"突转"艺术的运用下，每个人物都在诚实与谎言、宗教与法律、信仰与道德等的冲突中备受煎熬，人性在挣扎中牵动无数观众的心。

西敏执意带女儿移民，纳德却坚持要照顾患病的父亲留守伊朗，眼看签证要到期了，西敏提出离婚。纳德只好雇用瑞茨照顾父亲。瑞茨已怀孕，为了补贴家用瞒着失业的丈夫来到了纳德的家。当纳德发现父亲被绑着双手躺在地上，几乎窒息时，情绪失控的纳德推了瑞茨一把，她摔倒在楼梯上而流产。纳德被起诉犯谋杀罪，于是两个家庭以及其他人都卷入了这场官司纠纷。每个人都为了自身利益说谎。一开始纳德否认自己推过瑞茨，并且说自己并不知道瑞茨怀孕。于是纳德女儿特梅的家庭教师贾哈伊夫人成了影响案情的关键点之一。在公平、诚实、良心、道德的舞台上，贾哈伊夫人也开始了精彩的人性表演。纳德的两个女邻居无意中也参与了这次表演，她们都说没看到纳德推倒瑞茨，这些证词对瑞茨夫妇十分不利，这时候家庭教师贾哈伊夫人受到瑞茨丈夫的威胁，面对《古兰经》发誓，她无法承受自己说谎带来的道德谴责，她去了法庭翻供，这次"突转"使纳德一下子从顺境陷入逆境，在法官的紧迫逼问下惊慌失措，并使他的女儿卷入了这场官司。特梅或许体会到了父亲的痛苦，或许为了家庭的完整，她平静地回答了法官的提问，并"巧妙"证明了自己的不在场。就在观众认为瑞茨肯定胜诉，等待故事结局时，影片再次发生"突转"，这就是瑞茨的忏悔。原来在纳德推她前一天，瑞茨因寻找纳德父亲被车撞了，孩子因撞击而死亡。因为害怕丈夫发疯，瑞茨没告诉丈夫。眼看丈夫就要拿到大笔的赔偿金，也可以打发债主，瑞茨却没有快乐，因为信仰伊斯兰教的她相信罪恶的钱是不能要的，巨大的精神压力下她说出了真相。

影片中的三次"突转"，都使主人公的处境向相反的方向发展，剧情出现新的变化，超出观众的预料。每次"突转"都为平静的家庭故事注入丰富的内容，使得纳德、西敏和瑞茨的复杂关系显露出来，真相也始料不及地浮出水面，从而使影片叙述充满张力。

为了使"突转"富有陡感，可使用逆转手法加大突转的冲击力。如欲骑马奔向前方，就先催马奔向相反方向，一直走向万丈深渊，突然悬崖勒马，回马扬鞭，使马更快地奔向前方。在许多剧作中，要写胜先写败，先是一败涂地、后退无路，然后再造成反败为胜的局势；要写悲先写喜，在欣喜若狂的巅峰，突然跌落到极度悲痛的深谷中……这种加大反差的写法，可以造成情节的大起大落、大开大合，随着人物命运的起伏，观众能够更容易感受到艺术的感染力。

第八章　影视剧作的语言

影视剧作的语言，是就语言本体而言，即写在影视剧作里的那些文字语言，而不是指包括画面语言、音响语言在内的所谓广义语言。

影视剧作是未来影视艺术片的基础，而这种基础作用正是通过剧作中的文字语言得以实现的。在创作过程中，剧作者运用影视思维，酝酿主题、设计人物、安排情节和结构，在脑海里构想出一个又一个鲜明清晰的场面，然后用文字语言纪录、描绘出来，主要为导演和演员的再创作提供文字语言上的依据。可见，剧作中的文字语言是从剧作构思过渡到银（屏）幕形象的唯一的媒介和桥梁。它直接体现着剧作构思的思想艺术价值，因而也在很大程度上决定着未来影视片的思想艺术价值。

根据影视剧作中文字语言的不同功能，可将其分叙述性语言和有声语言（包括对话、旁白、独白）两类。

第一节　叙述性语言及其特性

所谓叙述性语言，就是能在未来影视剧作中转化为视觉画面的语言。它把一切无话语场面与对话、旁白和独白同时出现在银（屏）幕上的画面形象作为自己的描写对象。其主要剧作功能在于叙述情节发展，描写场景氛围，交代场面转换，塑造人物形象，以及就某种意图和技巧对创作人员所作的提示等。

同是诉诸文字的文学语言，影视剧作中的叙述性语言与文学作品中叙述性语言存在很大差别。前者的叙述直接作用于导演、演员等演职人员，要能陈述连贯的故事，传达出清晰的画面，以利于他们进行再创作。因此，具象性和综合性是其最根本的特性。

（一）具象性

影视艺术的视觉特性向剧作中的叙述性语言提出了具象性要求，只有具体可见的形象才是它描写的对象。美国著名导演格里菲斯说过："我试图要达到的目的，首先是让你们看得见。"其实，这首先应该是剧作者要达到的目的。作为影视剧作者必须学会使用完全符合视觉化要求的语言，只有先把剧作写得视觉鲜明，导演才能在再创作时把视觉性的语言转化为看得见的银（屏）幕形象。比如："两个女儿，长得跟她娘像一个模子里托出来的。眼睛长得尤其像，白眼珠鸭蛋青，黑眼珠棋子黑，定神时如清水，闪动时像星星。浑身上下，头是头，脚是脚。头发滑滴滴的，衣服板正正的。——这里的风俗，十五六岁的姑娘就都梳上头了。这两个丫头，这一头的好头发！通红的发根，雪白的簪子！娘女三个去赶集，一集的人都朝他们望。"这样的描写，在小说里的确是精彩极了，简直就是一幅美人图，给人以很高的审美享受。如果照这样搬进影视剧作，那就叫导演为难得很。影视剧作中的叙述性语言，主要表现在描绘上，而这种描绘必须要落在实处，即不但是可感的，而且是可见的。如苏联影片《乡村女教师》对中学女校长的外貌在文学剧本里是这样勾勒的：

灯光辉煌的大厅。一对对的人在跳舞。圆柱旁站着女校长——沙皇时代的中学校的僵死标志。开头几秒钟她活像一个雕像，她那穿着紧身衣的身子直挺挺的，很不自然。高傲、干枯的脸。灰白的头发卷得很精致，罩在额上，看起来就像装在纪念像上的铁花。

在这段描写中，"沙皇时代的中学校的僵死标志"一句不符合具象性的要求。但紧接下文，通过对人物姿态、衣着、表情、发式等具体细致的描述，却体现出了她那"僵死标志"的性格特征。在此，几乎每一句话都落在实处，不但是可感的，而且是可见的。因此，都可用画面呈现出来。

又如国产影片《邻居》文学剧本开头的一段环境描写就相当精彩：

一条筒子楼的楼道。

每间房门口都立着一个炉子、一张课桌。黝黑的墙上挂满锅、盆、菜篮、碗架……再高处甚至吊着两辆自行车。昏暗的楼道灯亮着。地上堆着蔬菜、杂物、土簸箕。拴在桌腿上的公鸡低头啄食，徘徊在垃圾间的花猫打着哈欠。人们正紧张忙乱地做着午饭，有的把菜刀剁得山响，有的端着盆穿梭来去，互相拥挤着，嘻嘻哈哈地笑着。炒勺铿锵，油烟蒸腾……

这段文字，从内景的陈设到场面的气氛都作了细致入微的描述，不但为影视艺术家提供了可感可见的拍摄对象，而且为观众展示了一幅 20 世纪 80 年代中国普通老百姓生活的风俗画卷。

总之，影视剧本用语言所描写的一切，都必须是具象的、可视的，极易于转换成银（屏）幕形象。

（二）综合性

前苏联导演 M. 罗姆曾经指出："摄影机参与剧作就应当从文学剧作上或在剧本中加以规定，不是从技术上，而是从艺术上，不是抽象地，而是从一开始就可以感觉到地体现在构思之中。摄影机就是艺术家的视角，是他处理素材的手法之一，摄影机是一位新来的剧中人（朋友或敌人），它不是机械的录像器，而是具有自己的见解的共同参加者——当然，这样一种摄影机的出现不可能是无缘无故的。摄影机同事件的确切关系应该首先在剧本中得到富于表现力的处理。"（M. 罗姆：《当代电影剧作的语言》，《世界电影》1982 年第 2 期。）这里只说了摄影机参与剧本创作，其实作为影视剧本的创作者，必须懂得影视艺术的全部规律和它的综合艺术的特性。让各种艺术元素都参与剧本的创作。从表面上看，尽管影视剧作同小说一样，都是用文字描写而成，但是影视剧作最终要实现在银（屏）幕上。因此，影视剧作者从他构思一开始，就要考虑综合艺术手段的运用。既然剧作中的描写对象始终是展现在剧作者头脑中的影视场景，即剧作者"内视"到一幅幅图画，那么，它就必然综合着各种艺术手段，诸如蒙太奇、摄影机、场面调度、画面构图、光影、色彩、音乐、音响等进行影视思维处理。如《广岛之恋》的序幕：

电影开始时，两对赤裸裸的肩膀一点一点地呈现出来（A）。（字母是笔者加的）我们能看到的只有这两对肩膀拥抱在一起——头部和臀部都在画外（B），上面好像布满了灰尘、雨水、露珠或汗水，随便什么都可以（C）。主要的是让我们感到这些露珠和汗水都是被飘向远方，逐渐消散的"蘑菇云"污染过的。它应该使人产生一种强烈而又矛盾的感觉，即使人感到新鲜，又充满情欲（D）。两对肩膀肤色不同，一对黝黑，一对白皙（E）。弗斯科的音乐伴随着这种几乎令人窒息的拥抱（F）。两个人的手也截然不同，女人的手放在肤色较黑的肩膀上。"放"这个字也许不大恰当，"抓"可能更确切些（G）。

这段描写，清楚地表明剧作者把各种艺术要素诸如（A）摄影技巧处理，（B）

画面构图，（C）画面造型，（D）对导演提示，（E）色彩，（F）音乐、音响，（G）表演提示等都纳入了构思。不懂得影视艺术的特性，是写不出如此易于操作的影视剧作来的。

第二节　对话的艺术

对话，又称对白，指两个或两个以上剧中人物的交谈活动，这是影视艺术中有声语言的主体。

一、对话的功能

对话是人类的口头语言在影视艺术中的再现。它具有交代说明、推进剧情、塑造人物性格的功能。

（一）交代说明

凡需要而又无需用画面表现出来的生活内容或事件过程，诸如剧情发生的时间、地点、时代背景、剧中人物的职业、社会关系，特别是在剧情展开前的生活经历和遭遇以及随着剧情的时空变换而省略掉的事件过程等。

正如法国电影理论家艾·菲兹利埃所说："说明部分必须紧凑，必须让观众尽快看到由交代得足够清楚的人物进行的可以理解的动作，说明部分就是作品的报道性部分。当然，电影既能用画面又可用语言传达这种信息。但是，它为了最明确、最简练地交代将要展开的主题的某些内容，就必须采用语言。"（艾·菲兹利埃：《文学和电影的关系》，《世界电影》1984年第2期，第16页。）其实，影视剧作用语言交代说明剧情的部分，除了"必须紧凑"外，还要做到不露痕迹，即不能让观众觉得那是剧作者通过人物之口有意说给自己听的。那么，就必须使那些对话符合特定的情境，具有强烈的动作性，成为剧情发展中的有机组成部分。

比如，法国影片《长别离》在这方面可称为范例。剧情是这样展开的：一个神秘的流浪汉几次哼着《塞维尔的理发师》从一家咖啡店前走过，店主黛丽丝一见到他就激动而痛苦得难以自持，观众在此就急于想知道黛丽丝何以如此这般，很自然地为剧情创造了悬念。黛丽丝为了诱导流浪汉恢复记忆，特意请他到店里来，并有意将自己丈夫的姨妈和外甥安排在离流浪汉不远的地方高声谈论以往的一切，从而将黛丽丝在见到被她认为是自己的丈夫的那个流浪汉之前的一切生活遭遇自然地告诉了观众。

（二）推进剧情

主要动力是人物动作。所谓动作，指那些能够表达出人物的意志、意图和思想感情，并能促使人物关系发展的行为。它既指人物在特定情境中所发生的表情和行为的形体动作，又指人物在特定情境中所说的话语，它也是动作，即"语言动作"。

在创作实践中，常常出现两种情况：一是有些剧情主要适宜形体动作来表现，如追逐和打斗等；一是有些剧情主要适宜语言动作来展开，如会议和辩论等。美国影片《克莱默夫妇》中争夺儿子抚养权的法律辩论场面，就是通过对话把剧情从双方互相仇视的关系发展到夫妻关系趋于缓和。此处若不以对话为主要动力，那剧情将是无法展开的。

当然，运用对话推进剧情发展，又不能机械地要求影视剧作中的对话句句皆然。其实，在现代影视剧作中，为了增强环境的真实性和亲切感，使场面显得生动活泼，剧作者在某些场合往往有意加入一些游离于剧情之外的话，这是允许的。但又不能据此认为剧作可以不加选择地乱写那些与剧情无关的话语。因为推动剧情发展是对话的主要任务之一，这是影视剧作者必须记住的。

（三）塑造人物性格

语言是人物性格的窗口。在现实生活中，任何一个人的语言都是他特定性格的反映。"对话是人物性格最有力的说明书。"（老舍：《论戏剧语言》，《论剧作》，人民文学出版社 1979 年版，第 102 页。）鲁迅也曾举过这样一个例子："在上海弄堂里，租一间小房子住着的人，就时时可以体验到。他和周围的住户，是不一定见过面的，但只隔一层薄纸壁，所以有些人家的眷属和客人谈话，尤其是高声的谈话，都大略可以听到，久而久之，就知道那里有哪些人，而且仿佛觉得那些人是怎样的人了。"（鲁迅：《看书琐记》，《鲁迅全集》第五卷，第 429 页。）可见，反映人物性格，是人们日常生活中的口头语言。当然，不是任何口头语言都能反映出人物性格，真正能够反映人物性格的只能是那些富有个性特征的语言。因此，如何使语言更加个性化，就成为能否成功地刻画出具有鲜明个性的人物的关键所在。影视剧作家从塑造人物的目的出发，必须努力从大量的日常生活语言里选择、提炼出鲜明、生动、准确地体现出人物性格的语言。正如有人所言："我们看到的众多电视剧中，人物大多说着一些一般的交代性、说明性的缺乏生活、也不艺术、更无个性的话，张三的话让李四说，李四讲的话从别人口中说出来，似乎都没有什么差异，听起来平平淡淡，甚至令人乏味。"（瑞霖：《电视剧——莫忽视了人物语言》，《中国电视》1996年第1期，第54页。）在当今的影视剧作中，个性化的人物语言不是太多，而是太少了。这是影视剧作者应该努力的方向之一。

值得特别指出的是，尽管对话的剧作功能极为重要，但是，在影视剧作中，对话又不能单独使用。对话只有和画面融合在一起，才能发挥最佳艺术效果，失去画面的配合，对话将黯然失色。

二、对话的特性

影视剧作是一种有多种表现手段的综合艺术，对话是其中重要的表现手段之一。剧作中人物对话最根本的要求是性格化、动作性和含蓄性。

（一）性格化

所谓对话语言的性格化，就是要求剧作中的对话能表现说话人的个性特点，与他的年龄、经历、教养、生活习惯、社会地位相符合，表现出他特有的思想感情。也就是要求剧作者在具体情境中为人物寻找到最合乎人物性格的独特语言。我国清代戏剧家李渔在《闲情偶记·语求肖似》中指出："言者，心之声也，欲代此一人立言，先宜代此一人立心。若非梦往神游，何谓设身处地。无论立心端正者，我当设身处地，代生端正之想，即遇立心邪辟者，我亦当舍经从权，暂为邪辟之思。务使心曲隐微，随口唾出，说一人肖一人，勿使雷同，弗使浮泛。"（李渔：《闲情偶记》，中国戏曲出版社1959年版，第54页。）在此，他把"设身处地"作为替人物寻找最合乎剧中人物性格的独特语言的最基本的要领，只有这样，人物的对话才能"说一人肖一人"。比如，电视剧《辘轳·女人和井》中所塑造的众多妇女形象，其性格各异，就在于她们语言的个性化。现以狗剩儿媳妇个性化对话为例：

狗剩儿媳妇家的里屋。

狗剩儿媳妇一边倒酒，一边说："铜锁啊，本来，人到难处不能挤，马到难处不加鞭。你眼下正在难处，我实在不应当多说少道。可我是个直肠子人，肚子里留不住话，你呀，不能再这么下去了。这么下去奶奶不稀罕，舅舅不爱，别人都会当狗屎臭你！"

铜锁默默点点头。

"男子汉大丈夫，"狗剩儿媳妇振振有词。"要勤劳致富。你想啊，就是天上掉馅饼吃，也得人起早，你晌午才起来，还哪儿能捡到？！"

铜锁又默默地点头。

狗剩儿媳妇对他这样的表现挺满意，微微一笑，又继续说下去："所以说……"刚说出这三个字，她突然停住了，支棱起耳朵，警觉地听着什么。

铜锁莫名其妙地看着她。

她听着听着，突然猛一回手，啪地推开窗户。此刻，正在窗外偷听的苏小个子躲闪不及，被窗子给狠狠撞了一下。

狗剩儿媳妇出口不逊地："你爹你妈说话，你也偷听？"

"哎，狗剩儿媳妇。"苏小个子理亏气短地，"你别骂人哪！"

"我没骂人，我骂狗！"狗剩儿媳妇火气很大。

"你……"苏小个子噎得没说出话来。

"他苏大哥呀。"铜锁这时插话，"今天这事儿，可是你的不对。"

"哟，"苏小个子一听，来神儿了，立刻把矛头对准了铜锁，"我跟她说话，有你缸，有你茬儿？她是你什么人？你哈巴狗啃脚后跟——亲的也不是地方啊！"

"苏小个子，"狗剩儿媳妇立即援助铜锁，"你少胡诌八扯，有啥话，对我说，黑灯瞎火的，你偷偷摸摸干这种事，寒碜不寒碜？我要是你，就自个撒泡尿——浸死！"

"你，你别太过分啦！"苏小个子吼起来。

"呀，"狗剩儿媳妇轻蔑地，"你这头瘦毛驴，嗓门还不低哩！怪不得人家都说你是属蛤蟆的——物小动静大！"

苏小个子真的气急了，用手指着狗剩儿媳妇："你，你，你嘴巴太损了！你是寡妇心，绝户肺，这辈子尖尖嘴儿，下辈子还得当寡妇！"

"你呢？"狗剩儿媳妇也真急了，"这辈子缺德，下辈子缺德，大下辈子还得更缺德！你祖祖辈辈像耗子，代代都像武大郎！"

"武大郎怎么了？"苏小个子顽强反击，"我偏偏要收拾你这小潘金莲儿！呸，兴你招野汉子，就不兴我偷听？"

"招野汉子，我乐意！"狗剩儿媳妇开始横横车，"我还想跟他结婚哩！"

苏小个子故意"将军"："刚才这话，有胆量，你再重复一遍！"

狗剩儿媳妇毫不在乎，连声高喊："结婚，结婚，我跟他结婚！"苏小个子终于叫她给镇住了。

这一大段对话，之所以能把一个既通情达理、心眼灵活、大胆泼辣、敢爱敢恨、勇于抗争的农村劳动妇女的鲜明形象推到观众的面前，就在于剧作者在对生活、对人物的准确把握的基础上，对人民群众口头语言的恰当选择和运用。没有如此鲜活的语言，是塑造不出如此活脱的人物形象来的。

（二）动作性

所谓对话语言的动作性，就是要把人物的对话与姿态、表情、动作结合起来，表现人物的思想、感情、愿望和意志。它是表现戏剧冲突，刻画人物性格的重要手段。这样的语言，不仅是人物"内心动作"的具体表现，并能促进人物外部动作的发生，从而引发或刺激对方发出相应的语言和动作，使剧情不断向前推进。电影《高山下的花环》中几个连干部争抢带"尖刀排"任务的对话：

梁三喜、赵蒙生、靳开来、司号员小金正在包饺子。

高干事走进帐篷。

高干事："梁连长，你们是尖刀连，这可关系到全团穿插任务的成败，政委让我来看看你们九连的情绪，收集点战士们的豪言壮语，好好报道一下。"

靳开来："仗还没打，先吹上了。"

高干事："战前动员嘛。梁连长，你们尖刀排谁来带？"

梁三喜："等会儿，开支委会研究一下。"

靳开来："这有啥研究的？从八一南昌起义那天起，副连长带尖刀排是不成文的章程。上级既然给了我个先死的官衔，我靳开来就得死出个样子来！"

赵蒙生沉痛地表示："连长，执行军长让我炸碉堡的指示，这尖刀排，我来带！"

靳开来忙说："指导员，我靳开来已觉出你是个有种的人，过去的事别提了，从现在起，我们患难相依，生死与共！你是连队的中枢神经，要牺牲，第一个也轮不到你。"

赵蒙生被靳开来的真诚所打动，眼睛有点发湿，默默地捏着饺子。

梁三喜刚要张嘴说话，被靳开来大声喝住："连长，你少啰唆！带尖刀排，比起我靳开来，你绝对没资格！"

高干事和赵蒙生都愣了。

靳开来对梁三喜说："当然，讲指挥能力我不如你，可我兄弟四个，还有个快五岁的儿子，'光荣'了，父母有人送终，烟火有人接续。连长，可你不行啊！（对赵蒙生、高干事）你们不知道连长家里的事……咳！"

大家都不说话，默默地捏着饺子。

靳开来用手背抹了抹发湿的眼睛："连长，说句掏心窝子的话吧！全连谁'光荣'了，我都不会过分伤心，为国捐躯，打仗死的嘛，唯独你……万一有个……你那白发老母，还有玉秀和不知出生没有的孩子，再就是你那一身数不清的……"

"副连长！"梁三喜急忙打断他的话，不让他再说下去。

这一段充满性格冲突的对话，把人物自身的内心动作与之俱来的成体动作紧紧联系在一起，尤其是靳开来激动、深沉的话语，更使其言与其心、其行融为一体，推动剧情和人物性格的深入发展。

（三）潜台词

潜台词来源于戏剧，现在也用于影视剧作。所谓潜台词，就是指潜藏于内心而未能完全透露出来的话语，即说出的话语与藏于内心的话语之间存在着某种不一致或不平衡。人的内心活动恰似一条无休无止的河流，然而说出来的话语永远只能是这条河流中的一股涓涓细流或一朵小小浪花，这就是人们总是尽可能以最简洁的语言来表情达意的缘由。对话语言有时呈现为"言简意赅""意犹未尽"的状态；有时表现为"言此及彼""旁敲侧击"或"口是心非"的形式。

前者如电视剧《山道弯弯》中二猛与嫂嫂金竹分手的戏。二猛爱着寡嫂，偷偷拿走了嫂嫂那象征善良、勤劳的田螺壳；金竹为了成全二猛和表妹的婚事，托词推却二猛的求爱。二猛冒雨离开了家：

二猛站在桥上，他呆呆地站着，任凭大雨淋着身子，一动也没有动。

金竹跨上石板桥，走近二猛，万箭穿心地："二猛！"

竹林在风雨中猛烈地摇曳。

二猛伸出手来："给！"

金竹惊疑地一看。

二猛手中竟是她那个田螺壳。

金竹慌乱地："这……"

二猛："没有征得你的同意，我……还给你。"

在此，二猛只说还田螺壳，而背后的含义却是：我想得到你这样一位有田螺姑娘一样美好心灵的寡嫂，但是，我没有充分尊重你的意愿；现在我不再继续这个念头了，让一切结束吧，就像什么都没有发生过一样。

后者如美国影片《克莱默夫妇》中，男主人公克莱默在妻子弃家出走后的头个早晨，一边给儿子做早餐，一边向儿子表白自己烹调技术如何高明。然而，顾此失彼、乱作一团的动作，却一再向观众揭示出：他于此道一窍不通。显然，他的话语后边掩藏着复杂的心理活动：一是不愿让突然发生的家庭破裂伤害儿子幼小的心灵；二是想尽量采取无所谓的态度来减轻自己心中的苦恼。

意味更为深长的，如苏联影片《伟大公民》中的一段对话。老工人杜鲍克是个爱听顺耳话的人，在做出一些成绩后，竟居功自傲起来，以致是非不分，敌友不辨，居然同敌人阿夫杰叶夫搞到了一起。在一次会议上，阿夫杰叶夫意识到自己快被识破，于是起来"反戈一击"，致使杜鲍克受到强烈刺激而扑倒在桌上。这时，阿夫杰叶夫说："他扁桃腺发炎，早晨起来就发烧啦！"杜鲍克的战友卡茨惋惜地说。"这个老糊涂在二十年前就该把扁桃腺割掉的！"沙霍夫沉痛地对卡茨说："这是我和你给耽误的。"很显然，"扁桃腺"背后隐藏着深意：一个在掩饰自己的罪行；一个在为自己的老朋友惋惜；一个在责备自己未及早帮助自己的同志改掉身上的毛病。

从实讲来，潜台词并不一定是对话语言本身的必备特性，而是其表达方式的一种特性。它并非是有形的语词，而是剧中人的台词背后负载着的更为丰富、更为深刻的意义。只有这种意义，才是剧作者真正要告诉观众的。这种潜台词，既有助于人物的表情，又可使观众通过自己的联想和想象来理解，收到"片言明百意"的艺术效果。

三、对话的要求

对话语言应努力做到生活化、情境性和有趣性。

（一）生活化

影视艺术的通俗化和纪实化特性，要求人物贴近生活，因此，人物语言也要真实地逼近生活，力求生活化。如电视剧《阿妹》中有这样一段对白：

苗族姑娘竹妹手攀竹子专注地唱着"竹子歌"。

年轻的万年山在竹林里记谱。

竹妹："阿哥，你在写什么？"

万年山："记你唱的歌。"

竹妹："歌是记在心里的。"

"记在纸上就忘不了。"万年山接着说，"不信你听。"

万年山对着曲谱唱"竹子歌"。

万年山："竹妹，我唱得对不对？"

"对，对！"竹妹高兴地说，"你手巧心也巧。"

万年山："竹妹，你一首首地唱，我要把你的歌都记下来。"

竹妹："我的歌就像天上的星星一样多，你记得完吗？"

万年山："一年记不完，我记十年，十年记不完，我记一辈子。"

竹妹："记一辈子？那你跟我一辈子？"

万年山："不是我跟你，是你跟我……"

竹妹羞红了脸："你真坏……山外飞来的锦鸡，歇歇脚，还会飞走。"

这段对话，使观众不但看到了竹妹的清纯、天真，还看到了竹妹对万年山的一片赤诚之情，而这种赤诚又是以极为自然的口吻表出来的，可见生活化的语言蕴含着浓郁的生活气息。

生活化的语言通常又是非常口语化的。所谓口语化，一方面要朗朗"上口"，让演员好念；另一方面又要十分"入耳"，让观众爱听。因此，影视剧作中的对话，既要音韵铿锵，又要声调和谐，节奏明快。正如李渔在"论戏曲宾白"时所说：

"宾白之学，首务铿锵。一句聱牙，俾听者耳中生棘；数言清亮，使观者倦处生神。"（《李笠翁曲话》，第83页。）如《篱笆·女人和狗》第八集中茂源老汉痛骂酒醉的铜锁：

"混账！"老汉一瞅他这副模样，更来气了，声色俱厉地骂道："你瞧你，像个啥？恨不能整天泡在酒缸里！在家中，你油瓶子倒了都不扶，可是呢？却懒驴上磨——屎尿多！你每天吃了喝，喝了睡，睡够起来打老婆！枣花配你，是鲜花插在牛屎里，可你却抬手打，张口骂，逼得人家要离婚！"说到这儿，他似乎想起了什么，颇有些黯然神伤，停了好一会儿，才又说："常言道，夫妻和气金不换，妯娌和气家不散。可你呢，你咋对人家枣花呢？"

这种语言简洁明快、直抒胸臆，没有太多的修饰，语气急促，句子较短，这正是口语的特点。

生活化的对话语言还带有浓郁的地域文化色彩。每个人物都在特定的地域中生活，富于地域文化气息的语言有生活的质感和特色，运用得好，不仅是为表现人物的独特性所不可缺少的，而且是使剧作更加风格化的重要条件。需要指出的是，不能把具有地域文化色彩的语言理解为方言土语。方言土语固然受到某个特定地域观众的青睐，但方言土语过多，又影响到影视艺术的传播。对话语言既要有地域文化色彩，又要避免一味依赖方言土语，这里有一个"度"的掌握的问题。同样需要说明的是，对话语言的生活化绝不是对人物语言采取自然主义的态度。真正生活化的人物语言"应当是一种艺术语言，来自生活，又不等于生活。我们反对那种拖腔拖调的舞台腔十足的语言，也不赞同自然主义所谓'纯生活化'的语言。它应该是以生活语言为基础，经过艺术和技术的加工，生动、准确富有表现力的清晰的语言"。（丁汕：《电视剧要重视语言、音响的录制》，《电视剧研究资料选编》第3辑，中国电视剧制作中心编，第246页。）经过提炼的艺术化的对话语言，既要保持明快的生活化特色，又要简洁洗练，潜台词丰富，富于情感。

（二）情境性

对话的生命首先在于它的真实性，而只有符合特定的人物性格、关系和情境的对话才称得上真实。当人物面临现实世界的诸般矛盾时，特定的性格便决定他只能产生特定的形体动作和语言。不同性格的人，哪怕是对待同一事物，说出来的话也是不同的。人物的对话，除了受性格的制约以外，还受着参与对话的特定的人物关系的制约。生活中的任何一个人但凡说话，总不能不考虑对象是谁。何况人又是根据自己所处的具体环境和特定生活条件来决定表达意志的方式的。好的对话必然符合人物所处的特定情境。因此，影视剧作的对话，既要考虑特定的人物性格、人物关系，更要考虑特定的情境。情境规范着对话语言的内容和方式。因此，处理对话语言时，影视剧作家就必须时时考虑到情境的要求，使人物语言适合特定情境的规范。情境在影视剧作中又总是随着时间的推移和人物关系的转换而经常变化的，因此，富于变化也成为对话语言适应情境要求的基本特征之一。电视连续剧《刑警队长》中，随着人物关系和情境的改变，主人公张峻的语言无论内容还是表达方式都发生了相应的变化。现以其中四次对话为例，第一次是张峻的管区发生了严重的流氓滋事案，张峻向受害者了解案发时的情况：

还是那两个受害的女工。

张峻的声音："那天那几个人都穿什么样的衣服……好好想一想，别急。"

年纪大些的女工："……好像那个大个儿穿着工作服。"

张峻的声音："就是油田发的那种带道儿的工作服？"

年纪大些的女工："是……我想起来了，穿的就是棉工作服。"

张峻的声音："他们说话的声音呢？"

年纪大些的女工："也像是油田这一带的。"

张峻的声音："像干什么工作的？"

年纪大些的女工："像，像，反正就像是油田的人。"

张峻的声音："如果再见到他们，你们能认出来吗？比如说其中的一个，印象深的那一个。"

年纪大些的女工："能。"

第二次是张峻和前来调查同一案件的分局刑警队于队长相遇。

于队长："知道你是刚回来，偏巧让你赶上了。"

张峻："这是我命好，我还知道你想我。"

于队长："不是我想你啊，要依我，就让你回家跟嫂夫人会面团圆去了，是这案子想你。"

于队长掏出香烟，先是给张峻身后的刘建立、曹伟以及小赵、小李等人每人甩上一根，嘴里还连连喊着"辛苦了，辛苦了，欢迎一队的同志下来指导。"

接着又递给张峻一支，点火。

于队长："油田那桩案子怎么样，听说挺缠人是不是？"

张峻："丢人了，丢人了，别提了。"

于队长："张队，关老爷过五关斩六将免不了还有单骑走麦城那一出，那是偶然的、个别的、暂时的……"

在他们说话的时候，法医已经赶到现场那边去，那边围着一群人。

张峻（听着他的话，眼睛还往那边望着）："怎么回事？"

说着，张峻往现场那边走过去，刘建立紧跟其后，他一直观察张峻的反应来决定自己该看什么、该做什么。乔姗则盯着他，不时调整自己的行动。

于队长："一个女的，看样子也就二十来岁，从楼上跳下来了。"

张峻："自杀？"

于队长："我看像自杀。"

张峻："那你结案不就得了。"

于队长："可我心里还有点犯嘀咕，不太踏实。"

张峻："叫我来，不怕我抢功？"

于队长："嘿，张队你这是给我戴高帽呢，我可是怕万一搞错了担不起那个责任，是五处的案子我想抢也抢不过来，是我分局的案子我想推也推不过去的，是不是？"

第三次是市公安局刑侦处韩处长找来张峻问案情进展的情况。

张峻："这么一大早就喊我，除了韩处长我想就不会有别人。"

韩处长："我想你呗！"

张峻（脱去大衣）："你想我？你想案子吧？"

韩处长："看你看你，总抓不住主流。"

韩处长把桌上几张油饼推给张竣，又忙着倒咖啡。

韩处长："先吃饭。"

张峻："吃过了。"

韩处长："你这人死心眼是不是？我叫你来能不供你饭吃？"

张峻："我饿得快前心贴后心啦，要不填乎点怕走不到你办公室就栽哪儿去了。"

韩处长把咖啡送给他。又指指桌面上那个神力牌咖啡瓶。

韩处长："神力，广告上说真正国货。百分之百咖啡豆，喝点爱国的，提提神儿。"

张峻（啜了一口，放到一边，掏出香烟）："还是这个吧，这东西神来得快，又不耽误说话，（马上转变话题）昨天忙一夜，基本方向可以定下来，凶杀，现在正跑关系人哪。"

韩处长："看，我还没问案子，你就说起案子来了，你比我还急。"

张峻笑笑："我这是争取主动。"

第四次是歹徒携带炸药试图引爆车站的突发事件，张峻紧急赶往现场处置。

张峻与歹徒面面相对。

歹徒上下打量着张峻，他依然处在高度紧张的状态。

张峻看见拴在歹徒手腕上的引线，但他迅速移开了视线。

张峻（竭力轻松）："你看，我进来谈不是很好吗？有什么话可以慢慢说。（掏出香烟）抽烟吗？"

歹徒目不转睛地看着张峻。

张峻："你不抽？我可是想抽一支了，说了半天了，我也想喘口气了。嗯，不抽？"

张峻把烟递过去，歹徒疑惧地接过烟。

张峻先给自己点着烟，又把打火机伸到歹徒面前。

张峻（像聊家常，像说一件微不足道的小事）："哎，把你手腕上那根线解下来，拉着那么个东西，提心吊胆的，一不小心咱俩可是都完了。我可是还有老婆孩子呢，怎么样？解下来吧，何苦闹得我们俩都挺紧张的。"

张峻说着帮歹徒把手腕上那根线解开，歹徒仿佛受了催眠似的，被动地松开了引线，但一只手仍按在炸药包上。

张峻给歹徒点着了香烟，歹徒猛吸了一口，长喘粗气。

他们俩都蹲了下去。

张峻："你看这多好……说说，怎么那么想不开，走到这步上了，这可是玩命的事啊？"

歹徒（神经质）："我就是要炸死她，炸死她们一家。"

张峻："谁？"

歹徒："我的那个女朋友，我跟她谈了三年，她突然变卦了，她们家的人反对，我恨死她们一家了。"

歹徒说着捂着头，抽泣起来。

张峻："是这样啊，小伙子，为这事，值得吗？她不跟你，你这辈子就找不到对象了？"

歹徒（边抽泣边叫）："我真想炸死她们，真想炸死她们……"

第一次张峻面对受害者，语气和缓，细致诚恳，耐心诱导，充分表现他对受害者的同情和关切；第二次张峻面对相熟的同行，谈话非常随和、爽直，既有情感的交流，又流露出些许的互不服气，表明同行间的支持和竞争；第三次张峻面对上司，话语中既有对上司的尊重、服从和信赖，又能保持一种独立的人格，展现了他磊落大方、不卑不亢的人格。第四次张峻面对险情，临危不惧，话语短促有力，字字千钧，句句中肯，表示他面对罪犯沉着冷静和坚定果断。

在上述四处不同的情境中，张峻面对不同对象，其语言发生了很大变化，这是不是意味着张峻的性格缺乏统一性呢？其实不然，无论在何种场合中，张峻对罪犯的严正立场和对公众安全的责任感都是始终如一的。这样，依据情境变化所引起的人物语言的变化则赋予了张峻性格以丰富性。

（三）有趣性

所谓有趣，就是指提高对话语言的含金量，使之更能打动人。这里的"趣"包括理趣、情趣、韵趣三方面的因素。

1. 理趣，就是包含着哲理性启示的语言，有人称为语言的"理念感"。隽永的哲理，就是人生经验的结晶。电视剧《希波克拉底誓言》中"两千五百年来，医学常新，常新的医学却有不变的宗旨（为病家谋幸福）"；"医生只有当成为医生时，才实现自己的人格"。电视剧《寻找回来的世界》中"世界只有一个，但每个人的心中却有着不同的世界""一个心灵就是一个小宇宙";"世间有一种比海洋更大的景象,那便是天空;有一种比天空更广阔的景象,那便是心灵的活动。"(维克多·雨果语)电视剧《编辑部的故事》中的对话更是充满哲理,让人百听不厌。像那句"金钱不是万能的,但是没有钱是万万不能的"几乎成了家喻户晓的至理名言。

2. 情趣,就是饱含激情富有感染力的对话语言。作为有情趣的语言,无论是热情,还是愁绪,是喜气,还是悲声,都应该运用恰当的表达方式和文学形式,使观众受到情感的影响,情不自禁地接受精神的陶冶。《高山下的花环》是一部以情为核心的电影,且举"梁三喜发火"一场为例。

梁三喜脸色铁青,怒不可遏地吼着:"不像话!简直不像话!"

……

"馒头,有人竟把雪白的馒头扔进了猪食缸!"梁三喜伸手从猪食缸中捞出水淋淋的馒头,举在空中,激动地摇晃着。"看看,都睁开眼看看!还有没有点劳动人民的感情?嗯,还有没有?"

赵蒙生惊恐的眼睛。

梁三喜拍拍心口窝,痛心地说:"同志们,扪心问一问,良心何在?这是农民兄弟一颗汗珠摔八瓣换来的,我们有什么权力糟踏!哼!良心让狗叼去了?!"激愤的梁三喜,"叭"地一下把馒头摔进猪食缸,水溅得老高。

战士们表情严肃。

"解散!"梁三喜怒吼着把手一挥,"现场参观!"

在极度的激愤之中,人物语言的句子短,重复多;反问句、否定句占了大部分,把一个正直淳朴的基层连队干部的内心情感淋漓尽致地表现出来了。

此外,情趣还表现在对话的幽默风趣上。

3. 韵趣,即人物对话在不妨害表情达意的前提之下,讲究声韵、句式整齐的形式美。且举《纪委书记》中一段对话为例。

吴万有:"门书记,你怎么来了?"

门浩:"慰问你呀!"

吴万有:"看我?"

门浩:"武装部看军烈属,民政部看五保户,咱们纪委要看看咱们处分的干部，这是老书记留下的规矩。"

吴方有激动得一把握住门浩的手："老门，党还没忘了我呀！"

门浩："党从来就是治病救人的，你摔倒了扶你起来，是要你挺起腰，领大家干呀！"

……

吴万有感慨万千："过去是我丢了群众。"

门浩："是啊，咱们共产党说白了，共产就是共富。过去只想到自己发财，现在要和全村人共同致富。群众盯着你，党在察看你，老吴，怎么样？"

……

吴万有耷拉着脑袋："唉，前几年兴那股子风，抓一个党支部，不如抓一个万元户。抓专业户能上报，能表扬，改革有成绩呀！

德才叔："交公粮，搞摊派，社员有什么情绪？乡里干部一次次来催呀……结果是人生了，狗熟了。狗都不咬他们了，社员也不理他们了。"

吸收人民群众的口头语言加以改造，使之更好地为表现剧作的内容服务，这是每一个剧作者都应该努力为之的。

第三节　旁白与独白

旁白和独白是从戏剧艺术中吸取过来的。一般说来，在使用的数量上比对话少得多，但运用恰当对剧作能起"锦上添花"的作用。

一、旁白

所谓旁白，是影视艺术中以"画外音"形式出现的解说性、评论性语言。通常以剧作者"第三人称式"的客观视点或以某剧中人物"第一人称式"的主观视点出现。（当然，除此之外，还有一种不采取"画外音"的特殊形式，而由人物直接面向观众说出来。）

（一）旁白的剧作功能

旁白不同于对话，它不是在剧中其他人物的动作刺激下产生的反应活动，不承担推动剧情发展和塑造人物性格的剧作职责，也不起与剧中人物交流的作用，而只把观众作为自己的交流对象。其剧作功能如下：

1. 在剧情展开之前对故事发生的时间、地点、社会状况、时代背景作简要说明或开门见山向观众点明全剧的主题或设下悬念，吸引视听。如电视剧《无字的歌》，开头几个无声画面之后，出现这样的一段（"客观式"）旁白：

你也许是个工人、技术员、某一个公司的经理，一个战斗在边防的军人，或许你还会是一个广闻博学的专家、教授，一个名震中外的作家、艺术家……总之，不管你是谁，大约都是从 1+1 开始学起来的吧？都有过写出第一个字时的喜悦吧？正如一个能指挥千军万马的将军也是由妈妈扶着他才迈开了人生的第一步。难道我们能忘记教会我们认数识字的老师吗？能忘记把我们带进知识王国，走向文明的第一个引路人吗？能忘记为无数壮美的知识大厦铺设基础却一直埋在泥土之中，默默无闻的老师吗？

字幕：故事发生在 50 年代晋西北一个偏僻的山村里。

这段旁白运用排比手法向观众发出一连串的反问，造成了一定的语势，以加强其感染力。又如影片《天云山传奇》开场的画外音（"主观式"）：

（宋薇）我要讲的故事，就是从一九七八年冬天开始的。

我到组织部工作还不到半年，可是等待处理的错案、冤案已有无数起。每到这种时刻，我总是非常激动，恨不得一下子就把这些问题全部解决掉。粉碎"四人帮"已经两年了，我们国家正在发生巨大的变化，然而在我们这里却依旧冷冷清清，停滞不前。

这段旁白不仅向观众交代了剧情发生的时代背景和主人公的身份，而且为情节的展开渲染了特定的环境氛围，以达到创造悬念的艺术效果。

2. 连接剧情大幅度的时空跳跃。比如电视剧《新岸》讲叙的是女青年刘艳华误入迷途重新生活的故事。在她过去生活中的一些无需正面表现的转折处，剧作者都用旁白（"客观式"）一带而过，从而保持了剧情的连续性。

旁白：五年的监狱改造生活结束了，在党的政策感召之下，刘艳华告别了昨天，怀着对人生的新的向往，走出了监狱的大门。

旁白：是的，往后的日子长着呐。但是，那无数个严峻的日子可怎么过呀？刘艳华没有决定自己命运的能力。正在这个时候，她走进青年上山下乡的行列，她走进的将是怎样的一个生活世界？对她全是一个谜……

旁白：半年过去了，刘艳华仍和初来时一样，沉默不语，她和高元钢过着半哑人似的生活。

旁白：刘艳华出乎人们的意料，理直气壮地参战了，官司从村里打到公社，从公社打到县，从县打到市，从春打到夏，从夏打到秋，从"四人帮"横行的时期，一直打到"四人帮"覆灭的时候，在有关部门的合理裁决下，官司打赢了！

3. 结合人物首次登场的动态肖像造型画面，对人物的姓名、职业、年龄以及重要的前史做简要介绍。影片《邻居》序幕中的旁白（"客观式"）：

（冯卫东炒菜）冯卫东，当年红卫兵第一支队司令，现在是建筑系助教，楼道里的烹调专家。

（明锦华开锁）校医室的大夫明锦华，四十多岁了还是单身。她这双美丽而忧郁的眼睛，告诉了我们什么呢？

这样的人物介绍，很快就使观众知道了出场人物的前史、进入规定情境。

4. 对剧情的某些内容做必要的解释或发表具有哲理性和抒情性的评论。如影片《朱莉亚》中莉莲的开场旁白（"主观式"）：

油画上的颜色，有时候年代久了就斑驳了。这时候有一些画就露出最初的线条，比如，透过一件女人衣服露出一棵树；透过一条狗露出一个孩子；露出一只船却不是漂在海面上。这叫作……"原画再现"，因为画家当时感到不中意，涂改掉了。

现在我老了，我想回忆一下，我曾经是怎么样的，现在又是怎么样的。

这段旁白以形象的比喻，诗一般的语言点明剧作者的创作意图，加重了对生活反思的感情色彩，引导观众以庄重而深沉的情绪进入剧情。

又如电视剧《洞房》是以这样一段旁白（"客观式"）结束的：

……至于董科长，或者比董科长还董科长的人物，虽然不可能完全绝迹，但愿少些，尽可能少些。这样，居民的住房就可以解决得更好些，四化的步子也可以迈得更大一些了。

这段意味深长的话，进一步揭示了全剧的思想内涵，加强了作品的教育意义。

（二）对旁白的基本要求

旁白大多并不要求口语化，相反，它追求书面语言那种较为严密的逻辑性和语法修辞，具有较强的文学性，相当于小说中的夹叙夹议。

　　旁白是影视剧作结构的一种辅助手段，只起"黏合剂"的作用。在运用旁白时，应注意如下四点：

　　1. 旁白要避免与画面内容的同义重复，凡画面已将该表现的一切都表达出来了，旁白就没有设置的必要。

　　2. 旁白力求简洁、含蓄，在对剧情发表点评时仅点到为止，切忌说教。

　　3. 旁白应服从剧作结构的需要。一般情况下，不要在同一剧作中主观式和客观式旁白混用，以免造成视点混乱。但特殊情况例外，如多视点结构的剧作。

　　4. 旁白在风格上应与剧作的总体风格保持一致。史诗性剧作的旁白要气势雄浑；抒情性剧作的旁白要娓娓动人；喜剧性剧作的旁白要有幽默感。

二、独白

　　所谓独白，指以画外音形式出现的剧中人物对内心活动的自我表述。影视剧作中的独白大体有两种形式：一是以自我为交流对象的独白，即通常所说的自言自语。二是有其他交流对象的大段述说，如演讲、答辩、祈祷，等等。

（一）独白的剧作功能

　　独白不同于旁白，它是剧中人物在其他人物的动作作用下产生于内心的一种反应，即人物内心在作自我思索。因此，独白是一种从内部来表现人物性格的手段。其功能较为单纯，主要是揭示人物的内心活动。如影片《乡情》中，当在乡村长大的田桂第一次见到自己的生母时，两个人的心理都是复杂的。母子坐在桌旁，母亲给儿子削着苹果，儿子低垂着眼帘，彼此时时窥视对方，相互试探着、揣摸着，虽然都没有说话，几句"画外音"为非直观的心理活动找到了直观的外化：

　　田桂："看样子比我妈年轻多了，不知道脾气是不是有我妈那么好。"

　　廖一萍："可怜的孩子，要是一直在我身边，也快大学毕业了。"

（二）对独白的基本要求

　　尽管影视艺术可以用特写、闪回等视觉手段来表现人物的心理活动，但许多时候用语言来表露心声还是不可替代的。运用独白应注意如下两点：

　　1. 独白是人物内心激情的自然流露，非到画面不能表现时不用，不应随意滥用。如电视剧《今夜有暴风雪》中被人遗忘在白桦林哨位上的裴晓芸内心活动异常丰富，能用闪回手法的，剧作者都用画面语言解决了，只有不易为画面所表现的，才安排了旁白（"主观式"）：

"……哦……"裴晓芸的心声，"他知道我在站岗吗？"

"……哦……他会来接我吗？……"

"哦……好热，好热的水啊……是他烧的吗？"

"一定是他！""是他！"裴晓芸的目光在寻找着："他来了！他来了！……"

裴晓芸的双手伸向前方，在她身后升起极亮的光环，她的心声："我在这儿……"

2. 独白应与画面配合。有时，独白是人物行动的必要诠释；有时，画面或为独白所引出，或为回答独白所提出的问题。

前者如电视剧《山道弯弯》中，女主人公金竹终于觉醒，勇敢地选择了与二猛共同生活的道路：

曙光，悄悄地射进了窗户。

黎明的霞光在翠竹峰上升起，一片金光……

金竹在利索地收捡东西，她的神情是坚定的。

内心独白："过去，我总觉得二猛应该有一个比自己更好的伴儿，无论如何不能去破坏他的幸福……但是，现在……我怎么可能想到呢？……"

金竹把东西打成一个包。

内心独白："二猛应该过得好些，应该让他过得好些……"

金竹提起包走出门去。

内心独白："这个和他哥一样善良、一样勤劳的人，应该过得好些。"

丰富的内心活动（"主观式"）是对人物行动的必要诠释，有力地揭示出这位新时代的田螺姑娘心灵的美好。

后者如电视剧《今夜有暴风雪》中的独白：

哨位上。

"……哦……"裴晓芸的心声，"他知道我在站岗吗？……"

救火现场。

烈火中，曹铁强正在指挥救火。哨位上。

裴晓芸的心声："……哦……他会来接我吗？……"

仓库里，指挥救火的曹铁强突然被一根倒下来的木梁砸倒。

独白与画面交互推进剧情，画面既可看作为独白所引出，又可看作为回答独白所提出的问题。不但交代了不同空间同时发生的事情，而且渲染了裴晓芸命运的悲剧色彩，同时，也为后面曹铁强飞骑寻找裴晓芸做了铺垫。

第九章　类型的模仿和超越

第一节　类型电影

在好莱坞制片制度的影响下，电影创作不再是一种个人行为，规范的制片制度使电影制作成为一种批量的、流水线式的规范化过程，模式化成为其基本特征。固定模式能够提高制作效率，降低制作成本，因此，类型电影是必然的结果。

美国电影制作者经过长期创作实践，归纳出了一些成功的模式，这些模式最具商业保险系数，最能获得投资回报。一部成功的影片出现后便竞相模仿，使之成为一种类型。一种类型的影片如果很受欢迎，便都来拍摄，一般在一定的时期内能获得较好的商业效果。

所以，类型电影作为一种典型的商业电影观念，是美国大制片厂制度的必然结果。正因为有一些固定的类型模式，所以大制片厂的生产流水线便可以对素材稍加改变，制作出大量大同小异的、适销对路的文化产品。

从受众角度来说，当我们漫无目的地走进电影院，想从琳琅满目的电影作品中选择一部来打发时间时，我们首先考虑的往往是，这是一部动作片还是一部歌舞片，这是一部科幻巨作还是一部战争大戏。这是一种常见的观影状态，我们走进电影院之前便决定要看一部什么样的电影，电影还没有开始我们便知道这是一个怎样的故事，还没有看完电影的开头，我们便已经预料到了结局，当我们发现故事如我们所预料的一样发展时便感到十分满足，而且在观影结束后向别人介绍时我们常常说这是一个和什么什么电影差不多的故事。在这一整套观影行为中，我们便是在和所谓的"类型"打交道，而前文所说影响我们选择行为的也正是类型。

所以类型电影指的就是好莱坞电影在其全盛时期所特有的一种创作方法，实质上是一种艺术产品标准化的规范。人们通常根据影片的不同题材或技巧来归纳影片的类型，大的分类是故事片和非故事片两种。在故事片项目下，比较成熟的类型有西部片、强盗片、歌舞片、喜剧片、恐怖片、科幻片、灾难片、战争片、体育片等；非故事片的类型则有广告片、新闻片、纪录片、科学片、教学片、风景片等。

一、西部片

西部片是以美国西部为地理背景，根据美国西进运动时的很多奇闻逸事创作出来的影片。这些西部片中大多充满了神秘的传奇色彩。从19世纪60年代起，美国政府开始进行大规模的西部开发计划，美国东部居民开始向西部荒原进发。为了宣扬西部大开发中美国人顽强奋斗的拓荒精神，好莱坞翻拍了很多当时发生在西部的故事，并将这些故事搬上了银幕。

在美国经济大萧条时期，大多数人对现实烦躁不安，这些充满了传奇色彩的西部片，使人们暂时忘记了现实的烦恼。1903年，爱德温·鲍特导演的《火车大劫案》开创了西部片的先河并取得了成功。此后，大量类似的影片开始出现。西部片中驱除罪恶的英雄以及正义始终战胜邪恶的主题，也给当时失落的人们带来了心灵上的慰藉。片中宣扬的拓荒、开辟新天地的精神，又给当时陷入经济困难、对未来感到迷茫的人们以精神上的鼓励。这些西部片满足了当时观众的心理需求，受到很多观众的青睐。

这一时期的西部片有《铁骑》（1924）、《关山飞渡》（1939）、《太阳浴血记》（1945）、《红河》（1948）等。其中由西部片大师、西部片缔造者之一的约翰·福特拍摄的《关山飞渡》最为经典，它奠定了西部片的基本模式，标志着西部片的成熟。

西部片的题材通常比较简单，正义战胜邪恶是这类影片永恒不变的主题。影片里白人与印第安人的冲突、强盗与警长的搏斗以及英雄救美之类的浪漫情节都经久不衰地吸引观众的眼球。例如在《关山飞渡》中，同乘一轮马车的八个不同的客人在前往目的地的途中遭遇了印第安人的围攻，几经艰险，在联邦骑兵的帮助下获救。

二、歌舞片

1927 年的《爵士歌王》是好莱坞的第一部有声电影，也是好莱坞歌舞片的雏形。随着好莱坞声音及色彩技术的发展，越来越多的歌舞片被搬上银幕。与其他类型电影一样，歌舞片也具有其独有的样式。这一时期的歌舞片主要是舞台的银幕再现。富丽堂皇的布景、优雅的气氛、美妙的舞蹈、动听的音乐以及美丽的演员都是歌舞片独特的亮点，都是吸引观众的因素。

这一时期比较经典的歌舞片有《百老汇旋律》（1929）、《第四十二街》（1933）、《歌舞大王齐格飞》（1936）、《雨中曲》（1951）等。此外，1935 年，由美国著名童星秀兰·邓波儿主演的一系列歌舞片，如《小上校》（1935）、《卷头发》（1935）、《小海蒂》（1937）、《小千金》（1936）等也是歌舞片中的经典。1929 年米高梅公司的《百老汇旋律》被公认为第一部真正意义上的歌舞片，故事的主人公是剧中的舞台表演者。在《百老汇旋律》成功后，类似的电影也相继出现，如另一部歌舞片的代表作《第四十二街》讲述了一个作为替身的小演员，由于顶替摔伤膝盖的女主角出场演出，意想不到地一举成名的故事。从情节上来看，歌舞片大多讲述了有情人克服困难与挑战最终走在一起，或小人物成为大明星之类的故事。同时，歌舞片普遍都有轻松的情节和一个大团圆的结局。片中的主人公基本上都是能歌善舞却命运坎坷的人。但在最后，这些人往往都能通过自己的努力实现梦想，获得爱情，并有幸福美满的生活。

著名导演吕克·贝松曾说过："当我们意志消沉时，这些轻松的电影，就像是治病解忧的阿司匹林，让我们再一次感觉良好。"歌舞片具有其他类型电影没有的鲜明的励志特点。因此，这一时期的歌舞片便成了面临经济危机的人们的一剂慰藉心灵的良药。歌舞片华丽的布景、优雅的音乐、浪漫的情节为当时的人们提供了一个可以去梦想的空间。还有被美国总统称作"微笑天使"的秀兰·邓波儿，她总是以无比天真的灿烂笑容，为人们驱走现实生活中的忧郁和不安。歌舞片给经济寒冬中人们的精神增添了温暖。

三、犯罪片

犯罪片一般以大都市作为背景，以一次犯罪活动为主题，故事情节围绕犯罪活动的进行而展开。罪犯或侦探是这类影片中的主要人物。社会新闻是这类影片的故事题材的主要来源。犯罪片情节紧张、激烈，有时还悬念重重，由于有声电影技术的出现，片中打斗时的枪声、爆炸声等都使影片具有了更加生动的效果。

始于1912年的经济大萧条使美国人民陷于灾难之中，在失业率猛增的同时，犯罪率也不断上升。于是反映现实生活中的犯罪现象的影片在这个时候迎来了它的热潮。这一时期好莱坞的犯罪片大多与当时的社会问题有着密切的联系。好莱坞黄金时期的第一部大型犯罪片《小恺撒》（1931）便是一部取材于黑社会贩卖私酒的影片。那时美国的法律禁止私自酿酒和售酒，于是为了牟利，社会上的黑帮组织便在私下进行着各种酒品的交易。这部影片向观众展示了黑帮私下交易酒的详细过程，同时也反映出了当时的政治经济状况。黄金时期比较经典的犯罪片还有《人民公敌》（1931）、《疤脸大盗》（1932）。

有"悬念大师"之称的美国著名导演阿尔弗雷德·希区柯克在这一时期也拍摄了不少犯罪片。他善于抓住人们共有的恐惧心理和好奇心理，巧妙地使用蒙太奇技巧，将恐惧和紧张的气氛通过镜头展现出来，以此产生悬念。其中经典的犯罪片有《三十九级台阶》（1935）、《失踪的女人》（1938）、《后窗》（1954）、《精神病患者》（1960）和《群鸟》（1963）等。

好莱坞黄金时期的犯罪片满足了大众渴望在他们不满时对社会进行反抗，希望不好的事物能够被彻底铲除，并且恶有恶报的社会心理。"他们喜欢看到不法之徒在一个不公平的社会里哪怕是使用不法手段作出反抗，而这类人满足了社会大众反抗的愿望后又被消灭掉，不会威胁平民的安全。"我们可以发现，在犯罪片中，无论片中的大盗和罪犯有多么厉害，犯罪手段多么高明，最终都难逃被逮捕或处决的下场，结局悲惨。片中的罪犯最终都得到了惩罚，社会治安得到了保障。大萧条时期的人们，在心中充斥着各种不满的同时，也缺乏安全感，犯罪片恰到好处地给处在动荡时期的观众提供了一个可以宣泄种种不满的舞台，同时也为他们营造出了一种虚幻的安全感。

四、恐怖片

好莱坞恐怖电影的拍摄风格主要受20世纪20年代德国表现主义风格的影响，这种影响在恐怖电影的布景、造型以及表演中都有所体现。恐怖电影从题材上看可以分为两种类型：一种是外来的恐怖；另一种是由人类内心的黑暗、罪恶所衍生出的恐怖。

比较经典的恐怖电影有《弗兰肯斯坦》（1931）、《德拉库拉》（1931）、《木乃伊》（1932）、《金刚》（1933）等。1931年拍摄的《弗兰肯斯坦》是好莱坞最早的恐怖影片。这部在美国经济大萧条时期诞生的影片为好莱坞的科幻恐怖类电影开了先河，堪称恐怖电影的经典。《弗兰肯斯坦》的主人公是一个专门利用尸体来制造恐怖人形怪物的疯狂科学家。当他发现自己根本无法控制怪物，也意识到怪物有可能引起可怕后果时，他便决定将其毁灭。谁知怪物却逃走并开始疯狂报复。影片主要反映了在进入工业化时代之后，人们对科学的焦虑和恐惧。"科学一旦代替了传统的价值标准和信仰，社会便会陷入混乱。"怪物便是科学带来的未知恐怖的化身。这部影片同时也暗示了人们对不确定的未来的恐惧。

在经济大萧条时期，美国的中产阶级面临着各种危机。他们心中充满了对自己随时可能流向社会底层的惶恐。而这些恐怖片中隐含的对自己不能掌握的事物的恐慌，以及强烈的不安全感，正好符合人们当时的心理。如电影《金刚》中处在事业低谷的女演员和野心勃勃的电影制作人都是在失业危机的驱赶下，才去那存在着未知恐怖的荒岛开拓新的生存空间的。恐怖片中展现出的各种恐惧与人们心中的焦虑产生了共鸣。这便是这一时期恐怖电影逐渐受到人们青睐的一个重要因素。

五、喜剧片

同歌舞片一样，幽默搞笑的好莱坞喜剧片在大萧条时期也为观众提供了一个能暂时逃避现实的极乐世界。在经济危机后，喜剧片迅速崛起。在有声喜剧片出现以前，好莱坞的喜剧片都属于默片，其表演形式主要靠丰富的肢体动作来体现，片中没有任何对白。而在有声电影出现后，喜剧片出现了一种新的喜剧样式，这种样式被称为"乖僻喜剧"。乖僻喜剧是一种说话式的喜剧，这类喜剧片的对白密集、语言滑稽幽默，整个影片具有怪诞的色彩。

这一时期的经典喜剧片有查尔斯·卓别林的《城市之光》（1931）、《摩登时代》（1936）、弗兰克·卡普拉的《一夜风流》（1933）和乔治·顾克的《假日》（1937）等。

《一夜风流》与《假日》是非常典型的"乖僻喜剧"。《一夜风流》对经典童话故事《灰姑娘》进行了改写，以"男女主人公由充满恶意到友好以至相爱的情感变化为主线，妙趣横生的情节编排、人物性格的理想化塑造、幽默谐谑的对白，使小人物的浪漫爱情故事因一个个冲突的豁然消解而具有令人忍俊不禁的喜剧乃至闹剧的效果"。如果说"乖僻喜剧"是单纯地以娱乐搞怪为目的，那么卓别林的喜剧片则来得更加深邃。

卓别林的电影在给人们带来欢笑的同时，还给人们一种愈演愈深沉的感觉，"在看他的喜剧时观众常常在笑声中突然被泪水噎住"。在《城市之光》中，流浪汉为了赚钱给卖花的盲女治病去当拳击手吃尽苦头，险些被人打死。卖花姑娘的眼睛复明后，认出了大街上一直帮助自己的衣衫褴褛的流浪汉，她虽然感激，却也因长期以来寄以深情的人居然是一个流浪汉而万分沮丧。流浪汉面对这一切，只能强颜欢笑。这笑比流泪来得更加让人心酸。影片中，两个小人物之间的脆弱感情，在现实面前显得那样不堪一击。

在这样一个经济萧条的时代，喜剧片道出了苦难中人们的心声。人们在影片里形形色色的小人物身上往往能够找到自己的影子。那些小人物的悲苦生活也间接反映出人们在现实生活中面临着的许多问题。这些喜剧片就像一个人生的大舞台，通过电影展现了人生的悲喜，将大萧条时期人们在生活中的辛酸融进了电影，这些笑中有泪的电影安慰了那个时期失落的人们。

第二节　类型电影各要素分析

类型电影是艺术和工业重合发展的现象，是自发的工业机制生长和艺术创作互动的一种现象。电影诞生后在选材和风格样式上向几种形态集中，到了好莱坞的成熟期，就形成了特征鲜明的几大类型，比如西部片、喜剧片、音乐片、强盗片、动作片、警匪片等。

梭罗门在《电影的观念》中用"样式"一词来界定"类型"，他从以下几个方面强调类型的概念：①类型的承继性，"样式"的意思是一部影片配上观众已经在其他几十部乃至百部影片中看到过的地点和人物；②类型划分是以"风格"和"地点"相似为基础，而不是以主题为基础；③类型电影反映了电影的许多特殊规律，"每一种盛行过的样式看来都具有某些真正的电影特性"。

电影的类型是按照观念和艺术形式的总和来划分的，也就是说，某一类型作品中，形式元素和道德情感、社会观念的题材领域搭配会形成较为固定的构成模型。比如说音乐片和动作片就具有不同的特征，在西部片中，以善恶冲突构成的跌宕有致的情节线，喀斯特地貌的背景、枪手与枪战、牛仔的衣帽都是不可或缺的元素。在价值观和道德情感上，西部片崇尚开拓精神，颂扬个人英雄主义；人与自然、文明与蛮荒、本民族与异域文明的矛盾往往是其表达的主题。而喜剧片的形式是要引出幽默效果，用动作和语言设置喜剧情景，表达的主题则是不管是虚妄还是脚踏实地，人都要有一种乐观和信心，超越自我，超越现存社会中的荒诞、矛盾和邪恶。

类型电影是按照观众熟知的既有形态和一套较为固定的模式来摄制、欣赏的影片。一般具有以下要素特征。

一、公式化的情节

在类型电影当中，尤以好莱坞戏剧式结构的影片最为显著，普遍遵循"开端—发展—高潮—结尾"这一布局。同时，如果我们将整部影片视为一个大系统，将大系统当中的开端、发展、结尾视为子系统，又会发现在每一个子系统当中也包含开端、发展、高潮、结尾，在子系统当中的这些因素又可以继续分割下去，因而形成不同规模的叙事单元。在这些叙事单元当中，小的冲突推进子系统故事的发展，进而形成大的冲突推动大系统故事的发展，冲突成为故事向前发展的动力，伴随冲突推进的是人物关系的平衡状态被不断打破。冲突的层层推进、各种平衡的不断打破成为影片的核心动力，而且在整个叙事体系中，由于功能上对各系统当中冲突的强度和力度都有所不同，因此形成了影片的节奏和韵律。

以西部片为例，该类型片中的情节就具有公式化的特征，影片一开始总是有一个安定和谐的环境，这种局面会被外来力量干涉和破坏，然后总会有个英雄(通常会是牛仔)来帮助受到威胁的群体，最后克服困难恢复安定和谐的局面。

比如堪称西部片典范的《正午》的情节设置：小镇警长威尔·凯恩一直以保护百姓、维护治安为己任，他热爱自己的工作，相信法律的公平和正义。威尔·凯恩的新生活将要开始了，他马上就要与美丽的女朋友结婚，并打算辞职，不再从事热爱的但危险性极高的警长职业，他决定带着无上的荣誉开始新的生活。就在他对自己的新生活踌躇满志之时，他的宿敌，曾经被他送进监狱的对头弗兰克找上门来。威尔·凯恩的生命和尊严受到了极大威胁，可让他更加想不到的是以往和他亲如兄弟的同事、朋友并没有给他帮助，甚至一向受威尔·凯恩崇拜的法官和执法前辈也打了退堂鼓，面对自己的孤立无援和众人的抛弃，威尔·凯恩决定与弗兰克一决生死。最后紧要关头未婚妻救了他，击毙弗兰克后的他厌恶地摘下自己引以为荣的警察徽章，扔在地上，带着未婚妻头也不回地离开了小镇。

而爱情片的情节公式一般包含爱情的萌芽、发展、波折、磨难，直至有情人的大团圆或悲剧性的离散。该类型电影通常以爱情的艺术表现力为主要吸引力，以对爱情的追求和对爱情的阻碍产生的冲突为叙事的主要动力，通过表现爱情的绝对超越来探讨爱情这一永恒的人类情感和艺术主题。在爱情片中，一般是以两位主人公产生纠葛作为影片的开端，发展段落要描写他们相识以后如何发展到相爱，但是在这个过程中会为爱情的圆满设置诸多障碍，让主人公不能在一起，障碍可能是父母的反对、阶级的差异、疾病、生死、天灾人祸等，主人公之间的爱情发展是戏剧情境发展的动力。

比如爱情片《风月俏佳人》，故事讲述的是：身家百万的企业巨头爱德华到洛杉矶出差，意图收购一家造船公司。他最近和女友关系破裂。薇薇安是新近来到好莱坞大道的一名职业性工作者，最近手头很紧，连房租都付不起。一天下午当爱德华准备提前回酒店时，他的豪华轿车被卡住了，因此，他向律师朋友菲利普借了一辆高级跑车想自己开回酒店，却因迷路不知不觉将车开到了红灯区。在一个红灯路口，爱德华因为不熟悉菲利普的跑车的操作，而停在路边不停地试图挂挡。薇薇安为了金钱主动上前搭讪，在一番讨价还价，小费涨到了 20 元，薇薇安答应送爱德华回旅馆。到了酒店，爱德华觉得薇薇安很特殊，于是他又继续"雇"了她一夜。因为要谈生意，菲利普希望爱德华能携女伴一同前往，爱德华决定花 3000 元雇薇薇安一周，作为出席交际活动的女伴。薇薇安接受了爱德华的要求，开始了一周的朝夕相处。在薇薇安与爱德华相处的这一个星期里，薇薇安从外表到内心都进行了一次大换血。她在酒店经理的帮助下，穿上了晚礼服，学会了就餐的基本礼仪。她陪同爱德华出席了大大小小的宴会，也认识了很多体面人。两人渐渐相爱，再也无法离开对方。一周很快过去，爱德华想要出钱把她安置在纽约的一所公寓里，薇薇安干脆地拒绝了。她离开爱德华回到自己的公寓，决定去上学，开始新生活。正当她准备出门时，爱德华的汽车已停到了门外，爱德华像骑士般拯救了公主薇薇安。

再如恐怖片的叙事情节，超自然元素起到了重要的作用，这种超自然的力量一般是威胁的来源或者是造成主人公失常的原因，它们可能是鬼魂、吸血僵尸、复活的古代怪兽等。这些超自然的力量专门以离奇怪诞的情节、阴森的场景营造恐怖的氛围吸引观众的好奇心，给观众带来恐惧感受；以恐怖情节和恐怖气氛贯穿全片，并多以神鬼妖异与现实生活中的人发生纠葛的离奇怪诞情节构造故事和刺激观众。

比如《闪灵》，作家杰克·托兰斯为了寻找灵感，摆脱工作上的失意，决定接管奢华的山间饭店。曾经有传言说上一任山间饭店的管理者曾经莫名地丧失理智，残忍地杀害全家之后自杀。专心于写作的杰克·托兰斯看中了饭店的偏远幽静，不顾好友托尼的劝告，决定带着妻子温蒂和儿子丹尼一起住进这家豪华饭店。他们在新家里制订了新的计划，杰克还专门为自己设计了专心创作的休息室。但搬入新家以后的杰克始终无法专心写作，他开始出入饭店的酒吧等场所，大脑中不断出现各种幻想，血腥而真实。杰克还看到了上一任管理者的幽魂，他不断诱导杰克杀死自己的妻子和儿子。妻子温蒂无意中看到了杰克的稿纸，开始注意起杰克，温蒂发现越来越反常的杰克让人感到莫名的恐惧。此时，不幸再次袭来，温蒂发现儿子的意识越来越混乱。无奈，温蒂决定求助别人，当温蒂拿起无线电话时，杰克却凶相毕露，不但打坏了无线电话，还毁坏了雪地车，穷凶极恶的他杀死了前来探视他们的托尼，并向自己的妻子与儿子举起了疯狂的斧头。

二、定型化的人物关系设置

从剧作上来看，类型电影设计人物和人物关系的规律十分规整。以好莱坞商业电影为例，其人物往往进行三角关系的构建，形成不同建置和分拆规律。在一个故事的主线情节中，最普通的人物三角关系的构建就是主体、客体和对立体。主体产生得到客体的欲望，然后采取行动，这一行动被对立体接受做出阻碍主体的行为，于是主体与对立面展开了一场角力，故事也就由此产生了戏剧矛盾。

比如在西部片、强盗片、警匪片、黑帮片或者硬汉侦探片中，故事内核是：正义战胜邪恶。正义的一方是主体，客体是主体想要保护的那些人们。无论是牛仔、正义的强盗、警察、黑帮英雄还是侦探，他们为了保护他人而战，而对立面便是邪恶的一方。尽管这类故事中伴随着爱情故事的发生，但是影片中出现的那个女人一般都是主体想要保护的客体之一，而爱情线往往只是作为故事的支线辅助主线。

西部片《关山飞渡》中，主人公林哥一行人坐着驿车走向西部，战胜了一路上的艰难险阻，最终到达目的地。故事的主体是林哥，对立体是阻碍林哥一行人向西部前进的人物（先是印第安人，然后是三个要杀林哥的仇人），客体是妓女达拉斯和驿车上的人。警长既是客体又是输出体（编剧构造的这个世界的行为准则的评判者），警长最后对林哥法外施仁，林哥带着妓女达拉斯前往边界的农场开始新的生活，这里通过警长（输出体）的决断阐释了正义终得善果的价值体系。

故事主线的人物三角关系主要围绕在主体、对立体和客体之间。强盗片、警匪片、黑帮片或者硬汉侦探片都是西部片这种类型的一种变异，剧作模式与西部片相同的强盗片《公敌》中的约翰·迪林格是那个动荡时代的英雄，他的对立体是美国联邦调查局的探员茂文·普维斯，客体是包括情人悠比莉·弗雷凯特在内的人民大众。故事的内核设计与《关山飞渡》一样，主体为了保护客体战胜了对立体，在正与邪的较量中获得胜利。警匪片《警探哈里》中的哈里是正义的警探，他的对手是绑架案的凶手，客体是被绑架的人质。在执行任务中，哈里将凶手打伤逮捕，但因为缺乏证据，凶手被无罪释放，之后凶手又劫了一车儿童对市长进行威胁，市长希望通过给凶手钱来处理这次劫持案，哈里不顾上司的反对，单枪匹马追踪凶手，最后将其击毙。其中，市长起了对立体的辅助体作用，与凶手共同给了主体哈里压力，但是主体哈里并没有退缩，最终以正义战胜了邪恶，保护了客体。黑帮片《教父》中的迈克是一个黑帮英雄，他的对立体是其他的黑帮势力，客体是以父亲、哥哥为首的家人。迈克从不想接替父亲到最后接替了父亲，成为一名真正意义上的"教父"，这一切都是为了保护自己的家人。父子亲情在故事中作为支线情节为主线服务。硬汉侦探片《唐人街》里的杰克因为帮一个妇人调查丈夫的外遇而发现整个国家的水利贪污真相。杰克是整个故事的主体，以诺亚为首的整个国家的黑暗势力是对立体，以受害者艾弗琳为代表的受害者是客体，于是编剧在这三者之间架构了一个主体为保护客体与对立体做斗争的故事。

由此可见，类型电影中西部片、强盗片、警匪片、黑帮片或者硬汉侦探片的三角关系一般都建立在主体、对立体和客体之间。输出体要么是以客体的身份出现，要么是以对立体的辅体身份出现。此类型故事中对立体会有对立体的辅助体，但是主体一定没有主体的辅助体，因为英雄永远都是单枪匹马地战斗，英雄永远都是孤独的。

当对立体和客体是同一人时，就会在故事中分拆同一个人物的不同剧作身份，来构建故事主线中人物的三角关系。好莱坞喜剧片、音乐片、歌舞片和家庭情节剧的故事内核都是情感——爱情、亲情或友情。主体为了得到某个人的爱而采取种种行动，阻碍他的对立体是他所追求的那个人，或者是以追求的那个人为代表的整个家族或群体，多表现为阶级、家族观念的阻碍。在故事中，对立体会产生一个转变，由对立体变为客体，当这个转变产生时，主体和对立体产生了感情，那么主体要战胜的对立体的辅助体便随之出现了，对立面的辅助体继续阻碍主体完成戏剧任务。

比如喜剧片《一夜风流》中的沃恩为了得到独家新闻故意接近和照顾千金小姐埃莉，最终两人产生了爱情。沃恩是故事的主体，独家新闻是他想要得到的客体，但得到的唯一方式就是接近埃莉，埃莉是他获得新闻的对立体。当两人产生感情后，埃莉转变为客体。此时，得到新闻不再是沃恩想要的了，获得埃莉的爱情才是沃恩的真正所求。然而，有等级观念的埃莉爸爸，作为对立面的辅助体，反对沃恩对爱情的追求。音乐歌舞片《音乐之声》中的玛丽亚是故事的主体，她的愿望是教好冯·特拉普上校的七个孩子。客体是七个孩子，对立体是对孩子要求苛刻的冯·特拉普上校，但是玛利亚却渐渐用教育孩子的成效感动了冯·特拉普上校，把冯·特拉普上校变成了客体，两人产生了感情。当冯·特拉普上校转变为客体时，对立体的辅助体产生了——男爵夫人（代表等级观念）。最终，主体玛丽亚破除陈规，勇敢地追回了自己的真爱。

家庭剧《克莱默夫妇》中的泰德·克莱默是故事的主体，他的愿望是在妻子离开后能够与儿子相处得快乐，客体是儿子。但是与儿子相处并不那么容易，因为儿子已经习惯了母亲的照顾，所以儿子渐渐表现出对立体的一面。泰德·克莱默的戏剧任务就是把儿子这个对立体转变为客体，做一个好父亲，而母亲乔安娜则是对立体的辅助体。故事的主线是，主体如何说服乔安娜（对立体的辅助体），让主体获得儿子（对立体转变为客体）的爱，成为一个真正意义上的好父亲。

由此可见，喜剧片、音乐片、歌舞片和家庭剧的人物建置和分拆都是围绕主体、对立体（客体）和对立体的辅助体来构建的。与主体产生情感的人物在影片中会由对立体变为客体，这是由此类类型电影的主题所决定的，因为主体最终一定会获得情感上的满足。对立体变成客体，是为了与主体并肩作战，迎接来自对立体的辅助体（对立体所处群体）的反对，最终获得情感的欲求。

三、图解式的视觉形象

在类型电影中往往会有定型的道具，带有明显特征的摄影造型等，有着固定的视觉形象作为其类型的标志。

比如在西部片中人物的视觉形象构建中，男性地位尤为突出，而女性处于被动附属地位，这或许是为了更好地突出西部拓荒英雄主义的价值。他们往往是肩负社会责任的牛仔英雄，他们大多具备强壮的体魄、高尚的品质、顽强的意志等鲜明的英雄主义形象的特征，这类型影片中的形象大多是特立独行的，他们是行走江湖的英雄，他们带着特殊的使命在西部荒原中前行。

在早期西部片中可以看到，骑在马背上的牛仔操持着牧场里的农活儿，头上那顶牛仔帽破破烂烂，衬衫上有污渍，这种特殊时期的造型也成了后来西部片中不可多得的看点。而突兀耸立的纪念碑山谷、锃光瓦亮的枪械、奔驰于沃野上的骏马以及随性颓败的牛仔服装，这些元素的奇妙组合使西部片能在各种类型杂糅的电影市场中具有极高的辨识度。比如纪念碑山谷作为美国西部片的一个地标，能够轻松地唤起观众对美国西部的想象和记忆。如今纪念碑山谷俨然是美国著名的民族文化景观，在新西部片中象征着神圣庄严的山谷也是影片的重要背景，它们试图在原有的文化标签上再增添其他更为充实的内容。而枪与骏马是 20 世纪西部片的绝佳组合，加以震撼人心的画面、凝重大气的配乐以及冲突合理的情节设计，暴力美学在其中得到了完美呈现。在追求视听享受的数字电影时代，枪战的设计能够充分保证视觉和听觉的双重完美体验，因此在新西部片中有大量的枪战元素。

再比如歌舞片从 20 世纪三四十年代至今一直是深受广大观众所喜爱的电影类型。歌舞片在题材上大多会以喜剧和青春爱情为主，这些电影在创作上必须迎合观众的兴趣取向。至少在形式上要有美妙动听的歌声，要有富于视觉享受的舞蹈动作与场面，影像及造型上追求唯美华丽，以自己独特的视听效果调动观看者的生活感知经验，带给观众心理上独有的感受，给人以精神层面上的愉悦。《歌剧魅影》《理发师陶德》《芝加哥》《歌舞青春》等 20 世纪 90 年代的歌舞片呈现出它们共有的一些视觉惯例：

①拥有色彩丰富的布景和道具，服装和化妆鲜艳，经常以冷暖对比进行搭配，色彩关系上尽量追求华丽。②充分运用灯光和影调的变化来表现人物心理

情绪的变化，以此配合故事情节的气氛变化。③色彩使用主观性强，视觉效果刺激。可以说，歌舞片几乎是一个综合了摄影造型、服装设计、灯光造型、舞台布景、后期特效与调色等所有电影视觉造型处理手段以及语言、音乐、音响等声音造型的——完美地集视觉与听觉手段于一体的电影类型。在这些手段之上，再加以演员表演、音乐和舞蹈的融合后才呈现给观众一种特殊的视听享受形式。

若是说西部片大多以内容、主题或图解式视觉形象来定义，那么恐怖片则是以它对观众的情绪效果来识别的。它的主要目的是惊吓、令人不安及厌恶，这也是制造恐怖片公式的起源。在恐怖片中，情节通用模式是剧中人认为有些事情是人类不应该知道的。另外，对未知环境的恐惧也是常用模式。恐怖片中怪物出现的吓人场景是常用的图解式视觉形象之一，一群即将遭受攻击的受害者所聚集的破旧黑暗的屋子，比如《野猫和金丝雀》中的房子就成了经典视觉形象，再如希区柯克的《精神病患者》中，汽车旅馆旁那栋阴森的大房子，还有《生人勿近》中沼泽尸怪和人类进行大战的购物中心。连续杀人的此类型则让超能力杀人魔进入我们一般的生活场景，比如夏令营或是郊区的邻居等。恐怖片中代表邪恶凶险的森林，预示危险的宫堡或塔楼，象征灾害的实验室里冒泡的液体等都是图解式视觉形象。

第三节　如何超越故事类型

一、类型的发展

研究类型电影往往以美国电影为参照，这是因为美国的类型电影发展比较成熟，形态比较完备，历史延续性比较明显。反观我国影视剧的发展可以发现，市场繁荣往往伴随着电影的类型化倾向，这符合电影史的发展规律和电影理论的论证，也符合很多人对中国电影发展早已有之的期待。中国传统电影类型的传承、整合与现代转化是可以以美国电影类型为参照的。

如伦理情节剧在20世纪20年代的国产电影中就已经初步形成了具有浓厚民族特色的类型化格局，很多影片在旧上海形成了巨大的文化影响力。这种类型在叙事上具有极强的戏剧性、传奇性，热衷于营造大团圆的结局。由于道德英雄和罪人的人物形象设置、催人泪下的"苦情"桥段、与社会现实乃至政治的紧密相连等对传统戏曲美学特征的承袭，它成为一种长盛不衰的电影类型。而伦理情节剧的现代转化，则必须直视天人冲突。比如《唐山大地震》就进行了突破性探索，大地震带来的心灵创伤是无法抗拒的，母亲必须在两个孩子中做出选择，天向人公然提出了挑战，最后还是深藏心底的伦理温情战胜了方登内心的绝望与脆弱，母女相拥而泣，感天动地。

再看古装片、武侠片、神怪片，这几种类型在 20 世纪 20 年代影坛上的呼风唤雨或许是中国电影史上出现的最大规模的电影类型化现象，这些类型几经波折走到今天，也出现了许多变化，目前大致可以归纳为历史片、武侠功夫片、魔幻片三种类型。最关键的是这批类型电影的民族味道很重，对类型电影的本土化移植发展进行了有力探索。侠文化是中国传统文化体系中适合应用于类型电影创作的绝佳资源。如《锦衣卫》《大兵小将》《剑雨》《投名状》等；有的则以传记片形式出现，比如《叶问》系列、《苏乞儿》、《关云长》等。

《老炮儿》这部影片尤其值得一提，其对外发行的类型归属是"故事片"或者"剧情片"，但在一定意义上，《老炮儿》填补的是大陆黑帮及侦探等硬汉类型的空白，首次尝试展开硬汉类型本土化的叙事探索。"老炮儿"也是一个真正的"硬汉"类型，这个硬汉不同于"古惑仔"和商业黑帮片中的反派，也不同于没有暴力色彩的顽主，而是没落但依然无敌的"雄性自恃"。这种自恃融合了华夏文化当中的"侠客"精神，但与本土武侠片当中奇幻迷离的"侠义功夫"以及武侠精魂的表现不同，《老炮儿》以现实主义手法在当代人物身上还原了中国"侠义"文化的精神，并真正切入了类型功能的建构。

每一种类型片的基本元素和风格样式并不是一成不变的，而是随着时代的发展和观众审美趣味的变化而有所变化的。例如《集结号》虽然是一部主旋律电影，但它采用了战争伦理片的创作模式。用类型大片的创作方法予以包装，既凸显了鲜明的思想主旨，又产生了引人入胜的观赏效果。而作为传记片的《梅兰芳》，则是艺术电影的内核加上类型电影的外壳，既体现了编导的艺术追求和艺术风格，又有较强的观赏性和娱乐性。同样，《超强台风》是一部以灾难片形式包装的主旋律影片，它既全景式地描写了地方政府、普通民众等战风的情况，也在影像上逼真地再现了超强台风所造成的灾害全貌，特技效果的成功运用很好地增强了影片的真实感和观赏性。而以汶川大地震为题材的灾难片《惊天动地》也同样如此，影片既真实地再现了汶川大地震的历史场景，表现了全国军民万众一心抗震救灾的英雄壮举，以及由此焕发出来的巨大的精神力量，又注重充分发挥灾难片各种基本元素的作用，营造了紧张惊险和悬念迭出的风格样式，从而让观众在视听震撼中获得心灵的冲击和精神的激励。

当下，武侠、动作、爱情、剧情、喜剧等正在成为中国市场的主打类型，中等梯度的类型如警匪、侦探、战争、历史，新兴的魔幻、玄幻，以及儿童片、动画片、传记片、音乐歌舞片，乃至具有中国特色的"主旋律"电影等，共同构成了中国多元纷呈的类型格局。

二、类型的杂糅

类型电影是生产者按照消费群体的口味精心制作的商品，观众的口味决定了类型，他们对影片中某些因素一而再、再而三地需要，使这些因素不断重复出现，成为一种类型。与此同时，为了使商品获得更多消费群体的青睐，类型电影制作者往往将不同的类型元素杂糅混合，以获取最大的商业利益。这样一来，在类型元素复合的影片中元素不再清晰，有类型融合的趋势。如一部典型的恐怖片，却有可能具有科幻元素或悬疑元素，一部喜剧片也有可能具有黑帮元素或动作元素。现在很多的视频网站如风行、优酷、腾讯等就给很多电影贴上多种类型标签，如典型的科幻电影《黑衣人》系列同时还贴着动作和喜剧的标签，典型的悬疑电影《大侦探福尔摩斯》同时也贴着动作和冒险的标签。显而易见，在观众观影欲望趋向多元化的今天，类型电影中单一的类型元素已然不能满足观众的观影诉求，多种类型元素的杂糅融合成为未来的发展趋势。

比如著名导演詹姆斯·卡梅隆的电影《阿凡达》就体现了科幻元素和西部元素的完美融合。《阿凡达》是一部具有多种类型元素的电影，显而易见的类型元素是科幻、动作、冒险，但如果细细斟酌，就会发现披着科幻外衣的《阿凡达》实质上是一部西部片，讲述的是未来发生在潘多拉星球的老套西部故事。故事发生在 2154 年，一个双腿瘫痪的前海军陆战队员杰克·萨利被派遣去潘多拉星球执行任务，吸引人类不远万里来拓荒的是当地特有的一种矿物元素。人类为了和当地的土著纳威人交流，将人类和纳威人的 DNA 融合，制造了克隆的纳威人，并让人类的意识进驻其中，杰克·萨利的意识进驻了克隆的纳威人，并且在与纳威人生活的过程中与纳威人的公主妮特丽产生了爱情。人类为了永久获得潘多拉星球上的珍贵资源，在利益的驱动下发动了对纳威人的战争，策划占领潘多拉星球。杰克·萨利领导纳威人反抗并最终取得成功，杰克也在神树的帮助下成功将灵魂转移到他的克隆体身上，成为纳威人新的领袖。《阿凡达》中人类在潘多拉星球上的拓荒过程与西部片中美国人在西部的拓荒历史如出一辙，反映了文明与蛮荒、本民族与异族文明的矛盾。经典西部片《与狼共舞》中的男主人公白人军官邓巴在与苏族印第安人交好后结成了盟友，共同对付白人侵略者。《阿凡达》中的杰克·萨利在某种程度上就是《与狼共舞》中的邓巴，在与异族交好后，共同对抗利欲熏心的本族，并最终成为异族的一员。

在空间环境上，《阿凡达》虽然全是由电脑特效制作，但其中星罗棋布地飘浮在空中的群山、色彩斑斓的布满奇特植物的茂密雨林、凶猛的动植物掠食者都会让人们不禁联想到西部片中的喀斯特地貌、陡峭的山谷、荒原。杰克·萨利在人类世界中双脚残疾、畸形、瘦弱、行动缓慢，而在纳威人的世界中则双脚健全、身材高大、强壮、身手矫健。人类世界中的弱者最终与纳威人的公主结婚，成为纳威人的领袖，旨在表明美国白人通过一种奇特的方式最终实现了殖民统治潘多拉星球的愿望，这实质上与西部片中美国白人拓荒西部统治土著印第安人的殖民精神一脉相承。所以《阿凡达》作为一部典型的科幻片，其天马行空的想象力和具有异域风情的外星异族生活图景无疑给观众带来了强烈的视听震撼，但细细挖掘就会发现高超的电脑特效只是影片的外衣，影片的内在精神与好莱坞经典西部片一样都是美国白人的殖民意识。科幻元素与西部元素这两个类型元素在《阿凡达》中完美杂糅融合，再加上动作元素和冒险元素，迎合了绝大多数人的口味，成就了它的票房神话。

而电视剧的类型最早应源于美国电视业者对收视率的追求，促成了电视剧类型的形成、继承和巩固。一般来说，电视剧的类型可以从题材、体裁和叙事模式等多个维度来划分和定义。电视剧类型从题材角度可分为历史剧、家庭伦理剧、青春偶像剧、武侠剧、犯罪剧、悬疑剧等；从体裁上，可划分为情境喜剧和情节剧；从叙事模式上又可分为连续剧和系列剧。类型的划分让观众对节目产生较为准确的收视预期。由同一个类型来讲述不同的人生故事，就可以在既熟悉又陌生之间诱发出观众的欣赏期待。

韩国电视剧采用类型化的方式讲述故事，已经非常娴熟，并逐渐形成了自己的特色。从题材维度来看，韩剧的常见类型有三种：历史剧（古装剧）、家庭伦理剧、青春偶像剧。以下将以收视率较高的一部剧《来自星星的你》为范例来分析类型杂糅在剧作中的运用。

与传统的青春偶像剧相比，《来自星星的你》除了具备鲜明的青春偶像剧特点外，最大亮点就是类型杂糅。它是一部在青春偶像剧中融合了穿越剧、科幻剧、犯罪剧、喜剧等诸多元素的"混搭"之作。《来自星星的你》的类型杂糅具体表现在：用青春偶像剧设置美丽的爱情故事，用犯罪剧的诡异风格和强大的悬念，结合科幻剧的人物塑造方式，并借助穿越剧的形式，讲述外星男子都敏俊在 400 年前因故滞留当时的朝鲜，随后一直生活到了现代，在即将离开地球的最后三个月，和国民顶级女演员千颂伊陷入爱情，卷入一场阴谋，面对生死考验的故事。

《来自星星的你》具备典型的青春偶像剧的叙事特征，从 1997 年至今，韩国的青春偶像剧一直表现出强劲势头。《人鱼小姐》《浪漫满屋》《我的名字叫金三顺》《加油！金顺》等韩剧都曾在我国许多电视台的假期档反复播映，保持着高涨的人气。在青春偶像剧基本形态的表现中，偶像人物和情感发展表现是基本聚焦点。其基本叙事方式是以青年人的爱情为主线，由俊美靓丽的青春偶像担任主演，故事浪漫，节奏明快，场景华美，情节煽情，加上时尚的生活方式，梦一般的爱情誓言，具有强烈的都市感觉。"王子"爱上"灰姑娘"模式是韩国青春偶像剧屡试不爽的灵药。有缺陷的女主角、完美的男主角，是韩国青春偶像剧中常见的人物设置。

在《来自星星的你》中，剧中的女主角千颂伊被设定为韩流女神，有世人羡慕的美貌、财富、地位。但童星出身的她没有接受过正统的学校教育，热爱公开表达又缺乏常识，由于被阴谋陷害，女神的地位一落千丈，成为人人唾弃的"灰姑娘"。而男主角都教授作为外星人，有世人羡慕的长生不老、学识地位、帅气内敛，完美无缺，简直就是"王子"再世。两人的梦幻爱情故事满足了多数女性对爱情"白日梦"的需求。

《来自星星的你》大胆地在以男女爱情为主线的剧情中埋下了一条犯罪的线索，构成全剧的主要悬念，并成功贯穿首尾，成为全剧的又一强劲看点。该剧中韩宥拉的蹊跷死亡，带来诸多的疑点。千颂伊无意中发现了辉京的哥哥载经谋杀韩宥拉的秘密，之后便遭遇了载经的系列暗杀行动。辉京是千颂伊的执着追求者，为了保护千颂伊，辉京展开调查，发现大哥死亡的真相，从而揭开了哥哥载经连续杀人的秘密。两个命案互为因果，原因只有一个，那就是载经试图掌握家族大权的欲望。犯罪线即暗杀千颂伊成为爱情的一个重要阻力，保护千颂伊则成了对每一个追求者的考验，强化了爱情线的悬念。可以说该剧的犯罪剧元素是青春偶像剧中爱情线的重要障碍。

在《来自星星的你》中，科幻剧元素的注入给其带来了不同凡响的效果，对该剧的主线——爱情线有重要作用。把外星人都敏俊塑造成一个听觉、视力和力量都超于常人、可以瞬间移动、能靠意念让物体悬空的超人，使得每当千颂伊遇到危难时，都会因为他的出现而化险为夷，从而完成了作品的爱与拯救的主题。

"艺术作品其实是在它成为改变经验者的经验中才获得它真正的存在。"一种停滞的类型是不会引起观众多大欣赏快感的。在电视剧历史上，《来自星星的你》并不是类型杂糅的首创，但不可忽视的是，该剧在类型杂糅的使用上形成了鲜明的特色并取得了收视成功。

第十章 文学作品的影视改编

第一节 文学作品影视改编的一般范式

影视与文学有着先天的亲缘关系，文学不仅是影视艺术的母体，还源源不断地为其提供着新鲜而丰富的艺术滋养。文学作品历来是影视题材的重要来源，从《一个国家的诞生》到《乱世佳人》《广岛之恋》《法国中尉的女人》等，可谓数不胜数。在电影一百多年的发展历史中，稍微有些名气或出色的小说与戏剧作品几乎都被搬上过银幕。

同样，电视出现以后，电视剧又成为文学作品被改编的重要对象。如中国的四大古典名著《红楼梦》《三国演义》《水浒传》《西游记》，现代文学名著《家》《春》《秋》《围城》等作品的改编，欧美很多风靡一时的电视剧也大多是由畅销小说改编而成的。一些著名的文学作品甚至既被改编成电影，又被改编成电视剧，而且是一而再再而三地被改编。由此可见，在影视艺术百年多的发展历史中，文学作品为影视创作提供了取之不尽用之不竭的源泉；而电影电视的综合艺术手法也让更多的文学作品走向了大众，为更广泛的人群所接受和欣赏，形成了影视与文学之间良好的互动关系。

文学作品的影视改编不是原封不动地将文学作品换一种形式表现出来，而是一个复杂艰难的再创造过程。影视改编最重要的一点就是"忠实与创造"，就是说既要忠实于原著，又要充分发挥编剧的创造性。影视改编要在把握原著的基本精神和情节脉络的基础上，加强创作者的主体意识，把握自己独特的视角，对原作进行必要的改造和加工，编剧可以进行更大的增删和改写。

首先，文学作品大多具有跌宕起伏的故事情节、生动丰满的人物形象、深刻的思想内涵，这可以不断地为电影提供新鲜的素材。影视剧需要故事，需要素材。"对于故事片来说，故事情节的叙述、人物形象的塑造及思想内涵的表达等，已成为其必不可少的基本要素。各种类型的文艺作品特别是叙事作品，已经通过艺术概括与艺术创造，把生活素材变为有一定价值的作品，尤其是一些在广大读者中有较大影响的优秀之作，不仅有较深刻、独特的思想主旨，而且其故事情节、人物形象、叙事技巧等也都有着较鲜明的艺术特色，这就为电影的再创造奠定了一个良好的基础。"其次，将文学作品进行影视改编也有商业的因素。法国的马赛尔曾在书中说道："电影制片人曾说一部改编自著名书籍的电影比一部由不知名的作家所创作的原版的电影剧本拍成的电影更能吸引人……事实上，单单改编作品的作家名字就足以在广告上确保电影的质量。"最后，文学作品在被日益边缘化的情势下需要影视这一新兴的大众传播媒介。往往一部文学作品被改编为影视剧后，有很多观众也会对原著产生浓厚的兴趣，原著小说的销量也会有非常大的增长。

但是并非所有的文学作品都能被改编成影视作品，影视改编作为一种艺术创造行为，有着它内在的规律与规范。我国著名的文学、电影、戏剧作家夏衍曾表示："把一个文学作品改编为电影剧本，需要三方面的条件。首先，要有好的思想内容，作品对广大观众有教育意义，这是先决条件。其次，电影不同于小说、诗歌、散文，要有比较完整紧凑的情节，要有一个比较完整的故事，即有矛盾、有斗争、有结局。如果作品缺乏这个条件，改编起来就花气力，如游记、散文之类，也许可以改编为纪录片，但要改为故事片就比较困难。最后，要有至少一个性格鲜明、有个性特征的人物。我认为这三个条件是缺一不可的。好的内容是灵魂，是改编的主要目的，这当然最重要，其次是人物性格。如果只有情节而无人物，那么片子拍出来，充其量也只能成为一部'情节戏'，不仅容易概念化，而且不能感动人。"

一、互补性原则

一位外国学者说过，一部三流的小说可以拍成一流的电影，而如果遇上一位蹩脚的导演，那么经典的小说也可能被拍成糟糕的电影。美国电影理论家乔治·普鲁斯东说："小说的最终产品和电影的最终产品代表着两种不同的美学种类，就像芭蕾舞不能和建筑相同一样。"小说与影视是两种不同的艺术形式，原著小说之所以与改编影视存在着巨大的反差，根本原因在于小说与影视在创作方式、表达方式、接受方式等方面存在着差异。

从创作和表达方式上来说，小说是语言文字的艺术，而影视是一种视觉艺术，需要利用画面包括影像和声音来展开剧情。麦茨曾经说过"电影的表意过程必须谨慎地区别于文字语言的表意过程"。小说语言的基本元素是文字，是人类用来进行交流的具有抽象性和随意性的符号体系，具有严格的语法，具有约定俗成性。而影像符号是观众可以直接感知的物质形态，和它所要表达的意义几乎完全一致。不同的媒介符号造成了不同的艺术语言，同时也造成了不同艺术形式的特长和局限性。

在文字符号中的能指和所指可以有很大的区别，而在影像符号中则需要严格遵守"所见即所得"原则。文学和影视在叙事表意上各具优势，小说家在创作过程中具有高度的自由，作者的思维天马行空、恣意而为，既可以穿越时空重现几千年前遥远的世情，又可以凭借手中的笔描绘出千军万马、亭台楼阁。而影视能表现的东西是可见的，是能够被表现在银幕之上的，拍摄必须受到客观条件的制约。影视要求写实，与文学作品创作的信马由缰、天马行空相比，影视的工作要复杂得多。电影工作者要表现一种事物，就必须力求将此事物原汁原味地表现出来，否则就会失真、穿帮，而严重影响其可信度。

在所有的艺术形象中，影视艺术形象最真实、最具有直观性。它能在人们眼前精确地再现出事物的一切细微特征，从而具有其他艺术形式无法企及的真实反映对象的独特能力。从这种意义上来讲，电影电视的本性就是活动的照相性，也就是逼真性。因此，电影影像首先是一种直观的真实，即视听的真实感。也就是说，电影可以借助现代的物质技术，将客观现实直接诉诸观众的听觉和视觉。电影在造型性和逼真性上的这种特长，以及在审美过程中的直观性和确定性，使得它长于展示，能够轻而易举地被感知，毫无障碍地被观看，这是它的优势。

影视可以安排外部符号让我们看，或者让我们听到对话，以引导我们去领会思想，却不直接把思想显示给我们。与小说相比，影视的优势在于表意上的造型性和逼真性，它在审美感受上的直观性和确定性是作为语言艺术的小说所不能及的。尽管小说同样可以运用文字，对环境、人物等作出尽可能细致，乃至不厌其烦的描绘，但仍然没有电影来得精确、来得迅捷。比如巴尔扎克千言万语描写的 19 世纪的法国巴黎，在电影面前只需要一个简单的镜头。工业技术呈现在观众眼前的形象是直观真切的，观众无须借助任何中介便能获得形象，过程比小说要简单得多，观众所意识到的和所感知到的东西是同一事物。小说是语言的艺术，作者借助抽象概括的、随意性的符号来唤起读者记忆中存在的思维形象和意识，读者通过语言这个中介进行联想，从而获得形象。

在制作过程中，小说是作家独立完成的，是作者个人世界观、价值观和艺术追求的体现，具有强烈的个性。而电影需要大量的人力来共同完成，是集体智慧的结晶。只要作家愿意，他可以随时随意修改自己的作品。而电影是"遗憾的艺术"，一旦拍摄完成，所有的工作也就完结了，即使有瑕疵也无法更正。

文学与影视的互补性还体现在经典文学和通俗文学、精英文化与大众文化的优势互补上。影视文学，从文学形态上讲，它是一种通俗文学；从文化形态上讲，则是一种大众文化。通俗文学以及整个大众文化具有覆盖面广、社会影响大、传播速度快等特点，但也有其先天性的弱点与缺陷。在大众传媒日益泛滥的当下，人类文化的标准降低，人类历史上最珍贵的个性化、自由化、批判性的文化传统作为一种文化产业与社会融为一体，使得整个社会都丧失了自我批判与反省的能力。马尔库塞更是愤怒地指出，在大众传媒所造成的单向度社会中，古典的优秀艺术正在当代社会中逐步失效，现代艺术所蕴含的反抗精神正在被高度统一化，这其实是一种对自由与个性的扼杀。而文学经典的个性化、风格化特征，恰恰可以弥补乃至克服大众文化与通俗文学的类型化、模式化缺陷，同时大众文化与通俗文学广泛的社会基础又可以最大限度地扩大精英文化与经典文学的影响，弥补其只在"小圈子"里起作用的不足，这应该是最理想的影视改编尤其是经典名著改编的方式。

二、相似性原则

改编者与被改编的文学作品之间，应该首先建立起一种情感上的纽带。改编成的影视剧应该与原著之间具有起码的相似性。不能单纯地出于商业利益的考虑，或者慕"名"而争抢改编那些经典文学或产生了轰动效应的畅销作品。事实上，那些优秀的影视改编都是在情感纽带与艺术共鸣的基础上取得成功的。

对于改编的种类，学者有许多意见，名称虽五花八门，但还是依照对原著的忠实程度来进行划分。第一种称为翻译式改编，强调忠实于原著。事实上，绝对忠实于原著是不可能的。不可避免会有少量的、局部的调整和变动。第二种称为框架式改编，强调在整体框架、风格上与原著保持一致，细节上可放开改编，这种类型也是最为普遍的。第三种称为自由式改编，主张以原著为素材，放开手脚自由改动，大胆创造，这种改编方式最为自由。自由式改编充分注意到了电影与小说的不同艺术特性，得到了越来越多的认可和使用。电影改编的方法主要有节选、挪移、浓缩、取材等。

对于改编是否需要忠实于原著这一问题，夏衍曾指出："假如要改编的原著是经典著作，如托尔斯泰、高尔基、鲁迅这些巨匠大师们的著作，那么我想，改编者无论如何总得力求忠实于原著，即使是细节的增删、改作，也不该越出以至损伤原著的主题思想和他们的独特风格。但假如要改编的原著是神话、民间传说和所谓'稗官野史'，那么我想，改编者在这方面就可以有更大的增删和改作的自由。"

改编是一种创造性的艺术，但是这种创造必须建立在深刻理解原著的基础上。任何一个严肃的改编者，在动笔之前都首先要吃透原著的思想实质，领会原著的创作意图，抓住原著的精髓，把握其神韵与艺术特色。对于再创作问题，夏衍在《漫谈改编》一文中提出："改编是一种创造性的劳动，也是相当艰苦的劳动。既然是创造性的劳动和艰辛的劳动，那么，它的工作就不单单在于从一种艺术形式改编成另一种艺术形式。它一方面要尽可能地忠实于原著，但也要力求比原著有所提高，有所革新，有所丰富，力求改编之后拍成的电影比原著更为广大群众所接受、所喜爱，对广大群众有更大的教育意义。"

2008 年 5 月，新版《红楼梦》电视剧开始拍摄。在先前公布的定妆照中，贾府的小姐们——黛玉、宝钗、探春等人均以"铜钱头"亮相，大众普遍对此造型反应不佳。虽然该片造型师出面解释，但是观众大多并不认可，红学家也对此进行了严厉的批评。

改编时，如果改编者与原作者能够在情感纽带和艺术创作上产生共鸣，作品往往能够取得成功。如第四代导演吴贻弓的影片《城南旧事》的改编向来为人称道。在考察其改编过程时，我们不能忽略导演吴贻弓对原著的深切感受与准确把握。他从作者在原著"代序"中的一句自我表白"读者有没有注意到每一段故事的结尾，里面的主角都离我而去……"中提炼出了"淡淡的哀愁，沉沉的相思"这一意念，导演运用影视语言表现了旧时代中小人物的命运与惆怅而满含温馨的怀念情绪。导演为什么能与作家林海音在小说中表现的情绪产生如此强烈的共鸣呢？吴贻弓曾自述，这与他年轻时代的坎坷经历和情感积累有着密切关系。在人生经历中，他本人也同样得到了许多普通人"在默默无言之中从一个眼神里给予的一丝不易觉察的同情、安慰与鼓励"。

类似的例子还有很多。美国导演弗朗西斯科·科波拉之所以选用相隔半个多世纪的英国作家康拉德的小说《黑暗之心》作为构思剧本的"故事架子"，原因也在于他对这部小说的深切热爱，对其思想主旨有着精深的感悟与理解："一个人溯江而上，追寻那个已变成疯子的人，结果他找到那个人的时候，发现他面对着的是我们人人身上都存在的那种疯狂。我一向认为这给影片提供了一个不同寻常的基础。这是单枪匹马的追寻，是经典式的寓意深长的历险故事。"所以当与科波拉合作的两位年轻人想拍一部反映越战的影片时，他首先想到了《黑暗之心》。尽管由于制片公司取消了计划，迫使剧本搁置达十年之久，但是一旦时机成熟，科波拉又重新启用原剧本完成了影片的制作，这就是好莱坞的经典之作《现代启示录》。应该说，这种改编者与原作者之间艺术上的"知音"关系，是改编取得成功的最为坚实的基础。

如果说原著是对生活独特形象的发现的话，那么改编就是改编者运用影视思维对原著及其所描绘的生活的再次发现。不能否认的是，改编是一种富于个性的创造性的劳动，改编出的影视作品是与原著各自独立的艺术产品，不能简单粗暴地以是否忠实于原著来作为评判改编成功与否的唯一标准。一部电影诞生后，即使它是由某作品改编转化而来，改编出的影视作品也是独立于原著的作品。

三、再造性原则

强调尊重文学原著，并不是要编剧跟在原著后面亦步亦趋，完全匍匐在原著的脚下而丧失了自己应有的主体意识。相反，改编者应该有一种"踩在巨人肩膀上"的勇气与胆量，要承继那些文学大师们在艺术上的独创精神与探索意识。纵观中外影视改编的成功范例，没有一部能离开编剧新颖而大胆的艺术创新。前文提到的根据康拉德的小说《黑暗之心》改编的影片《现代启示录》就是很好的例子。小说原著的背景是在非洲，改编者巧妙地把原来的故事框架放到了美国对越南战争的环境中，把故事背景从非洲的刚果河移到了越南的湄公河上。虽然故事发生的地点与环境有了根本的不同，但在揭露殖民主义的疯狂与自取灭亡的题旨方面，却是完全一致的。

优秀的艺术作品往往是不可重复的，只要重新叙述一次就会产生一个新的文本。每一次的改编对于广大接受者来说，都应该成为一次新的审美享受。改编者对作品的理解是不同的，欣赏角度和表达侧重点都不同，所以任何不同的角度都可以认为自己是最忠实的，是对作品的独特表达。一部依附文学文本而生的影视剧，如果不另辟蹊径、不对人物进行更深刻的挖掘，就无法取得成功。尤其在当代多元化的社会里，人们对一部改编作品的要求，早已不再单纯地以它是否忠实于原著为标准，而是看这个新作品本身具备了怎样的思想艺术感染力。

要对小说进行电影改编，势必要对原著的情节进行处理。改编短篇小说，与改编长篇小说所做的工作是不同的。

夏衍曾说："要把六十五万言的《战争与和平》改编为三小时半的电影固然困难，反过来说，要把万把字甚至几千字的短篇小说改编为戏剧、电影也很不容易。前者是满桌珍品，任你选用，后者则是要你从拔萃、提炼和结晶了的、为量不多的精华中间，去体会作品的精神实质。同时还因为要把它从一种艺术形式改写成为另一种艺术形式，所以就必须要在不伤害原著的主题思想和原有风格的原则之下，通过更多的动作、形象——有时还不得不加以扩大、稀释和填补，来使它成为主要通过形象和诉诸视觉、听觉的形式。"

比如小说《色·戒》，只有一万多字，张爱玲惜墨如金，将无限复杂深刻的情感大力浓缩在有限的篇幅里。李安说过，张爱玲的这部小说和其他小说有很大不同，笔法很不同，可以说洗尽铅华。而电影要用很实的手法把作者的心事写出来，要把一些隐喻的内容表现出来，所以改动是很明显的。相比于原著，电影增加了大量情节，但这种增加合乎情理，是与小说整个基调和故事走向相吻合的。

小说带有一定的政治性内容：1938年，中国正值多事之秋，一群爱国青年在香港组成话剧团，募款抗战。剧团团长邝裕民决定伙同团员，对汪精卫等一众汉奸展开暗杀行动。由剧团台柱子王佳芝假扮香港贵妇，先与易太太混熟，继而借机色诱易先生，原本事情进展顺利，可意想不到的是，易先生突然接到任命需回到上海，暗杀行动失败。两年后，香港沦陷，王佳芝在上海重遇邝裕民，黯然答允再次刺杀易先生。这次王佳芝与易先生的关系变得亲密异常。组织计划借王佳芝与易先生逛珠宝店之机动手，易先生深情款款地向王佳芝送上钻戒，她一时动情，改变主意，放走了他。最后王佳芝与同伴皆被枪杀。

电影则详尽地展示了王佳芝由一个不谙世事的女大学生、"学校剧团的当家花旦"到以色相为武器的特工的"成长"过程，对她的心理做了丝丝入扣的描绘。在电影中，导演增加了三处重要情节。第一是暴力戏，邝裕民有个老乡老曹在易先生身边做副官，邝裕民和同学利用老曹成功地搭上了易先生。后来计划被老曹察觉，大家合力擒住了他，并残忍血腥地将他杀害，王佳芝目睹了整个过程，尖叫着从尸体旁跑开。杀死老曹这一幕深深地刺激了她，既然她爱上了易先生，就不可能忍心让易先生喋血当场。这场戏为下面的情节发展做好了人物心理的铺垫。第二是唱歌戏，易先生和王佳芝在日本人的居酒屋约会，王佳芝为他唱起了《天涯歌女》，一曲终了，敬上一杯酒，易先生显然大受触动，红了眼眶。这场戏为王佳芝最后改变主意，放跑汉奸增添了更有力的注脚。易先生是汉奸，做的是见不得光的勾当，他老奸巨猾，对所有人都要提防，没人可以信任依赖，他非常孤独。歌词无疑深深打动了他孤寂的心灵，王佳芝大概把自己也打动了，也迷失在温情之中。第三是激情戏，张爱玲从不热衷描写性，小说里的两性关系仅仅蜻蜓点水一笔带过，全凭读者的"心领神会"。而在电影中，李安把小说中隐藏的"情色"做了彻底的挖掘和铺陈。王、易二人共有三场激情戏，通过这三次亲密，影片展示了王佳芝从生理到心理的彻底沦陷。再加上居酒屋献歌这场戏，观众看到了王佳芝的心理防线是怎样一点点走向崩溃的。

经过这样浓墨重彩的铺陈，"买戒指"的重头戏终于来临。导演对原著的情节做了小的改动。在小说中，王佳芝与易先生只去过一次首饰店，见到的戒指是成品。在电影中，导演将买戒指分成了两次，第一次王佳芝拿着易先生的字条独自到店，先选好了未经镶嵌的钻石。第二次二人一同来到首饰店，易先生将钻石戒指含情脉脉地送给了王佳芝，使她大为感动，终于将易先生放走。在原著中，"买戒指"的机会只有一次，突出了暗杀行动的不确定性和惊险性。而在电影中，对情节的重新安排却使剧情更加合乎情理。首先，易先生将字条交给王佳芝时，她忐忑不安，怀疑易先生对自己生疑。刺易行动是一个历时多年的周密计划，"组织"的行动必然计划周密、万分谨慎。其次在送戒指环节，小说中只是将戒指试戴一下就还给了老板，在最后一刻就做出了背叛性的决定，显得稍有突兀。但是在电影中，光芒四射的"鸽子蛋"真正呈现在王佳芝的面前，美丽的珠宝极具杀伤力。再加上易先生深情款款地注视，王佳芝的心理已经开始波动，但她还不得不本能地做出抵抗——将戒指脱下，并推说"我不愿意戴这么贵重的东西在街上走"，这时易先生更是柔情地轻握她的手说出了"你跟我在一起"，王佳芝的心理防线在这一刻彻底坍塌。

所以，有时候影视改编甚至比独立创作一部影视剧的难度更大。一般来说，原著往往有着早已深入人心的人物形象与艺术旨趣，改编虽然有利于激发观众的看片欲望，但导演对演员和角色的定位一旦把握不好，违背了观众的审美期待，往往就会成为"千夫所指"。而且改编者稍稍把握失当，就容易破坏原著的精神。

第二节　影视改编的"主题表达"

自20世纪90年代以来，中国的文化空间主要呈现为主流意识形态文化（或称官方文化）、知识分子精英文化（或称高雅文化）以及大众文化（或称消费文化）三足鼎立的局面，构成了极为复杂微妙的文化景观。其中，主流意识形态文化即官方政治文化，对影视作品的内容进行着严格审查和把关，以使影视内容符合政治和主流意识形态的要求，这一点对于影视改编来说则存在着一定的约束力。其主导文化"是以群体整合、秩序安定和伦理和睦等为传播核心的文化过程。这种文化代表政府及各阶层群体的某种共同利益，明确地要在尽可能广泛的社会群体中产生教化作用"。主流意识形态文化从某种意义上表明了一个国家的主流价值观和道德观。我们知道，影视作品除了有它的娱乐和宣泄作用外，还有着教化和认知的价值。如中国电影在20世纪三四十年代用电影来号召抗日救亡等。影视艺术的审美教育作用，主要是指人们通过艺术欣赏活动，受到真、善、美的熏陶和感染，通过优秀影视作品潜移默化、寓教于乐、以情感人的作用，引起人们思想、感情、理想、追求发生深刻的变化，有助于人们树立起正确的人生观和世界观。尤其是电影艺术作为当代社会的大众艺术，其渗透力、包容性与覆盖面均为其他艺术所不及，使观众不知不觉地受到感染，心灵得到净化，从而对人们的思想情感和精神面貌起到潜移默化的教育作用。所以，在一定程度上，影视剧改编需体现出对主流意识形态文化价值的坚守，不仅要弘扬人性中美好正面的力量，而且还要宣扬高尚的人生观与价值观。主题是考察小说的重要维度，而影视作品的主题分析也是研究影视作品的一个重要切入点。众所周知，在文学作品的影视改编中，忠实于原著已成为常用的改编理念或手法，它所体现的是一种艺术思维，表现出更多的自由性和开放性。

一、主题传达忠实化

主题的"忠实"传达是指某些文学作品的主题思想在改编后并未发生较大的改变与差异，而是呈现出与原著主题内容的相似性或近似性，并表现出种种复杂微妙的形式。

第一，主题忠实传达的闭合性。这里的闭合性是指影视文本的主题在忠实传达文学作品主题精神的同时，还呈现出一种自为性、自足性与自在性，有着某种含蓄谦逊的精神气质。

比如，第六届鲁迅文学奖获得者胡学文的同名小说《飞翔的女人》主题为寻找与救赎，表现了母爱以及与恶势力的顽强斗争。小说讲述了一位善良朴实的农村妇女荷子在交流会上不小心丢失了女儿后，不畏艰难、不惧怕恶势力寻找女儿小红的感人故事。在寻找女儿的过程中，荷子经历了丈夫石二杆的离开，为了钱不惜去做站街女，风餐露宿，甚至在寻找的过程中被人贩子拐卖，荷子像个流浪者一样在外漂泊，展现了自强不息的生命力以及永不服输的生命韧性。影片运用类似于纪录片式的客观视角展现了荷子爬煤车、被人骗钱、被拐卖以及与人贩子大爪做斗争等情节。为了寻找女儿，荷子辗转各地，成了一个"飞翔的女人"。

小说与影视文本都是对"寻找"主题的体现，表现了一种执着的母爱和人性中对美好事物的坚守。从某种意义上说，这篇小说在改编为电影后，其主题传达在忠实于原著的基础上，呈现出闭合性的特点。尽管在小说与影片的最后，她并没有找到女儿，但是她却找到了人贩子并将其送上审判台，这是一种间接的寻找，是对女儿的一种安慰与补偿，是另一种形式的寻找，努力地回应着开始丢失女儿时显现的不惜倾家荡产也要寻找女儿的志气。因此，小说与影片的结局和开端就呈现出一种呼应和连接，形成了一个浑圆的整体。

第二，主题忠实传达的灵活性。主题忠实传达的灵活性在这里是指某些文学作品在改编为相应的影视作品时，小说的主旨内容在影视作品中得到了相似的体现。但是，在这个过程中，由于编剧在情节或人物上的某些改动，使改编后的影视作品在忠实于原著思想内蕴的同时，呈现出某种灵动性和延展性。

比如改编自北北中篇小说《请你表扬》的电影《求求你，表扬我》，在主题的忠实传达上也表现出了某种程度的灵活性。《求求你，表扬我》是喜剧电影，讲述的是一个家住农村的打工仔杨红旗来到报社，要求记者古国歌在报纸上发表一篇文章表扬自己，理由是他于情人节当晚救下一名险遭坏人强暴的女大学生欧阳花的故事。古国歌觉得杨红旗纯粹是在胡闹，对此不予理会，但杨红旗却三番五次来找古国歌。古国歌渐渐对这件事情认真起来。为了求证此事，古国歌和同事谈伟根据杨红旗的讲述，来到大学，找到杨红旗所说的被救女孩欧阳花，但欧阳花不承认有这回事。古国歌对这件事产生怀疑，继续深入调查，发现杨红旗要求得到表扬是为了父亲。杨父是一位把荣誉视为生命的老劳模，他身患重病仅余两个月生命，而唯一的愿望就是希望在有生之年能看到儿子得到一次表扬。老人的信念与心愿、儿子的承诺、女孩子的前途和清白……各种复杂的情况交织在一起，令古国歌渐渐迷失。

原小说中这件事情最后无疾而终，记者古国歌重新审视自己以及与女朋友的关系，最终他选择离开身边的一切。而在改编后的电影中则做了许多的调整，正是因为这些改动才使主题的忠实传达表现出了一定的灵活性。电影中的杨红旗最终得到了表扬，从而将这件事演变成一个公共事件，而欧阳花对杨红旗的以身相求成为没有任何回报却具有极大讽刺意味的付出。影片对小说结尾的改动是古国歌在北方城市偶遇杨红旗和他的父亲，原来因病即将去世的杨胜利并没有死，而是为了让儿子得到表扬而假装将要去世。为了一个表扬而不管这件事情对一个女孩的伤害，影片中增加的"欧阳花在城楼上的哭诉"情节表明了这一切，这也让人深深思考在相异的时代语境下"表扬"所呈现出来的复杂性以及人与人之间互相理解的重要性。从以上的改动可以看出，影片忠实地再现了小说的主题，即呼唤人与人之间的尊重与理解。影片中设计杨胜利假死的情节，最终让杨红旗获得表扬，表达出一种对人性的极大嘲讽。而只有让杨红旗得到表扬，电影主题的张力才能得到最大限度地释放。

二、主题转化通俗化

影视作为典型的经济活动，它的大众化需求决定着影视作品的通俗性。文学作品影视改编在主题呈现方面的第二个特点即是主题转化的通俗性。这是由小说与影视这两种不同艺术形式的基质所决定的，小说更多表现的是个人化的一面，而影视作为大众工业产品，有其大众化的需求，这也决定了影视作品的通俗性。影视所具有的独特性，其艺术形式的限制、追求商业效益和对受众的需求，使我们不能够用小说的深刻思想内涵去要求或判断电影的主题含义。通常来说，改编之后，作品会选择一个较为通俗易懂的主题，再通过丰富的影视手段加以美化。

以莫言的小说《红高粱》为例，其以深邃多元的思想主题而为人熟知，赢得了学界的广泛赞誉。阅读小说原著，不难发现其中包含生命、历史、人性、情爱、文化等多重主题。《红高粱》开头不久，作者就以一段叙述人"我"的介入语言进行描述和议论，表明"我"极端热爱又曾经极端憎恨的高密东北乡是"地球上最美丽最丑陋、最超脱最世俗、最圣洁最龌龊、最英雄好汉最王八蛋、最能喝酒最能爱的地方"，生活在这块土地上的祖辈父辈们都是神勇的英雄，他们那些或杀人越货或精忠报国的悲壮事迹，让子孙们感到"种的退化"。小说《红高粱家族》不仅饱含了作者对人类进化的深刻反思，表达了对家乡的复杂辩证的情感，还体现了"诸如'文化原型''历史观''人物观''人性观''自然观''生命观'等方面的看法，具有复杂多元主题的意蕴"。

面对小说如此广大深厚、信息复杂、思想深远的主题内蕴，导演张艺谋采取以简驭繁的策略，回避原著所提供的深度内涵，仅从小说的多元主题中提取出一个单纯的主题——生命来组织叙事。一方面，电影《红高粱》的整个片长只有91分钟，受篇幅限制，自然无法像小说一样洋洋洒洒地表达深邃的主题思想，所以在改编中主题难免发生偏移和转向：舍弃忽略了战争、人性、历史等其他主题的深层表现，着重从爱情与死亡两个方面来展现生命的绚烂多姿与轰轰烈烈。电影《红高粱》选择小说中的主题之一，从生命主题的维度展开叙事，并运用造型手段、仪式化场面、音乐和色彩来传达生命的热烈和血性。影片消解了小说多重主题的复杂性，通过对死亡与爱情的渲染，着力彰显豪爽热情的人生态度和顽强不息的生命意识，圆满地完成了主题的叙述与升华。

第三节 影视改编的"人物再塑"

人物在文学作品中占据着重要的地位。"人物是文学的生命：他们是令我们惊奇与入迷、喜爱与厌恶、崇敬与诅咒的对象。的确，文学作品中的人物与我们之间的关系是如此密切，以至于他们常常并不是纯粹的'客体'。通过同化的力量，以及同情与反感的作用，他们可以成为我们生命的一部分，成为我们对我们自己进行想象的一部分。"但凡能让我们记住人物的小说都是上品，而那些只有事件、多线条、大场面和时间跨度的小说，则会慢慢被读者淡忘。由小说改编为影视则意味着将文学人物的模糊性、想象性、复杂性、暧昧性、多义性、飘浮性、丰富性、作家想象改编为影视人物的清晰性、现实性、性格化、确定性、单义性、真实感、简单化以及演员扮演。因此，影视改编中的人物形象也将经历一个从文学性人物转换为影像化人物的复杂过程。

一、虚构人物"现实化"

文学作品往往涉及广阔的生活画面和历史叙事，塑造了丰满的人物形象群。但电影不能笼统地将小说中的人物全部搬到影片中，无法对主次人物进行逐一的塑造。这就需要导演根据自身对小说文本的理解和对电影的多方构想，集中精力抓住人物这一具有丰富表现力的形象进行塑造，并通过人物形象的树立，表达电影主题，丰富电影的形象化叙事。"在原作中的人物是通过语言塑造的，是'死'的；而电影中的人物是形体、动作、对话等多种因素构成的，是'活'的。"所以电影的"活"主要是通过活生生的人物来展现的，而要使人物真正在银幕上生动鲜活起来，最重要的是将他们视觉化。这需要改编者通力合作，将所领会的原著的人物精神置入导演思想中，经过宏观调配之后再选择具有艺术创造力的演员来扮演这些人物角色，通过演员的表演来展现人物性格，推动情节的发展。

以莫言小说为例，他塑造了一系列身份各异、性格鲜明、形象典型的人物，十分引人注目，在其文学价值空间中占据了极其重要的地位。如亦正亦邪的土匪余占鳌，敢爱敢恨的戴凤莲，在现实中挣扎的暖，为爱不顾一切的方碧玉，懦弱的马成功，善良勤劳的师傅丁十田等。我们发现，这些人物形象的性格和活动几乎都具有复杂性和多面性的特点，假如单纯地运用传统的、常规的伦理道德规范对他们进行价值判断，诸如用善与恶、美与丑、好与坏这样简单的二元标准去衡量他们，过程势必艰难且结果无法令人信服。原小说文本的阅读过程和对人物的理解评价已经如此困难和复杂，若是将这些人物形象按照小说的阐释，原原本本地搬进电影里，对于改编者和接收者来说，都不免感到费力与无奈。

电影一方面着重于塑造个性单纯、符号化的扁平人物，一方面去除人物复杂和扭曲的性格，力求人物形象直观地呈现在观众面前，避免观众对电影主题产生误解。张艺谋导演在电影《红高粱》中对"我奶奶""我爷爷"的形象进行再塑，对小说人物原型进行提纯与净化的处理，在改编人物形象的过程中重点美化主人公和正面形象。

小说里"我奶奶"戴凤莲是个有名有姓的女性形象，她既是风流女子，又是抗日的女英雄。在莫言笔下，戴凤莲这个人物非常厉害，集美貌才智于一身，懂女红、会剪纸，还想出了用铁耙挡住鬼子汽车退路的计谋，简直是一个天生的全能型"奇女子"。其中，小说重点展示了这个人物形象所具有的风流放荡的个性和不光彩的男女关系的一面。比如她与轿夫余占鳌的眉来眼去和野合，对曹县长的攀附和认亲，同罗汉不明不白的关系以及与黑眼的私情等。莫言塑造了一个在当代文学的人物形象长廊上非同一般、特立独行的女性形象，读来不免令人瞠目结舌，唏嘘不已。改编之后的电影保留了这个人物的叛逆性格，如与亲生父亲置气，但在整体上，电影塑造了一个更为清纯的女性形象。第一，"我奶奶"只保留了小名"九儿"，成为一个女性形象的符号人物。与小说"戴凤莲"这样的全名相比，电影中的九儿叫来确实温婉亲切很多，读来朗朗上口。这个小名的由来也不过是因为"九月初九生的"，这个昵称只是显示"我奶奶"的一个符号。第二，为彰显"我奶奶"纯洁、善良的性格特征，电影明显删减了她细腻的内心和扭曲的性格表现，削弱了人物的丰满程度。小说关于"我奶奶"的心理刻画细致入微，尤其是她临死前回顾自己的一生、对天发问的心理描写集中体现了她叛逆、张扬，以及渴望妇女解放和自由的个性。由于电影本身在心理描写上有很大局限性，所以没有对这部分内容进行影像改编。另外，电影还删除了人物身上风流放荡、刁钻市侩的一面，只保留了人性的真善美和生命活力。电影将"我奶奶"塑造成一个纯情女子的形象，去掉了她与刘罗汉、黑眼之间的私情，这样更有助于表现她和"我爷爷"之间真挚而热烈的爱情。而且，还原"我爷爷""我奶奶"和罗汉这三个主要人物纯洁坦荡的关系，也有利于电影对于生命赞歌这一主题的传达。

在影视剧视觉化的改编过程中，小说中的人物形象必然要接受重新的整合和修正。影片对人物形象做了针对性的美化和修整，净化了人物身份、经历和性格，对人物形象进行了全面的提纯处理。

二、次要人物"具体化"

次要人物是一篇小说总体构思的有机组成部分，它通过一定的结构和小说中的主要人物、故事情节、生活环境组成和谐统一的有机整体，共同实现作家的创作意图。因而，在一个高明的作家手里，一篇小说的次要人物不应该是游离的，更不应该是可有可无的，它和作品的其他要素交结在一起，互相渗透，互相加深，发挥多方面的艺术功能。

影视与小说的不同就在于电影往往是有很强的目的性和设计感的，而小说不是这样的，甚至很多的主要情节往往都是在写作中产生的。在改编中，次要人物的具体化呈现能够改变小说的主题格调，烘托改编后影视剧中的主要人物以及增强影视剧情节的曲折性。

小说在改编为电影后，一些在小说中一笔带过的人物可能会在电影中变成次主要人物，形象会更加具体化。比如改编自刘震云同名小说的《手机》，是冯小刚执导的一部贺岁喜剧片。影片讲述了事业如日中天的电视主持人严守一因为手机给他的生活带来快乐、带来爱情的同时，也使他的婚姻遇到了很大的危机的故事。《有一说一》的著名主持人严守一，在去电视台主持节目时，把手机忘了家里，这一个小小的失误却让他的妻子余文娟发现了他与一个陌生女子间的秘密，回想丈夫在电视上笑容满面，回到家却神情恍惚，在外边滔滔不绝，对着她却一言不发，妻子似乎明白了一切。妻子就此提出离婚。戏剧学院台词课老师沈雪是严守一的新任女友，两人经过一段快乐时光后，沈雪发现严守一手机的响铃方式发生了很大变化，过去严守一的手机是震铃，现在改成了震动，这使沈雪产生了猜疑和嫉妒。从此，严守一对手机和日常的谈话再次产生了严重的恐惧。某出版社的女编辑武月和严守一在火车餐车上偶然相遇，严守一无心为出版社写书，但武月穷追不舍。为让武月帮助下岗的前妻余文娟找个工作，严守一答应写书，但从此后，他的生活也变得"恐怖"起来。

在小说中有个一笔带过的人物牛彩云。小说中的牛彩云作用不大，而电影中的牛彩云作用却很大。电影中，牛彩云画着夸张的浓妆，一口纯正的河南乡音，一股初生牛犊不怕虎的愣劲，为电影增添了不少笑点。她对影片中其他的人物、影片的主题都有着不同寻常的意义。她否定了严守一的过去。从她的口中说出当年陪吕桂花去镇上打电话的根本不是严守一，说那时候的严守一还不会骑车。

原来我们在片首看到的农村社会中的夫妻情深、大雪纷飞中传达思念的电话都是严守一编出的谎言。真真假假中，已经让我们分不清哪个是真哪个是假，严守一已经彻底地不被人相信，而且那一个即使天涯海角也心意相通的人类社会已经丧失了，或者它根本没有存在过。唯一真实的是像结尾一样，牛彩云拿着多功能手机来请严守一做代言，当演示到手机的卫星定位功能时——"北京市朝阳区大西洋新城 210 楼 3 门 21B"，严守一已无处可逃，画面定格在严守一惊恐的面部表情上，"手机"所代表的都市文明最终像洪水猛兽一般吞没了人类，人类无处可逃，即使反抗也显得那么微不足道。这个具体化的次要人物对主题的表达起到了重要的作用。

三、人物的增加与置换

在影视改编中，人物的增加和删减是比较常见的改编现象。编剧或者导演出于种种原因对小说里的人物进行安排。而导演对人物或增加或删减的处理也在某种程度上为改编后的影视剧提供了各种可能性的变化，这些变化不仅体现出导演的改编理念，也从另一个侧面表明了小说和影视这两种艺术形式在改编过程中对于人物处理的种种可能性。

这在电影《一九四二》中最为典型，该片改编自刘震云的小说《温故一九四二》。以 1942 年河南大旱，千百万民众离乡背井、外出逃荒的历史事件为背景，分两条线索展开叙述：一条是逃荒路上的民众，主要以老东家范殿元和佃户瞎鹿两个家庭为核心；另一条是国民党政府，他们的冷漠和腐败，对人民的蔑视，推动和加深了这场灾难。因为一场旱灾，河南发生了饥荒。大灾之年，战争逼近，老东家范殿元赶着马车，拉着粮食，粮食上坐着他一家人，也加入往陕西逃荒的人流。三个月后，到了潼关，车没了，马没了，车上的人也没了。这时老东家范殿元特别纠结，他带着一家人出来逃荒是为了让人活下来，可是到了陕西，自己的亲人全死了。于是，他决定不逃荒了，开始逆着逃荒的人流往回走。老东家范殿元此时没想活着，就想死得离家近些。老东家范殿元转过山坡，碰到一个同样失去亲人的小姑娘正趴在死去的爹的身上哭。老东家范殿元上去劝小姑娘别哭了，小姑娘对老东家范殿元说她并不是哭她爹死，而是她认识的人都死了，剩下的人她都不认识了。一句话让老东家范殿元百感交集，他要小姑娘叫自己一声爷。小姑娘仰起脸，喊了一声"爷"。于是，老东家范殿元拉起小姑娘的手，往山坡下走去。漫山遍野，开满了桃花。

在这部调查体小说《温故一九四二》中没有贯穿始终的人物形象，而改编后的电影中有了鲜活的人物形象。电影中相对主要的角色有 19 个，次要人物有 50 个，囊括了灾民、学生、官员、将领、商人等各阶层的人物。这里有老东家范殿元的一家：女儿星星，长工栓柱；还有佃户瞎鹿一家：妻子花枝，女儿铃铛、儿子留宝；他们是 1000 万河南灾民的代表。以蒋介石为首的国民党官员：河南主席李培基、抗日将领蒋鼎文、贪污救济粮的军需官以及与他沆瀣一气发国难财的商人；此外还有将灾荒公之于众的美国记者白修德、传教士安西满等，他们渐次为我们展开了一幅层次清晰的立体画卷。一场灾荒考验改变着他们，使他们呈现出复杂性。

影片中的线索人物有老东家范殿元和长工栓柱。老东家范殿元，是一个彻头彻尾的悲剧人物：一个从有房有钱有粮有儿有女沦为一无所有的老地主。他不是好人，也不是善人，是个很现实的人，他身上具有财主的所有特点：老谋深算、养尊处优、贪心敛财、小气吝啬。影片开始，他听到儿子欺辱花枝，骂了一句"牲口"就走开了，他的态度是：反感儿子的行为，但不会让自家人下不了台，花枝愿意与否都是几升小米的事。一个镜头，骂而不管，就把现实中的老东家范殿元活脱脱地表现出来。面对刺猬等"吃大户"的饥民，老东家范殿元采用一边稳住、一边到县里搬兵绝其后患的办法，他考虑周全，同时作为财主的"狠"的一面也显现了出来。和饥民发生冲突后，老东家范殿元带上全家外出避灾。他与穷人不同，车上不仅有粮食，还有钱财细软。在外需要帮手，他许诺把女儿嫁给栓柱，不仅让其赶车，还给他一支步枪，使栓柱成了长工兼保镖，他的老谋深算显现无遗。老东家范殿元也懂出门靠朋友的道理，在瞎鹿要卖孩子为老娘抓药时，递（借）上一碗小米。很快这碗小米的价值就体现出来：溃兵抢走了马车和他所有的家当，他也沦为灾民，面对行走困难即将分娩的儿媳妇，他只好去求搭瞎鹿的车。之后，他就指挥瞎鹿和栓柱偷白修德的驴，被发觉后，他又出来打圆场，和白修德称起"朋友"来。幸好是白修德，驴和饼干都不重要。星星为了活命，主动要求把自己卖到妓院，这种最让人丢脸、最让人耻辱的事，老东家范殿元也接受，他的确能屈能伸。当星星被挑中的时候，他先是一笑，然后又假装痛苦来掩饰自己高兴的心情，此时他有一种优越感，之后他又说自己辱没先人。老东家的确是一个复杂的人物。他还是一个顽强、有着不屈不挠品性的人，到最后他的老伴死了、儿媳死了，女儿卖了，他抱着孙儿逃亡陕西，他说："我知道怎么从穷人变成地主，等过个十年，我还是东家。"此时的他虽然家破人亡，却不改东山再起之决心，充分体现了他的韧性和顽强的抗争精神，尤其是当他唯一的希望——他的孙子也离开他的时候，他本来已经彻底崩溃，失魂落魄地往家的方向走去，却在万念俱灰的情况下捡了一个孤儿，又有了重新活下去的勇气，此时的他回归了人性本真的一面，也体现出了他的韧性，这是中华民族的一大特点。一个在历史长河中经历过无数苦难的民族，没有被压垮，没有灭亡，反而发展壮大，可以说，韧性起了相当重要的作用，老东家范殿元是我们民族一群人的代表。长工栓柱也是电影中值得一提的人物形象，影片开头给老东家范殿元惹祸，让人感觉他就是个二愣子，然而在逃难过程中又尽展他淳朴善良的一面，对星星、东家一片忠心。老东家范殿元不反对本来身为长工的他和自己女儿之间的恋爱，不仅是因为他们逃荒路上需要栓柱这个壮劳力，更因为栓柱的为人处世是得到他的认可的。在饥荒中，人们更多考虑的是吃饱，甚至不断出卖自己的尊严和良心，栓柱是饥饿人群里反抗最坚定的，他更多的时候将饥饿置之度外，他追求的是爱情、亲情。当他从火车上跳下去找花枝的儿女，在日本军官的威逼利诱下不妥协时，足以看出栓柱坚定的信念，而他手中的风车，正是信守自己承诺的见证。

改编电影在人物形象的创造性塑造上，除了无中生有、增添人物形象之外，还可以通过设计新的人物形象去置换小说中原有的旧形象。影片《暖》改编自莫言的小说《白狗秋千架》，讲述主人公林井河从北京回到阔别10年的家乡的故事。在桥头，他偶遇昔日的初恋情人——暖，这是个让他不敢再见又不曾忘怀的人。当年的暖漂亮出众，能歌善舞，很多年轻人，当然也包括井河，都喜欢她，只有放鸭子的哑巴，总是和暖过不去。省里的剧团到乡下演出，暖爱上了团里的小武生，临走时，小武生答应有机会就接暖出去，可是这一等就是两年，井河想方设法排解暖的苦闷，他反复说服暖专心读书，考上大学，实现自己的梦想，但是他无法替代小武生在暖心里的位置。井河考上大学临走前告诉暖，毕了业一定要回来接她，但是自己却食言了。这次回来，暖的平静刺痛了井河。暖和哑巴结婚7年了，女儿已经6岁了。井河走进他们的家，暖的平静，哑巴的生硬，小女孩的好奇，使他心里有一种说不出的感伤。

小说中，为了凸显暖命运的悲剧性，不仅写她失去一只眼，苦等恋人而无果，还让她嫁给邻村的哑巴，然而真正让暖彻底绝望的是她一胎生了三个哑巴儿子。成年累月地生活在一个无声沟通的家里，暖倍感沮丧和无奈。小说详细描写了"我"第一次见到三个小哑巴的印象，三个同样相貌、同样装束的光头小男孩从屋里滚出来，站在门口用同样的土黄色小眼珠瞅着"我"，"孩子的脸显得很老相，额上都有抬头纹，下颚骨阔大结实，全都微微地颤抖着"。可见暖的三个哑巴儿子不仅长相老成，没有一般儿童的天真可爱，连性情也跟他们的父亲哑巴一样暴躁，不太惹人喜爱。为了电影温情主题和审美的需要，霍建起在拍摄《暖》时将女主人公暖的三胞胎哑巴儿子置换成一个六岁的口齿伶俐的小女孩，以一当三，在叙事的结构和情节的表达之余，更突出了小女孩形象的伶俐和可爱。这样一个生动活泼的小女孩形象，较之小说的三个笨拙暴躁的小哑巴男孩，更容易激起观众的关注和爱心，获得观赏的愉悦心情和认同感。所以，如此有益的改编尝试符合影片温暖人心的主题风格，是改编者在人物形象塑造方面的一次成功尝试。

第四节　影视改编的叙事

小说和影视同为叙事艺术，这使它们在各自的发展中都极为重视叙事的方法和技巧。而小说在影视改编中的叙事呈现也深刻地表现出两者在叙事转换上的发展和创新。因此，影视改编除了将重点放在主题思想以及形象塑造上的艺术转换之外，还致力于将小说中的叙事视角、叙事时序、叙事修辞以及叙事节奏这些叙事元素在改编中作出艺术转换，体现出导演在影视改编"再叙事"中的独特改编艺术和智慧。

一、改编的叙事视角

叙事视角就是叙事作品中对故事进行观察和讲述的角度，是叙述人（故事的讲述者）站在怎样的位置上来讲述故事或随着哪一个人物的视点变化。叙事视角是建构叙事作品的基础。小说与电影对叙事视角的呈现方式是不同的，相较于小说，电影更加注重人称叙事的表达，也比小说更加灵活：轻捷运动的镜头、眼见为实的画面影像可以轻松地对应小说中叙事视角多变、时空转换机敏的第三人称；而处在画外音的声音，则暗示着不出场的第一人称，赋予情感地进行"独白"叙事。当然，小说转化为影像后，不仅呈现方式会发生变化，甚至视角会发生重置。

小说《温故一九四二》选用了第一人称"我"的角度来叙述历史。"我"是以一个采访者的身份出现的,这就决定了小说的叙事是限制叙事,我所记录下来的是我的采访对象——姥娘、花爪舅舅、范克俭舅舅、县书记,这些一个个历史的亲历者告诉我的。针对这些采访,作者写道:"我姥娘将五十年前饿死人的大旱灾,已经忘得一干二净。""我这些采访都是零碎的,不完全、不准确的,五十年后,肯定夹杂了许多当事人的记忆错乱和本能地按个人兴趣添枝减叶。这不必认真。"于是这些难免就有了"虚构"的成分。之后又出现了一个"真实"的视角——大量新闻报道中出现的《豫灾实录》、美国记者白修德、《搜索历史》、《大公报》,"我"又通过查阅这些历史记载,对"虚构"的视角进行补充阐释。在对这些资料进行整理、加工的过程中,加入了我的主观情感,包括对这场灾荒本身及其他相关人的态度与评价,融入了"我"这个现代人浓厚的感情。

在电影中的叙事也是由"我"来完成的,"我"不是事件的经历者,是那场灾荒的幸存者的后代,"我"是在讲述我娘的故事。"我"的声音共出现了两次,一次是在电影开头的旁白:"这一年,宋美龄访美、甘地绝食、丘吉尔感冒。这些事件放到1942年的世界环境中,任何一桩都比饿死三百万人重要。"另外一次是在结尾中:"当我问到一九四二的时候,娘说,那些糟心的事我都忘了,你还提它。"影片以"我"的叙述展开,他在为我们交代了故事的背景后就"消失"了,将"全知全能"的权利交给了电影镜头:灾民的逃荒经历、蒋介石政府对灾民的态度、美国记者白修德的努力、日本军官冈村宁次在飞机上关于"民族"的谈话等,这样的视角与小说相比更加自由,为视听提供了宽松的展现空间。与小说中"我"的义愤填膺不同,电影中的"我",是整个事件的客观叙述者,用冷静的眼光审视着这场灾难。

叙事视角可分为全知视角和限制视角。限制视角又分为第一人称视角和第三人称视角。而影像本体的记录功能决定了电影必然是全知全能的叙事视角。摄影机不只是故事情节的观察者,同样也是叙事者,摄影机既能讲述生动的故事,又充当观众的眼睛。许多文学文本以限制视角中第一人称视角叙事,但一旦进入电影叙事就会转换成全知叙事的模式,这是由电影本身的叙事特点决定的。电影采取全知视角进行叙述时多采用观察者视角,而不是采用故事的参与者视角。电影的全知视角使文本超越时空的限制,超越个体的有限视角,同时又有利于表现人物心理。比如张爱玲的小说多采用全知全能视角,是一种无所不知、不受任何限制的叙事视角类型。《倾城之恋》《金锁记》《半生缘》《红玫瑰与白玫瑰》等都采用的是全知全能视角,一方面以故事旁观者进行叙事,使传奇被讲述出来,另一方面有利于表现主人公丰富的内心活动,也表现张爱玲对命运无常的一种冷眼旁观。虽然故事的叙事者隐到情节之外,但在故事的每一处都能看到她的影子,叙事者能俯瞰人物,能进入人物的内心世界,可以用多种语气来评论故事中的人物,为读者提供观赏整个故事的全部事实。张爱玲小说也正是在这一叙事视角中实现了对历史、人生、人性的深刻观照,而这些因素对于改编张爱玲小说是十分重要的。

二、改编的叙事时空

电影作为工业时代诞生的艺术,被列在六大艺术门类——文学、音乐、绘画、舞蹈、建筑、雕塑之后,被誉为"第七艺术"。而作为一门跨越了莱辛在《拉奥孔》中论述的"诗与画的界限"的艺术,电影也被称为"时空综合艺术"。"时空综合艺术"指电影是一门很大程度上将时间艺术和空间艺术相结合的艺术形式,电影银幕在表现静止画面、空间结构的同时,从以往"单纯的空间艺术"中挖掘出流动的时间维度,从而将动态画面完美呈现。这使电影的功能性远远超越了以往的艺术形式,并以此为独特的魅力吸引着受众视线。

一般来说,小说借助文字这一语言媒介来处理时空的变换关系,以连续性的时间表达为链条来统揽全篇,包括情节的转换、空间形象的营造等;而电影艺术通过发展自己的镜头语言,如叠化、闪回、旁白等来表现不同时空的影像。对比来说,小说通过文字的叙述来组织时空,使叙事节奏比较缓慢,空间比较抽象,在时空的变换之前常带有一大段的铺垫或过渡;而电影的时空处理,能够自由而直观地呈现空间的切换与时间的流转,而且时空的表现形式丰富、方法多样。具体而言,电影对时间的处理比较复杂,借助影像、音响、色彩、光线等诸多元素,达到理想的时间效应,加之电影又十分注重空间的造型,让寻求时空结合的结构方式成为可能。

首先,小说和改编电影在时空处理过程中,集中体现了两种艺术形式在运用时间和空间要素中的一般差异。一是在时间的表达方面,小说本身被列为时间艺术,其叙事具有历时性的特点;电影叙事表现出鲜明的共时性特点,它表现的所有时间都是现时的,只是通过画面的运动和观众的感知而具有时间的流动性。所以改编时往往会采取压缩时间、省略时间进程的手法，简化影片的时空结构，删除小说中一些繁杂的时空叙事，同时借用蒙太奇和特写镜头暗示时间的流逝过程。

其次，在空间表现方面，小说依靠文字语言对空间进行描绘，最终诉诸读者的是联想和想象；改编后的电影空间是直观的、一目了然的，它将小说中的所有语言以影像的方式呈现在观众面前，具体可感。所以综合看待改编前后时空的结构变化，我们发现，小说的结构基本以时间为轴、空间为点，在线性交代中逐步组织空间形象，有时为了描述空间形象还必须暂时停顿、中断叙事的进程；电影的结构依照空间画面的链接关系，通过连贯统一的空间形象实现叙事的时间变化，空间的不断转换可以造成时间流逝的幻觉，在这个意义上实现空间和时间的同时流动。

比如《红高粱》的小说文本与电影文本之间有着巨大的时空区别：小说《红高粱》和《高粱酒》采用的是时空交错的交响式结构，将现时段的抗日故事与旧时段的情爱故事两相交织，形成复调式的"二声部"；而且小说借助采用"我爷爷""我奶奶"的叙事视点，构筑了不同时间段的多种时态交织的结构，同时叙事空间也进行了大幅转换，可见小说的时空包容性非常强，极大地刺激了读者的想象。电影《红高粱》的时空结构相对来说就简单得多，其时空汇聚成单一线条，再配以画外音辅助，完成了故事叙述。同时，电影还将小说中一些关于叙述人的评介、议论性的文字，合理地转化为画外音，补充单一时空叙事的不足。

另一种情况是改编后的文本不按故事发展顺序结构，先是打破场面的发生时间，再以某种逻辑将之组织结构，形成叙事的交错式时空结构。小说《白狗秋千架》的时空结构是比较单一的，基本按照顺序叙事，只在文中插入主人公由现实联想产生的三段回忆，将人物思绪牵引至十年前，所以时间主要停留在现在，而短暂的时态切换主要是通过语言承接、构筑白狗的意象来完成的。

电影《暖》按照叙事时间结构，将影片基本分成对半的回忆性的过去与现实性的现在两个时间系统，现时的时间系统镶嵌包裹着过去的时间系统，过去的事件通过追忆和忏悔的情感有机地融合在现在的结构中。再加以画外音来解释说明具体的影像，两种时态彼此交织，在叙事上达到串联故事、互通有无的效果。

在电影《暖》中，时间的转换分为两种情况，即从现实到过去和由过去回到现实。而完成影片时间切换的处理方式也有两种：一是单纯借助蒙太奇手法，直接切换镜头和画面；二是创造多义的意象，借助它们承载时空转换的功能。其中，第二种方法为电影所重点采用，且取得了良好效果。如在时间过渡上，电影主要借助水意象在多处实现转换，如现实中井河那盆洗脸水就由现在牵引主人公回到过去，又从回忆回到现实；又如从过去回忆中水中游动的鱼儿回到现实中滴着雨的石板，以及从过去回忆中下雨的溪流回到现实中漂着蔬菜、满溢的水缸等，都是通过水来连接两种不同的时态，完成故事在现实和过去的自由穿梭。

三、改编的叙事语言

在影视改编中，小说中的叙事修辞在改编为影视作品之后发生了影像的转化。小说中的叙事修辞对于一部小说的成败得失有着重要的意义，而影视剧中叙事修辞的应用对于影视艺术内涵的实现也有着重要作用。

第一，改编的反讽修辞。影视改编中的反讽修辞主要体现在人物反讽上。这里的人物反讽主要体现为人物前后的思想和行为背道而驰，人物的思想和行动呈现出互相背离的状态，于是就形成了对人物进行嘲讽的修辞意味。如北北中篇小说《请你表扬》中的杨红旗和欧阳花。杨红旗因救下了险被强奸的女孩欧阳花而要求报社表扬，他之所以这样做，是他必须满足父亲的心愿，当他感到要求表扬如此棘手时，他没有为欧阳花的名誉着想而一味要求表扬，最终，他将欧阳花"强奸"了，从一个救人者演变为一个"强奸者"，杨红旗的角色置换表现出对于人物的极大嘲讽。欧阳花为了自己的名声不惜用自己的身体作为交换，而这个身体是杨红旗救下的并且是她所极力捍卫的。改编之后的电影《求求你，表扬我》继续保持了这种反讽，改编者还将反讽的力度进一步加强，即在小说里对杨红旗的表扬最终不了了之，而在电影中对杨红旗的表扬却成功登报，这也间接地暗示欧阳花的舍身乞求以及杨红旗所受到的表扬对彼此来讲都失去了意义。

第二，改编的象征修辞。改编的象征修辞主要表现在物象象征上。"一切象征都具有一种具象化、符号化的性质，它是用一个形象来表征一种观念，一种对世界的情感态度。一般来讲，象征都借助自然物象与主观情感在本质上的同构性或相似性，通过赋予主观情感以客观对应物的方式来含蓄地表达作者的情感态度。""在电影中，运用象征意味着采用这样一种画面形象：它能够启发观众的地方要远比简单看到的明显内容所能提供的多得多。"

凡一平小说《寻枪记》被改编成电影《寻枪》，其中重要物象象征即手枪。小说和电影中失而复得的手枪象征着自我能力以及权力的丧失和获得。"枪"成为马山与这个世界交流的社交通道，失去枪，他的雄性力量将消失，得到枪，他个人才得以存在。对"枪"亦即对"物"的悲剧性迷恋，成为导演关注人性和批判现实的切入点：在一个金钱至上、物欲充盈的时代，一个人会选择何种方式满足自己的渴望或者弥补自己的缺失？因此，手枪象征着物化现实下人们心灵的脆弱以及精神自我的深度缺席。

参考文献

[1] 赵国宏 . 浅谈电影剧本中的创作要点 [J]. 2021(2017-12):138-138.

[2] 朱之敬，庄桂成 . 微电影剧本写作重要性探究 [J]. 文学教育（上），2021, 000(004):116-117.

[3] 魏芝鹏 . 商业电影剧本创作存在的问题及对策研究 [J]. 文学少年，2021, 000(028):P.1-2.

[4] 石义峰 . 商业电影剧本创作现状与对策探讨 [J]. 2021.

[5] 宋湘绮，王昭琨 . 主旋律影视作品的创意传播策略探析 [J]. 北方传媒研究，2022(5):4.

[6] 王温懿 . 无限的舞台，失控的角色——《兰心大剧院》电影叙事风格 [J]. 影视制作，2022, 28(12):5.

[7] 张新英 . 论中国影视剧的中华传统文化表达 [J]. 人文天下，2022(12):4.

[8] 郭宝昌 . 深度揭秘"大宅门"剧本的创作历程 [J]. 书摘，2022(3):4.

[9] 崔岑，吴春彦 . 认同理论下互动影视创作技法与传播策略研究 [J]. 新媒体研究，2022, 8(8):4.

[10] 张灼 . 现实主义影视作品的创作实践与方法论 [J]. 视界观，2022(23):6.

[11] 张天翼 . 论镜头语言的全新探索——以桌面电影《网络迷踪》为例 [J]. 艺术科技，2023, 36(4):3.

[12] 衡很亨 . 利用剧本创作方法优化读后续写：策略与步骤 [J]. 中小学英语教学与研究，2022(11):5.

[13] 白桦 . 新媒体环境下影视创作及传播的问题探究 [J]. 艺术教育，2023(2):4.

[14] 张淑艳 . 产教融合背景下高校影视创作类课程改革策略探讨 [J]. 新闻

研究导刊 , 2023, 14(2):3.

[15] 胡智锋 , 潘佳谋 . 温暖现实主义影视创作观的传统文化基因溯源 [J]. 北京电影学院学报 , 2023(2):9.

[16] 刘岳勤 . "文化诗学" 视角下解读小说与电影中的《马丁·伊登》[J]. 英语广场 : 学术研究 , 2022(33):4.

[17] 袁子博 . 影视剧本 "创意" 的法律保护研究 [J]. 科学咨询 , 2023(2):3.

[18] 蒋晓艳 . 文学素养在电影剧本写作中的重要性——评《电影剧本写作基础》[J]. 语文建设 , 2022(21):I0006.

[19] 齐荣阁 . 关于电影剧本创作解析 [J]. 戏剧之家 , 2022, 000(002):166-167.

[20] 王雨涵 . 古籍故事在影视剧本创作中的运用 [J]. 戏剧之家 , 2022(6):2.

[21] 冯秀彬 . 中国传统文化在影视剧本创作课程教学中的应用研究 [J]. 西部广播电视 , 2022, 43(12):66-68.

[22] 戴安迪 . 职业教育视域下的影视剧本创作教学改革研究 [J]. 大观 : 论坛 , 2022(8):3.

[23] 江贞玉 , 宋海燕 . 对国产青春电影剧本创作的思考 [J]. 戏剧之家 , 2022(27):3.

[24] 赵千华 . 黄河文化优秀校园艺术作品创编融入影视专业课程教学研究——以影视剧本写作课程为例 [J]. 东方娱乐周刊 , 2023(2):3.

[25] 马静 , 巨传友 . 影视原创剧本的创作定位与现状分析 [J]. 喜剧世界 : 中 , 2022(9):0127-0129.

[26] 陈越 . 人物造型设计对影视人物形象塑造的作用研究 [J]. 鞋类工艺与设计 , 2023, 3(3):3.

[27] 滕俊杰 . 高新技术在电影影像创作中的探索实践与成功应用 [J]. 现代电影技术 , 2023(2):7.